L'ÉGARÉE

Né en 1973, Donato Carrisi est l'auteur d'une thèse sur Luigi Chiatti, le « Monstre de Foligno », un tueur en série italien. Juriste de formation, spécialisé en criminologie et sciences du comportement, il délaisse la pratique du droit pour se tourner vers l'écriture de scénarios. *Le Chuchoteur*, son premier roman, est un best-seller international et a remporté de nombreux prix littéraires, dont le Prix SNCF du polar européen et le Prix des lecteurs du Livre de Poche en 2011. *La Fille dans le brouillard* a fait l'objet d'une adaptation cinématographique réalisée par l'auteur lui-même avec, entre autres, Jean Reno. Donato Carrisi est l'auteur de thrillers italiens le plus lu au monde.

Paru au Livre de Poche :

LE CHUCHOTEUR
L'ÉCORCHÉE
LA FEMME AUX FLEURS DE PAPIER
LA FILLE DANS LE BROUILLARD
MALEFICO
TENEBRA ROMA
LE TRIBUNAL DES ÂMES

DONATO CARRISI

L'Égarée

TRADUIT DE L'ITALIEN PAR ANAÏS BOUTEILLE-BOKOBZA

CALMANN-LÉVY

Titre original :

L'UOMO DEL LABIRINTO
Publié par Longanesi & C., Milan, 2017.

ISBN : 978-2-253-25991-6 – 1re publication LGF

À Antonio,
Mon fils, ma plus belle histoire

1

Pour l'humanité dans son ensemble, ce 23 février était un jour comme les autres. Mais pour Samantha Andretti, ce matin marquerait peut-être le début du jour le plus important de sa vie.

Tony Baretta avait demandé à lui parler.

Sam s'était retournée dans son lit toute la nuit, telle une possédée dans un film d'horreur, faisant des suppositions sur ce qu'un des garçons les plus mignons du collège – et de l'univers – pouvait avoir à lui dire, à elle.

Il fallait remonter à la veille. Pour commencer, la requête ne lui avait pas été adressée directement. La vie des préadolescents était régie par des règles précises. Bien sûr, l'initiative était toujours prise par l'intéressé. Mais ensuite, il y avait une procédure à respecter. Tony était passé par Mike, un gars de son groupe, qui avait en avait parlé à Tina, la copine de classe de Sam, qui le lui avait dit. Une phrase simple, directe, mais qui dans le petit monde impénétrable du collège voulait dire beaucoup.

— Tony Baretta veut te parler, lui avait murmuré Tina à l'oreille pendant l'heure de gymnastique, sautillant de contentement, les yeux et la voix brillants

– parce qu'une véritable amie se réjouit des belles choses qui arrivent à l'autre, comme si elle était directement concernée.

— Qui te l'a dit ? avait demandé Sam.

— Mike Levin, il m'a arrêtée quand je revenais des toilettes.

Si Mike s'était adressé à Tina, alors le sujet était confidentiel et devait le rester.

— Mais qu'est-ce qu'il t'a dit, exactement ? avait-elle insisté pour s'assurer que Tina avait *vraiment* bien compris – au collège, personne n'avait oublié l'histoire de la pauvre Gina D'Abbraccio, surnommée « la veuve » parce que, quand un garçon lui avait demandé si elle avait un cavalier pour le bal de fin d'année, elle avait pris cette curiosité pour une invitation et s'était retrouvée, en longue robe de tulle couleur pêche, à attendre un fantôme, en larmes.

— Il m'a dit : « Dis à Samantha que Tony veut lui parler. »

Bien entendu, Samantha le lui avait fait répéter plusieurs fois, en même temps qu'elles commentaient l'affaire. Juste pour avoir la garantie que Tina n'avait pas déformé la réalité. Ou bien par crainte qu'un extraterrestre ait cloné son amie pour se moquer d'elle.

On ne savait ni « quand » ni « où » aurait lieu le rendez-vous avec Tony, ce qui était terriblement frustrant pour Sam. Elle imaginait que cela se produirait dans le laboratoire de sciences ou à la bibliothèque. Ou bien derrière les gradins du stade où le jeune garçon s'entraînait avec l'équipe de basket et Samantha celle de volley. Se parler à l'entrée ou à la sortie était exclu, de même que dans le réfectoire ou dans les couloirs

– trop d'yeux et d'oreilles indiscrets. Pourtant, en y réfléchissant, le fait de ne connaître aucun détail pimentait l'affaire. Sam n'aurait pas mieux décrit l'étrange alternance entre euphorie et dépression qui avait suivi cette simple demande, parce que le sujet du rendez-vous pouvait être une surprise ou une déception, mais dans tous les cas elle était reconnaissante – oui, reconnaissante – de ce qui lui arrivait.

Cela la concernait, elle – Samantha Andretti –, pas quelqu'un d'autre !

Sa mère avait tort de dire que certaines choses qui nous arrivent à treize ans sont mieux appréciées quand on les revisite en tant qu'adulte. À ce moment-là, Sam était heureuse d'un bonheur tout à elle, que personne au monde n'aurait pu comprendre ou ressentir. Et ceci faisait d'elle une privilégiée… Ou peut-être se nourrissait-elle d'illusions et allait-elle devoir affronter la triste vérité : dans le fond, Tony Baretta avait la réputation de frimer avec les filles.

Le fait était qu'elle n'avait jamais pensé à Tony. Du moins pas dans ce sens. La nature avait commencé à œuvrer mystérieusement sur son corps et Sam s'était déjà habituée à la petite peine mensuelle qu'elle devrait expier une partie de sa vie, même si jusque-là elle n'avait pas pu apprécier les effets positifs de cette « mutation ». Samantha ne s'était jamais rendu compte qu'elle était jolie – ou peut-être qu'elle le savait mais n'y accordait pas d'importance. En réalité ses nouvelles formes, qui intriguaient les garçons, constituaient également une révélation pour elle.

Tony s'en était-il aperçu ? Était-ce son but ? Glisser ses mains sous son tee-shirt ou – *Jésuspardonnemoi* et *seigneuraipitiédemoi* – même plus bas ?

Voilà pourquoi, le matin du 23 février – le jour parmi les jours ! –, épuisée par l'insomnie, en observant la clarté de l'aube envahir sa chambre, Sam s'était persuadée que la phrase de Tony Baretta n'était pas la réalité, mais le fruit d'une hallucination. Elle y avait probablement trop réfléchi et, dans les méandres de l'imagination fervente propre à la préadolescence, l'idée avait perdu toute sa crédibilité. Il n'y avait qu'un moyen de découvrir si elle s'était trompée. Mais pour cela, il fallait sortir son corps fatigué de son lit trempé de sueur, se préparer et partir pour le collège.

Ainsi, après avoir ignoré les reproches de sa mère sur le fait qu'elle ne petit-déjeunait pas assez – elle arrivait à peine à respirer, alors manger… –, Sam prit son sac à dos et sortit, intrépide mais résignée, à la rencontre de son destin.

À 7 h 55, les rues du quartier où vivait la famille Andretti étaient désertes. Ceux qui travaillaient étaient partis depuis longtemps, les chômeurs cuvaient leur cuite de la veille au fond de leur lit, les anciens attendaient les heures plus chaudes pour mettre le nez dehors et les scolaires partaient généralement au dernier moment. En effet, pour Sam aussi cet horaire était insolite. Elle aurait voulu passer prendre Tina, comme souvent. Mais elle se dit que son amie ne serait pas prête et qu'elle n'aurait pas la patience de l'attendre.

Pas ce jour-là.

En marchant sur le trottoir gris, elle ne croisa qu'un livreur qui cherchait une adresse. Elle n'y prêta pas attention et l'homme aperçut à peine la jeune fille tranquille – en la regardant, personne n'aurait pu deviner le tumulte qui l'agitait. Sam dépassa la maison verte des Macinsky, dont l'affreux chien noir se couchait dans la haie, ce qui lui faisait peur à chaque fois, puis la villa qui avait appartenu à Mme Robinson et qui était maintenant en ruine, étant donné que la famille ne se mettait pas d'accord sur l'héritage. Elle longea le terrain de football derrière l'église de la Santissima Misericordia. Le jardin était également doté d'un terrain de jeux avec des balançoires et un toboggan, à côté du grand tilleul sur lequel le père Edward affichait les prospectus présentant les activités de la paroisse. Tout était silencieux. Au bout de la rue, on apercevait l'avenue où les voitures se pressaient vers le centre.

Mais Sam ne remarqua rien de tout ceci.

Le paysage devant ses yeux était comme un écran où son esprit projetait le visage souriant de Tony Baretta. Elle n'était guidée que par la mémoire inconsciente de ses pas.

Toutefois, à mi-chemin de l'établissement où elle était élève de cinquième, Sam se demanda si la tenue qu'elle avait choisie était appropriée pour le rendez-vous. Elle avait mis son jean préféré – avec des strass sur les poches arrière et des petites déchirures au niveau des genoux – et, sous son bomber noir trop grand de deux tailles, le sweat-shirt blanc que lui avait offert son père en rentrant de son dernier déplacement professionnel. Le véritable problème, c'étaient les cernes causés par sa mauvaise nuit. Elle avait essayé de les cacher avec le fond de teint de sa mère, mais elle n'était pas certaine d'avoir réussi – n'étant pas encore autorisée à se maquiller, elle manquait de pratique.

Elle ralentit et observa les voitures garées. La Dodge gris métallisé et la Volvo beige étaient trop sales. Puis elle trouva ce qu'il lui fallait : de l'autre côté de la rue était garé un monospace blanc aux vitres teintées. Samantha traversa pour aller se regarder dans ces miroirs inespérés. Après avoir vérifié que le fond de teint cachait bien les poches sous ses yeux, elle s'attarda un moment pour contempler son visage, entouré de ses longs cheveux châtains – elle adorait ses cheveux. Elle se demanda si elle était assez mignonne pour Tony et elle essaya de s'observer avec ses yeux à lui. *Que me trouve-t-il ?* En pleine réflexion, l'espace d'un instant elle regarda derrière la surface réfléchissante.

C'est impossible, se dit-elle avant d'observer plus attentivement.

De l'autre côté de la vitre, dans l'ombre, se tenait un lapin géant. Qui l'observait, immobile.

Samantha aurait pu prendre la fuite – une partie d'elle-même le lui ordonnait, et au pas de course –, mais elle n'en fit rien. Elle était fascinée, hypnotisée par ce regard qui émergeait de l'abîme. *Ce n'est pas vraiment en train d'arriver*, se dit-elle. *Ce n'est pas en train de m'arriver, à moi*, se répéta-t-elle avec l'incrédulité typique des victimes qui n'essaient pas de se soustraire à leur destin, parce qu'elles ressentent une forme d'attirance pour ce qui leur arrive.

La jeune fille et le lapin se regardèrent un temps indéfini, comme poussés par une curiosité morbide réciproque.

Soudain, la porte du monospace s'ouvrit, la coupant de son reflet. Au moment où son visage enfantin s'évanouissait devant elle, Samantha ne décela aucune peur dans ses yeux. Juste un éclair de surprise.

Tandis que le lapin l'entraînait dans son terrier, Sam n'imagina pas que ce serait la dernière fois qu'elle verrait son image avant très longtemps.

2

La première chose qui émergea de l'obscurité fut les bruits, comme avant un concert, quand l'orchestre accorde ses instruments. Des sons chaotiques, ordonnés et légers. Des notes électroniques, cadencées. Des roues de chariot qui glissent d'un côté à l'autre et le tintement de morceaux de verre qui s'entrechoquent. La sonnerie discrète de téléphones. Des pas rapides. Le tout mêlé à des voix incompréhensibles et distantes, mais humaines – depuis combien de temps n'avait-elle pas entendu de voix ? Elle percevait même sa respiration. Régulière, mais sourde. Quelque chose pesait sur son visage : c'était comme respirer dans une caverne.

La seconde donnée que son esprit affaibli enregistra fut l'odeur. Du produit désinfectant et des médicaments. Oui, une odeur de médicaments.

Elle essaya de s'orienter. Elle n'avait aucune conscience de son corps, elle sentait juste qu'elle était sur le dos. Elle gardait les yeux fermés parce que ses paupières étaient lourdes, très lourdes. Mais elle devait s'efforcer de les soulever. Vite, avant d'être submergée par les événements.

Contrôler le danger. C'est la seule façon.

La voix qui avait parlé provenait de quelque part à l'intérieur d'elle-même. Ce n'était pas un souvenir, mais l'instinct. Quelque chose qui s'était formé avec le temps, à travers l'expérience. Elle avait dû apprendre à survivre. Voilà pourquoi, malgré la torpeur, une partie d'elle-même était toujours en alerte.

Ouvre les yeux – ouvre ces maudits yeux ! Et regarde.

Elle créa une fissure dans son champ visuel. Des larmes coulèrent de ses iris, mais ce n'était pas une réaction émotive. De la gêne, éventuellement – désormais, elle ne concédait plus que rarement à ce salaud la satisfaction de la voir pleurer. Un instant elle eut peur de découvrir l'obscurité, mais une lumière bleuâtre inonda l'espace autour d'elle.

Elle avait l'impression d'être au fond de l'océan. Confortable, tranquille.

Mais cela pouvait être un sale tour, elle le savait bien, elle avait appris à quel point il peut être risqué de faire confiance. Dès que ses yeux se furent habitués, elle les bougea pour explorer ce qui l'entourait.

Elle était allongée sur un lit. La lumière bleue provenait de plusieurs néons au plafond. Autour, une grande pièce aux murs blancs. Pas de fenêtre mais au fond, sur la gauche, une paroi-miroir.

Il n'aime pas les miroirs, lui dit la voix. *Comment est-ce possible ?*

Il y avait une porte entrouverte et, derrière, un couloir éclairé. C'était de là que provenaient les bruits qu'elle entendait.

Ce n'était pas réel. Cela n'avait aucun sens. *Où suis-je ?*

Devant la porte était postée une silhouette humaine, de dos, vêtue de sombre – elle l'apercevait par l'entrebâillement. Sur la hanche, l'homme portait un pistolet. *C'est une plaisanterie ? Qu'est-ce que cela signifie ?*

Elle aperçut alors, près du lit, une petite table sur laquelle étaient posés un micro et un enregistreur. À côté, une chaise métallique. Elle était vide, mais une veste d'homme traînait sur le dossier. *Il n'est pas loin*, pensa-t-elle, *il va revenir bientôt*. Elle sentit la peur l'envahir comme une marée.

Non, pas la peur. La peur était le véritable ennemi. *Je dois partir d'ici.*

Elle n'était pas sûre d'en avoir la force. Elle essaya de bouger les bras, souleva les coudes et les planta dans le matelas pour se dresser. Ses longs cheveux châtains lui glissèrent sur le visage. Ses membres étaient lourds, elle hissa partiellement le buste mais retomba en arrière. Quelque chose lui retenait le visage : un masque à oxygène relié à une vanne au mur. Et elle avait une perfusion dans le bras. Elle secoua le tuyau et retira l'aiguille de la veine. Puis elle enleva le masque, mais eut du mal à respirer. Elle toussa. Elle essaya d'avaler l'air qui l'entourait, sa consistance était plus dense que l'air frais qu'elle avait inhalé jusque-là. Elle vit une multitude de petits points noirs.

L'obscurité reprenait le dessus, mais elle ne baissa pas les bras.

Elle secoua le drap qui la couvrait de la taille aux pieds et, au milieu des ombres qui entravaient sa vision, elle aperçut un petit tube qui partait de son aine et finissait dans un sac transparent où s'amassait un liquide jaune.

Toujours sur le dos, elle bougea la jambe droite dans l'intention de descendre du lit. Mais quelque chose retint la gauche. Un poids. Surprise par le lest, elle perdit l'équilibre et tomba sur une surface dure et froide. Elle se cogna le visage. Sa jambe gauche atterrit en dernier en produisant un bruit sourd, de pierre.

Sa chute avait attiré l'attention de quelqu'un : elle entendit distinctement la porte s'ouvrir et se refermer. Puis une ombre courut vers elle. Quelque chose tintait sur son flanc – un mousqueton plein de clés. L'ombre posa par terre une tasse fumante et l'attrapa par les aisselles.

— Tout va bien, la rassura une voix masculine en la tirant vers le haut. Tout va bien, ce n'est rien.

L'inconnu manipula son corps quasi inanimé avec beaucoup de délicatesse.

Elle suffoquait, sur le point de s'évanouir. Elle abandonna sa tête sur le thorax de l'homme. Il sentait l'eau de Cologne et portait une cravate, ce qui lui parut absurde et cruel.

Les monstres ne mettent pas de cravate.

L'homme la hissa sur le lit et, après avoir dégagé les cheveux de son visage, lui replaça le masque sur la bouche. L'oxygène emplit ses poumons, ce qui la soulagea. Il l'allongea confortablement et lui plaça un oreiller sous la jambe gauche, qui était plâtrée de la cheville au milieu de la cuisse.

— Tu seras mieux comme ça, lui dit-il gentiment.

Enfin, il lui renfila l'aiguille de la perfusion dans le bras. Elle l'observait avec stupeur.

Elle n'était plus habituée à la gentillesse. Ni, surtout, à une présence humaine.

Elle le dévisagea. Le connaissait-elle ? Elle n'en avait pas l'impression. Âgé d'une soixantaine d'années, il avait un physique athlétique. Il portait des lunettes rondes à la monture sombre. Ses cheveux étaient ébouriffés. Une carte avec sa photo était accrochée à la poche de sa chemise bleue aux manches relevées jusqu'aux coudes.

Quand il eut terminé, l'homme récupéra sa tasse fumante sur le sol et la posa sur une table de nuit où se trouvait un téléphone jaune.

Un téléphone ? *Ça ne peut pas être un téléphone !*

— Comment te sens-tu ? lui demanda-t-il.

Pas de réponse.

— Tu peux parler ?

Toujours silencieuse, elle le regarda, les yeux écarquillés, prête à lui sauter dessus.

Il s'approcha.

— Tu comprends ce que je dis ?

— C'est un jeu ? murmura-t-elle, la voix rauque, étouffée par le masque à oxygène.

— Comment ?

— C'est un jeu ? répéta-t-elle.

— Je ne sais pas de quoi tu parles, je suis désolé, dit-il avant d'ajouter : Je suis le docteur Green.

Elle ne connaissait aucun docteur Green.

— Tu te trouves à Sainte-Catherine, c'est un hôpital. Tout va bien.

Elle essaya en vain d'assimiler ces mots. Sainte-Catherine, hôpital – ces informations étaient hors de sa portée.

Non, tout ne va pas bien. Qui es-tu ? Que me veux-tu ?

— Je comprends que tout ceci te déboussole, dit l'homme. C'est normal, c'est encore trop tôt.

Il la regarda un instant sans parler, avec compassion.

Personne ne me regarde comme ça.

— On t'a amenée ici il y a deux jours, poursuivit le docteur. Tu as dormi presque quarante-huit heures. Mais maintenant, tu es réveillée, Sam.

Sam ? Qui est Sam ?

— C'est un jeu ? demanda-t-elle pour la troisième fois.

L'homme avait lu la perplexité sur son visage. Maintenant, il avait l'air inquiet.

— Tu sais qui tu es, n'est-ce pas ?

Elle réfléchit, elle avait peur de répondre.

L'homme s'efforça de sourire.

— Bon, une chose à la fois... Où penses-tu te trouver, là ?

— Dans le labyrinthe.

Green jeta un rapide coup d'œil au miroir, puis revint à elle.

— Je t'ai dit que nous sommes dans un hôpital, tu ne me crois pas ?

— Je ne sais pas.

— C'est déjà quelque chose. Ça me va, dit-il en s'installant sur la chaise métallique, les coudes sur les genoux et les mains croisées, dans une attitude propice à la confidence. Pourquoi penses-tu te trouver dans un labyrinthe ?

— Il n'y a pas de fenêtres, répondit-elle en regardant autour d'elle.

— C'est étrange, tu as raison. Vois-tu, ceci est une chambre spéciale : nous sommes au service des grands brûlés. On t'a amenée ici parce que tes yeux ne sont plus habitués à la lumière naturelle, qui pourrait se révéler nocive, exactement comme si tu étais brûlée. Voilà pourquoi il y a des lampes à ultraviolets.

Ils levèrent la tête de concert vers les néons bleus, puis l'homme se tourna vers la paroi-miroir.

— De là, les médecins et la famille peuvent observer un patient sans l'exposer à un risque d'infection… Je sais, ça ressemble à une pièce à interrogatoires de la police, comme celles qu'on voit au cinéma ou à la télé, essaya-t-il de plaisanter. Moi, ça m'a tout de suite fait penser à ça.

— Il n'aime pas les miroirs, dit-elle soudain.

Le docteur Green reprit une expression sérieuse.

— Il ?

— Les miroirs sont interdits.

En effet, jusque-là elle avait évité de se tourner vers le mur de gauche.

— Qui interdit les miroirs ?

Elle se tut, pensant que le silence suffisait. L'homme lui offrit un regard indulgent, doux comme une caresse, mais une partie d'elle-même sentit la colère monter. Elle n'était encore sûre de rien.

Je ne me laisserai pas avoir.

— Bien, dit Green sans attendre de réponse, si les miroirs sont interdits et qu'ici il y en a un, c'est peut-être que tu n'es plus dans le labyrinthe. Tu es d'accord ?

Le raisonnement se tenait. Mais après toutes ces tromperies – après tous ces *jeux* –, elle avait du mal à faire confiance à qui que ce soit.

— Tu te souviens de comment tu es arrivée dans le labyrinthe ?

Non, elle ne s'en souvenait pas. Elle était consciente qu'il existait un « dehors » mais, autant qu'elle sache, elle avait toujours été dedans.

— Sam. Le moment est venu de clarifier certaines choses, parce que malheureusement, nous n'avons pas beaucoup de temps.

À quoi faisait-il allusion ?

— Nous sommes dans un hôpital mais je ne suis pas vraiment un docteur. Ma mission n'est pas de te soigner, des personnes bien plus compétentes s'occupent de ta santé. Mon travail, c'est de trouver les hommes méchants, comme celui qui t'a enlevée et enfermée dans le labyrinthe.

Enlevée ? De quoi parle-t-il ?

La tête lui tournait, elle n'était pas sûre de vouloir en savoir plus.

— Je sais que c'est douloureux, mais nous devons le faire. C'est la seule façon pour nous de l'arrêter.

Que voulait dire « l'arrêter » ? Était-ce ce qu'elle souhaitait ?

— Comment je suis arrivée ici ?

— Tu as probablement réussi à t'enfuir, expliqua Green. Il y a deux nuits, une patrouille t'a trouvée sur la route, dans une zone non habitée, près des étangs. Tu avais une jambe cassée et tu étais nue, ton corps était couvert d'éraflures.

Elle observa ses bras, couverts de petites blessures.

— C'est un miracle que tu t'en sois sortie.

Elle ne se souvenait de rien.

— Tu étais en état de choc. Les agents t'ont amenée à l'hôpital et ont prévenu leurs supérieurs. Ils ont cherché une correspondance avec les signalements de disparitions et ils ont retrouvé ton identité… Samantha Andretti.

Il glissa une main dans la poche de sa veste posée sur le dossier de la chaise, en sortit une feuille et la lui tendit.

Elle l'observa attentivement. C'était un tract avec la photo d'une jeune fille souriante, aux yeux et aux cheveux châtains. Sous l'image, un mot était imprimé en rouge :

DISPARUE

Elle sentit son estomac se nouer.

— Ce n'est pas moi, dit-elle en lui rendant la feuille.

— C'est normal que tu dises ça, affirma Green. Mais ne t'en fais pas, tu as déjà fait d'énormes progrès par rapport au jour où tu as été retrouvée. Pour te rendre docile et mieux te contrôler, ton kidnappeur te droguait avec des médicaments hypnotiques, on en a décelé de grandes quantités dans ton sang. On est en train de t'administrer une sorte d'antidote, expliqua-t-il en indiquant la perfusion. Et ça a l'air de bien fonctionner, parce que tu es consciente, maintenant. Bientôt, tu retrouveras la mémoire.

Elle voulait le croire – *Dieu ce qu'elle le voulait.*

— Tu es sauvée, Sam.

À ces mots, un calme étrange s'empara d'elle.

— Sauvée, répéta-t-elle.

Elle sentit une petite larme se former au coin de son œil. Elle espéra qu'elle resterait là, immobile : elle ne pouvait pas baisser la garde.

— Malheureusement, nous ne pouvons pas attendre que les médicaments agissent totalement, voilà pourquoi je suis ici. Tu vas devoir m'aider.

— Moi ? Comment puis-je vous aider ?

— En te rappelant le plus de choses possible, même les plus insignifiantes. Là, derrière, précisa-t-il en indiquant à nouveau la paroi-miroir, il y a des officiers de police. Ils vont assister à notre conversation et transmettre tous les détails qu'ils jugeront pertinents à des agents, dehors, qui ont pour mission de capturer ton ravisseur.

— Je ne sais pas si j'en suis capable.

Elle était fatiguée, elle avait peur, elle voulait se reposer.

— Écoute, Sam : tu veux que cet homme paie pour ce qu'il t'a fait, n'est-ce pas ? Et, surtout, tu ne voudrais pas qu'il fasse la même chose à quelqu'un d'autre…

Cette fois la larme coula sur sa joue, et s'arrêta au bord du masque à oxygène.

— Comme tu l'auras compris, je ne suis pas un policier, poursuivit l'homme. Je n'ai pas de pistolet, je ne poursuis pas les criminels, je ne me fais pas tirer dessus, dit-il en riant de sa propre blague. En vérité, je ne suis même pas très courageux. Mais je peux t'assurer une chose : nous l'attraperons ensemble, toi et moi. Il ne le sait pas encore, mais il existe un endroit d'où il ne peut pas s'échapper. Et c'est là qu'aura lieu la chasse : pas dehors, mais dans ton esprit.

Cette dernière phrase la fit frissonner. Elle ne voulait pas l'admettre, mais elle avait toujours su qu'*il* était entré dans sa tête – comme une sorte de parasite.

— Qu'est-ce que tu en dis ? Tu me fais confiance ?

Elle réfléchit un instant, puis lui tendit la main.

Green approuva cette décision d'un signe de tête, puis lui rendit le tract.

— Bravo, ma petite fille.

Tandis qu'elle essayait de se familiariser avec son propre visage sur la photo, le docteur se tourna vers la table et actionna l'enregistreur.

— Quel âge as-tu, Sam ?

— Je ne sais pas, dit-elle en observant la photo. Treize ? Quatorze ?

— Sam, as-tu une idée de combien de temps tu as passé dans le labyrinthe ?

Elle secoua la tête. *Je ne sais pas.*

Le docteur Green nota quelque chose.

— Tu es sûre que tu ne reconnais rien de toi, sur cette photo ?

— Mes cheveux, dit-elle en se caressant une mèche. Je les adore.

Me caresser les cheveux est mon passe-temps préféré, dans le labyrinthe.

Ce souvenir affleura soudain, comme un flash.

Je les coiffe avec mes doigts pour passer le temps, en attendant un nouveau jeu.

— Rien d'autre ?

Je voudrais un miroir, mais il ne veut pas m'en donner.

Elle fut saisie d'un doute.

— Je suis… jolie ? demanda-t-elle craintivement.

— Oui, confirma l'autre avec tendresse. Mais je vais être sincère avec toi… Je sais pourquoi il interdisait les miroirs. Je voudrais que tu te tournes vers le mur sur ta gauche et que tu le découvres toi-même…

Dans le silence qui suivit, Samantha n'entendit que sa respiration qui s'accélérait – une recherche haletante d'oxygène. Elle regarda le docteur Green dans les yeux pour comprendre si elle devait avoir peur, mais il avait l'air imperturbable. Elle comprit qu'elle ne pourrait éviter cette épreuve. Alors elle tourna la tête sur l'oreiller. Elle sentit l'élastique du masque se tendre sur sa joue.

Maintenant, je vais voir la fille du tract et je ne vais pas me reconnaître. Mais la vérité était mille fois pire.

Quand elle rencontra son reflet, il lui fallut un moment pour visualiser l'image qui lui était renvoyée.

— Tu as été enlevée un matin de février, alors que tu allais au collège, lui expliqua le docteur.

La petite fille aux cheveux châtains du miroir était devenue vieille. Elle éclata en sanglots.

— Je suis désolé, dit Green. C'était il y a quinze ans.

3

« … Quinze ans sans nouvelles, sans un indice, sans un espoir. Quinze ans de silence. Un cauchemar interminable, qui a eu une fin heureuse et inattendue. Parce que personne, jusqu'à il y a deux jours, n'aurait pu imaginer que Samantha Andretti était encore en vie… »

Bruno essayait de suivre le reportage de l'envoyée spéciale du journal télévisé, postée devant l'entrée de Sainte-Catherine, mais il avait du mal à entendre à cause des coups de balai que le vieux Quimby donnait sur le climatiseur du bar, espérant ainsi convaincre l'appareil aussi vieux que lui de fonctionner à nouveau.

— Bordel, Quimby, tu vas arrêter ? Il va pas se réparer parce que tu le cognes avec un manche à balai ! s'exclama Gomez, un habitué, depuis une table de l'arrière-salle.

— Qu'est-ce que t'y connais aux climatiseurs, toi ? demanda le barman, agacé.

— Moi, ce que je sais, c'est que tu devrais mettre la main au portefeuille et offrir un peu de fraîcheur à tes clients, affirma le gros homme en nage tout en piochant une bouteille de bière à moitié pleine dans la collection qui se trouvait devant lui.

— Je pourrais le faire si tout le monde payait régulièrement, ici.

Les discussions animées entre Quimby et les clients constituaient un spectacle assez courant au Q-Bar. Le propriétaire perdait vite patience. Pourtant, cet après-midi-là, hormis Gomez, le seul spectateur était Bruno Genko, qui n'avait pas envie de rigoler.

Genko se trouvait assis sur un tabouret au comptoir, un verre de tequila à la main, les yeux rivés vers l'écran du téléviseur posé sur une étagère en hauteur. Les pales du ventilateur au-dessus de sa tête déplaçaient un air chaud et humide chargé d'une odeur de tabac. L'alcoolique avait toujours dans la bouche le goût du vomi qu'il avait déversé dans la ruelle arrière une demi-heure plus tôt. Il n'avait pas utilisé les toilettes du bar parce qu'il ne voulait pas qu'on remarque son malaise.

Il avait une sale mine et se sentait encore nauséeux. C'est alors qu'il repensa au contenu de la poche droite de sa veste en lin.

Son talisman.

Genko effaça cette vision en vidant son verre d'un trait. *C'est la chaleur*, se dit-il pour se donner du courage tandis que le souvenir s'estompait. *Personne ne doit le savoir*. Ainsi, ignorant la prise de bec, il essaya de se concentrer sur ce qui se disait à la télévision.

Depuis plus de quarante-huit heures, la nouvelle de la réapparition de Samantha Andretti occupait la une des chaînes locales et nationales. Elle avait même relégué au second plan la vague de chaleur qui s'était abattue sur la région, avec des températures largement au-dessus des normales saisonnières et un taux d'humidité jamais enregistré auparavant.

«… Selon des sources non officielles, Samantha Andretti, âgée de vingt-huit ans, reçoit en ce moment le soutien psychologique d'un expert. Nous espérons qu'elle pourra vite fournir des éléments utiles à la capture du monstre qui l'a enlevée et retenue prisonnière… Aux dires de certains, l'affaire devrait bientôt connaître d'importants développements… »

— Mais non : ils en savent rien, au JT.

Quimby liquida l'envoyée spéciale d'un geste de la main, puis reprit sa place derrière le comptoir.

— Mais bon, si on change de chaîne, c'est la même rengaine. Ça fait cinq ou six fois depuis ce matin que j'entends la même chose : ils arrêtent pas de répéter cette histoire de « développements imminents », parce qu'ils savent pas quoi raconter.

— Pourtant, j'aurais parié que les flics allaient se battre pour balancer des tuyaux aux médias, hasarda Bruno.

— L'inspecteur en chef a blindé l'enquête pour ne pas donner d'avantage au fils de pute qu'ils recherchent… S'ils l'attrapent pas, quelqu'un accusera le service d'avoir ignoré pendant des années que Samantha Andretti était encore vivante. Tu parles d'une fière allure, pour la police, déclara Quimby avant de s'arrêter net, frappé par une prise de conscience soudaine : Mon Dieu, quinze ans… Je peux pas y penser.

— C'est sûr, convint Genko en agitant son verre vide.

Quimby prit la bouteille de tequila et lui administra une autre dose de son doux médicament.

— La question, c'est comment elle a fait pour survivre aussi longtemps…

Bruno Genko connaissait la réponse mais ne pouvait la lui dévoiler. Peut-être d'ailleurs que Quimby n'aurait pas voulu l'entendre. Le barman, comme la plupart des gens normaux, voulait croire au conte de fées de l'héroïne courageuse qui avait su résister et qui, à la fin, avait échappé elle-même à son monstre. En vérité, il en avait été ainsi parce que son geôlier l'avait décidé. Il avait décidé de ne pas la tuer, bien sûr. Mais aussi de la nourrir et de s'assurer qu'elle ne tombe pas malade.

En d'autres termes, il avait pris soin d'elle.

Jour après jour, à sa façon, il lui avait donné de l'affection. Exactement comme les êtres humains avec les animaux du zoo, se dit Bruno en portant le verre à ses lèvres. *Nous pouvons être si bons avec ces bêtes, mais au fond de notre cœur, nous savons bien que leur vie vaut moins que la nôtre.* Samantha Andretti avait expérimenté la violence de cette hypocrisie. Elle avait été l'animal en cage, la créature à admirer. La véritable récompense du sadisme du ravisseur était d'avoir sur elle le pouvoir de vie ou de mort. Chaque jour, il avait choisi de la laisser vivre. Il s'était sans doute senti noble, voire magnanime. D'ailleurs, peut-être que le monstre avait raison : en un sens, il l'avait protégée de lui-même.

Mais tout ceci, Quimby et les gens communs ne pouvaient pas le savoir. Ils n'avaient pas visité les enfers où avait pénétré Bruno. Aussi, il avait de la compassion pour eux et, en général, il les laissait parler librement. Parce qu'au milieu de leurs bavardages pouvait se cacher l'information précieuse, celle qui bouleverse le cours d'une enquête.

Pour tout le monde, Bruno Genko était un détective privé. En réalité, son métier était d'écouter.

Le Q-Bar était parfait pour découvrir les bruits qui couraient, indiscrétions ou simples indices. C'était le bar de référence des gardiens de la paix depuis que, une vingtaine d'années plus tôt, le lieutenant Quimby avait reçu une balle dans un rein durant une fusillade. Congé anticipé, fin de carrière, mais avec l'argent de l'assurance, il avait repris ce pub. Depuis, chaque fois que les policiers avaient quelque chose à fêter – que ce soit le départ à la retraite d'un collègue, la naissance d'un héritier, un diplôme ou un anniversaire –, ils se retrouvaient au Q-Bar. Bruno Genko n'avait jamais porté l'uniforme, pourtant il fréquentait régulièrement l'établissement. Désormais, il faisait partie de la famille. Bien sûr, il devait supporter les blagues et les moqueries. Mais c'était le prix à payer pour obtenir les informations : Quimby était son confident principal. Tous les flics, même les ex-flics, savent qu'il faut se méfier des détectives privés. Mais le vieux ne le faisait pas pour obtenir une compensation. C'était une question de vanité. Peut-être que partager des informations confidentielles avec un civil lui donnait l'impression de faire encore partie de la maison. Bien sûr, Bruno ne poussait jamais Quimby à parler parce que, s'il avait posé une question directe, l'ex-flic se serait tu. Il se contentait de s'asseoir au comptoir, parfois des heures durant, et d'attendre que l'autre commence.

Comme ce jour-là.

Mais aujourd'hui c'est différent. Il n'y a pas beaucoup de temps.

En attendant, il sortit son mouchoir de la poche de sa veste en lin pour essuyer la sueur sur sa nuque. Ses doigts effleurèrent la feuille de papier pliée – il l'avait appelée « talisman » parce qu'il ne s'en séparait jamais. Il eut un haut-le-cœur et craignit de vomir à nouveau.

— Bauer et Delacroix sont passés hier soir avant de prendre leur service, dit soudain Quimby.

Bruno dompta sa nausée et oublia la feuille de papier, parce que les deux flics nommés par le barman étaient les agents en charge de l'affaire Samantha Andretti. *Nous y sommes*, pensa-t-il. Il avait attendu ce moment pendant des heures et était enfin récompensé.

En effet, après avoir mentionné Bauer et Delacroix, le barman remplit à nouveau son verre de tequila sans y être invité, signe qu'il avait envie de bavarder. Puis il se pencha par-dessus le bar.

— Ils m'ont confirmé l'histoire de l'expert qui s'occupe de la gamine, apparemment c'est un profileur, un dur : il est spécialisé dans la capture de tueurs en série, ils l'ont fait venir exprès de je ne sais où, expliqua-t-il. Il utilise des méthodes pas très orthodoxes…

Genko savait que la probabilité de survivre à un psychopathe était quasi nulle. Mais quand cela arrivait, la police avait à disposition un témoin précieux, ainsi qu'un laissez-passer pour accéder aux méandres d'une nature criminelle complexe. Un enchevêtrement multiforme de fantasmes, de pulsions irréfrénables, d'instincts et de perversions obscènes. C'était pour cela qu'ils avaient convoqué un professionnel pour sonder le cerveau de Samantha Andretti.

Bruno remarqua aussi que Quimby continuait à parler d'elle comme si elle avait encore treize ans. Il n'était pas le seul. De nombreuses chaînes de télévision disaient « la jeune fille » ou « l'adolescente ». C'était inévitable, parce que les gens se souvenaient de la dernière photo diffusée, juste après sa disparition. Toutefois, bien que les médias n'aient pas encore d'image récente à dévoiler au public, Samantha était une femme, désormais.

— La fille est encore sous le choc, confia Quimby à voix basse. Mais les collègues sont optimistes.

Bruno ne voulait pas avoir l'air trop curieux, mais il était sûr que l'autre savait quelque chose.

— Dans quel sens, optimistes ?

— Tu connais Delacroix : il parle peu et ne se prononce jamais… Mais Bauer est convaincu qu'ils vont l'arrêter, ce salaud.

— Bauer est un frimeur, commenta Bruno en faisant semblant de ne pas être intéressé, avant de regarder à nouveau la télévision.

— Oui, mais apparemment ils ont une piste…

Une piste ? Était-il possible que Samantha ait déjà fourni un détail déterminant ?

— J'ai entendu dire qu'ils cherchent la prison aménagée par le ravisseur, reprit distraitement le détective, pour entretenir la conversation. La police a entouré une zone inhabitée au sud, près des étangs. C'est là qu'une voiture de patrouille a trouvé Samantha, non ?

— En effet… Ils ont créé un périmètre de sécurité, ils ne laissent passer personne. Ils veulent tenir les curieux à distance.

— Ils ne trouveront jamais cet endroit, dit Bruno dans l'intention de sembler sceptique, afin que l'autre se sente le devoir de démentir. S'ils ne l'ont pas trouvé en quinze ans, il doit être balèze.

— Samantha Andretti était à pied, elle s'est même cassé une jambe, mais après sa fugue elle a pas pu faire des kilomètres, hein ?

Quimby avait l'air contrarié par sa défiance.

L'enquêteur décida de nourrir l'ego blessé de l'ex-flic.

— À mon avis, la clé de tout, c'est elle : si elle collabore, alors on a un espoir de capturer le monstre.

— Elle collaborera. Mais ils ont aussi autre chose…

Donc la piste ne provient pas de la fille. De qui, alors ? Bruno se tut et but une gorgée. Cette pause stratégique laissa le temps au barman de décider s'il lui racontait le reste ou non.

— En réalité, la façon dont elle a été retrouvée ne correspond pas à la version officielle, affirma Quimby. La patrouille qui l'a remarquée sur le bord de la route, nue, une jambe cassée, ne passait pas là par hasard…

Bruno évalua rapidement les implications que comportait cette information. *Pourquoi mentir sur la manière dont elle a été retrouvée ? Que veulent-ils cacher ?*

— Les policiers ont été prévenus, hasarda-t-il. Quelqu'un a signalé la présence de Samantha.

Quimby acquiesça.

— Un bon samaritain, donc.

— Un coup de fil anonyme, le corrigea l'autre.

4

Genko sortit sur le seuil du Q-Bar et fut submergé par la chaleur, qui lui enserra la gorge et le thorax. Elle était vivante, une bête invisible qui ne laissait aucune échappatoire. Bruno avait du mal à respirer, néanmoins il glissa une cigarette entre ses lèvres, l'alluma et attendit que la nicotine fasse son effet.

De toute façon, quel mal cela pouvait-il lui faire ?

Il regarda autour de lui. À 15 heures, les rues du centre étaient désertes. Un spectacle insolite pour le quartier, en ce jour ouvré. Les magasins et bureaux étaient fermés. Il n'y avait aucun passant et il régnait un silence de mort. Seuls les feux tricolores continuaient, absurdement, de réguler une circulation inexistante.

À cause des températures, les autorités avaient dû prendre des mesures extraordinaires dans le but de préserver la santé des citoyens. On recommandait à la population de dormir le jour et de ne sortir que la nuit. Pour faciliter la transition, les tours de garde des policiers, des pompiers et du personnel hospitalier avaient été inversés. Les bureaux publics ouvraient en fin d'après-midi pour fermer à l'aube, de même que les tribunaux. Entreprises et sociétés s'étaient conformées au changement : vers 20 heures, les ouvriers et employés sortaient dans les rues pour gagner leur poste de travail, comme aux heures de pointe habituelles. Personne ne s'en plaignait. Au contraire, les grands magasins et les boutiques avaient enregistré une augmentation de leur chiffre d'affaires, parce que les gens avaient hâte de quitter leur domicile. À la tombée de la nuit, tout le monde sortait, comme les rats.

Depuis environ une semaine, les journées commençaient au crépuscule.

Le temps est fou, se dit Bruno en se rappelant ce qui s'était passé l'année d'avant à Rome. Une tempête s'était abattue sur la ville, causant un black-out et une inondation dévastatrice.

Les effets de la pollution, du réchauffement climatique et, quoi qu'on en dise, du traitement de merde qu'on réserve à la planète. Combien de temps faudra-t-il pour que le maudit genre humain s'autodétruise sans même s'en apercevoir ? Quel gâchis. Mais ensuite, il se souvint du talisman dans sa poche : dans le fond, le problème ne le concernait plus.

Il tira sur sa cigarette et jeta le mégot sur le trottoir brûlant, avant de l'écraser avec la semelle de sa chaussure. Puis il se dirigea vers sa voiture garée dans une rue perpendiculaire.

Un coup de fil anonyme.

En conduisant sa vieille Saab dans les rues vides, Genko réfléchit à l'information que lui avait livrée Quimby. La climatisation ne fonctionnait plus depuis des années et les vitres étaient baissées. Des bouffées d'air chaud envahissaient régulièrement l'habitacle, on se serait cru dans un incendie. Bruno avait besoin d'un refuge pour se soustraire à cette idée, plus encore qu'à la chaleur. *Arrête d'y penser, ça ne te regarde pas.* Mais le doute le tourmentait. Qui avait passé le coup de fil ? Pourquoi l'informateur n'était-il pas venu en aide lui-même à Samantha ? Pourquoi ne pas révéler son identité ? Cet inconnu aurait pu devenir un héros, pourtant il avait préféré rester dans l'ombre. De quoi avait-il peur ? Que cherchait-il à cacher ?

Genko savait qu'il n'était pas assez lucide pour réfléchir. Trop de tequila, ou alors c'était juste cette maudite feuille dans sa poche. Il pouvait se réfugier dans la chambre d'hôtel qu'il avait réservée une semaine auparavant, achever la cuite qu'il avait démarrée au Q-Bar et se précipiter dans un sommeil profond avec l'espoir de ne jamais se réveiller.

Mais ce ne sera pas si indolore, mon vieux, il faut te résigner.

Il valait mieux ne pas rester seul. Une seule personne pouvait le supporter dans cet état.

Quand Linda lui ouvrit la porte, Bruno comprit à son expression qu'il avait vraiment une sale tête.

— Mon Dieu, mais tu es fou de te balader par cette chaleur ! lui reprocha-t-elle en le tirant à l'intérieur. En plus, tu as bu, ajouta-t-elle avec une grimace de dégoût.

Linda attribuait la pâleur et les cernes de Bruno à la température et à l'alcool. Il ne démentit pas.

— Je peux entrer ?

— Tu es déjà entré, idiot.

— OK, alors je peux rester un peu ici, ou tu es occupée ?

Ses vêtements étaient trempés de sueur et il avait le vertige.

— J'ai un client dans une heure, répondit la femme en arrangeant son kimono bleu sur sa peau de bronze.

Son décolleté dévoilait la naissance de ses petits seins fermes.

— J'ai juste besoin de m'allonger quelques minutes.

Il se dirigea vers le canapé. À la différence du Q-Bar, ici, la climatisation fonctionnait et les stores offraient une pénombre rafraîchissante.

— Tu pues le vomi, tu sais ? Tu pourrais prendre une douche.

— Je ne veux pas te déranger.

— Ce qui me dérange, c'est que tu empestes mon appartement.

Bruno s'assit sur le canapé blanc, assorti à la moquette, qui trônait au milieu du salon entre les meubles laqués de noir et les licornes. Il y en avait partout et de différentes formes – posters, petites statues, peluches et même dans des boules à neige. Elles étaient la passion de Linda. « Je suis une licorne, lui avait-elle dit un jour. Une magnifique créature légendaire : aucun être humain sain d'esprit n'admettra jamais croire à l'existence des licornes, mais depuis toujours les hommes insistent pour les chercher en espérant qu'elles sont réelles… »

Elle avait raison sur un point : elle était vraiment belle. C'était pour cette raison que les hommes la voulaient. Et ils étaient prêts à payer cher le privilège d'être avec elle.

— Viens, laisse-moi t'aider, dit-elle en voyant qu'il n'arrivait pas à retirer sa veste.

Elle lui ôta ses mocassins, lui étendit les jambes sur le canapé, puis elle aplatit un coussin et le lui plaça derrière la nuque. Elle lui caressa le front avec tendresse.

— Tu as de la fièvre.

— C'est juste la chaleur, mentit-il.

— Je vais te chercher de l'eau fraîche, par ce temps on se déshydrate vite… Surtout quand on boit de la tequila en plein après-midi, le réprimanda-t-elle. Et je mets cette serpillière à la machine à laver, ajouta-t-elle en ramassant la veste en lin. Peut-être qu'elle sentira un peu meilleur, après ça.

Elle disparut dans le couloir.

Bruno inspira profondément. Il avait mal à la tête et se sentait endolori. Même s'il ne voulait pas l'admettre, il avait peur. Depuis des semaines, il avait du mal à dormir. Il était rongé par le stress et, quand son corps ne pouvait plus supporter l'angoisse, il s'endormait d'un coup. Ou plutôt, il renonçait. En effet, au bout d'une demi-heure, la réalité le réveillait, lui rappelant que son destin était tout tracé.

Il aurait pu se confier à Linda, partager ce poids avec elle. Cela aurait sans doute été libérateur. Après tout, c'était en partie pour cela qu'il était venu, il ne pouvait le nier. Elle n'était pas simplement une bonne amie. Il existait entre eux une limite qu'il n'avait jamais franchie, mais pour lui, Linda était ce qui se rapprochait le plus d'une épouse.

Quand, six ans auparavant, Linda lui avait téléphoné, en larmes, pour lui demander de l'aider, elle se prostituait déjà depuis longtemps, mais elle s'appelait encore Michael. Sa métamorphose n'était pas complète, la belle femme était emprisonnée dans des traits masculins et une ombre de barbe encadrait son visage angélique – pommettes hautes, lèvres charnues, yeux bleus. Michael s'était adressé à Bruno pour échapper à la persécution d'un client. À l'époque, le transsexuel se donnait pour quelques sous, à n'importe qui. Il était tombé sur un type qui couchait avec lui avant de le frapper, l'accusant de l'avoir forcé à un acte contre-nature. Puis il revenait le voir, s'excusait. Et l'histoire recommençait, toujours avec le même épilogue.

Michael ne savait pas combien de temps il allait résister. Il avait tenté d'éloigner son persécuteur, en vain. Il avait de plus en plus de mal à dissimuler ses bleus. Il était mort de peur.

Travaillant en enfer, Bruno n'avait aucun mal à imaginer la manière dont cela allait se terminer. Les transsexuels étaient les victimes préférées des violents et des paumés, chargés de rancœur. Ainsi, en regardant Michael dans les yeux, le détective privé avait compris que la situation était grave et qu'aucun policier ne l'aiderait. S'il n'intervenait pas, cet ange fragile et effrayé mourrait à coup sûr.

Pour convaincre son persécuteur de disparaître, les coups et les menaces ne suffiraient pas ; on ne règle pas une obsession par la douleur physique. Ce serait comme prétendre éteindre un incendie en usant l'art de la persuasion. La façon la plus sûre d'arrêter cet homme était de le tuer, mais Genko n'était pas un assassin, aussi avait-il fomenté un plan. Le type travaillait comme broker pour une grande banque d'affaires. Bruno avait payé un hacker pour pénétrer le système informatique de la société et déplacer des sommes conséquentes des comptes des investisseurs à celui de l'homme. Puis il lui avait suffi d'attendre que quelqu'un s'aperçoive du détournement. L'homme avait été condamné à dix ans de prison pour escroquerie et appropriation indue. En captivité, il allait pouvoir donner libre cours à ses instincts, ou bien assouvir ceux des autres. Michael était enfin libre.

— Qu'est-ce que ça signifie ?

La voix de Linda tremblait légèrement et, sans la regarder, Bruno comprit qu'elle était bouleversée. Il tourna la tête et l'aperçut, immobile sur le seuil, la veste en lin dans une main et une feuille de papier dans l'autre. Il comprit : avant de la mettre à la machine, elle avait vidé les poches pour ne pas en abîmer le contenu.

— Qu'est-ce que c'est ? demanda-t-elle à nouveau, cette fois avec colère.

Bruno se releva. *Nous y sommes*, pensa-t-il. Il n'en avait parlé à personne, parce qu'il craignait que l'idée se matérialise. Si les mots restaient prisonniers du papier, alors il y avait peut-être un espoir d'y échapper.

Non, il n'y a aucun espoir.

— C'est un talisman, répondit-il.

Linda avait l'air perdu.

— Tu sais ce que c'est qu'un talisman ? C'est un objet auquel on attribue le pouvoir de nous protéger. Un peu comme tes licornes.

— Qu'est-ce que tu racontes, Genko ? répliqua-t-elle avec agacement. Il y a écrit que tu vas mourir…

Il savait ce qui s'était passé. Après s'être rendu compte qu'il s'agissait d'un rapport médical, elle avait parcouru le texte, mais les phrases étaient incompréhensibles parce que son esprit cherchait désespérément autre chose. Qu'elle avait trouvé à la dernière ligne. La réponse à une question terrible. Deux mots.

« Pronostic : funeste. »

Genko avait vécu la même expérience quand il avait pris connaissance du document. Ce qui était écrit avant la dernière ligne ne comptait pas. Au contraire, cela aurait pu être n'importe quoi. De toute façon, quelle différence cela faisait-il ? Ces mots faisaient partie d'un temps qui n'était plus, désormais le passé avait perdu toute valeur, la vie qui avait précédé ce moment n'avait plus de sens. Ces deux mots froids et formels constituaient une ligne de partage des eaux. Rien ne serait plus comme avant.

— Que se passe-t-il ? demanda-t-elle, effrayée. Pourquoi ?

Bruno se leva, alla la chercher parce qu'elle n'arrivait plus à bouger. Il lui retira le rapport des mains et l'attira sur le canapé.

— Écoute, je veux bien t'expliquer, mais il faut que tu m'écoutes. D'accord ?

Elle acquiesça, au bord des larmes.

— J'ai une sorte d'infection, dit-il en indiquant son thorax. Une bactérie est entrée dans mon péricarde, je ne sais pas comment, les médecins non plus.

Un monstre me mange le cœur.

— Ils disent qu'il n'y a pas de remède, parce que ça a été découvert trop tard.

Linda était confuse.

— Tu devrais être à l'hôpital. Ils devraient au moins essayer quelque chose… Ils ne peuvent pas te laisser mourir comme ça, sans rien faire.

Sa voix devenait stridente, presque hystérique.

Bruno lui serra les mains puis secoua la tête. Il n'eut pas la force de lui révéler que, quand il avait demandé s'il existait des traitements, le médecin lui avait conseillé une hospitalisation en soins palliatifs. Mais Genko n'avait pas envie de s'enfermer dans un endroit où l'on vient pour mourir.

— Ce qui est bien, c'est que ça arrivera d'un coup, je ne m'en apercevrai pas. Une petite explosion dans la poitrine et je partirai en quelques secondes. Ce sera comme un coup de pistolet.

Une balle invisible, tirée droit dans le cœur – il ne détestait pas l'image.

— Et combien de temps…

Elle n'arrivait pas à le dire.

— Bref, combien de temps…

— Deux mois.

— C'est tout ? Et depuis quand le sais-tu ?

— Depuis deux mois, affirma-t-il sans réfléchir.

La nouvelle la bouleversa. Linda n'arrivait pas à parler.

— Le terme, c'est aujourd'hui.

Bruno rit, mais une boule acide de terreur se forma dans son estomac.

— C'est curieux : jusqu'à hier j'avais un but, une ligne d'arrivée, je n'avais qu'à attendre la fin du compte à rebours. Mais depuis aujourd'hui… Depuis aujourd'hui, que se passe-t-il ? Je me sens comme un condamné à mort à qui on n'a pas communiqué l'heure de son exécution, expliqua-t-il en riant à nouveau, cette fois sincèrement. Hier soir je regardais ma montre en m'attendant qu'il se passe quelque chose à minuit. Comme Cendrillon, tu imagines ? Quel idiot…

En réalité, il était en colère : il avait passé soixante jours à se préparer à ce moment crucial. Et maintenant, il n'y avait plus de règles. Une anarchie silencieuse gouvernait les événements.

— Voilà pourquoi cette feuille est un talisman, dit-il en repliant le rapport médical. Il me protège contre le chaos. Parce qu'on peut devenir fou en attendant de mourir.

Linda, elle, n'était pas aussi lucide.

— Et c'est maintenant que tu m'en parles ?

— Je n'arrivais même pas à l'admettre moi-même… Si je l'avais révélé à quelqu'un, tout serait devenu vrai : j'allais mourir. Ou plutôt, *je vais* mourir. Ou peut-être que je suis déjà mort. Ça dépend du point de vue.

Cela aurait constitué une question philosophique intéressante. Quand commence-t-on à mourir ? Quand on contracte la maladie létale ou quand on la découvre ?

Linda se leva.

— Je vais passer quelques coups de fil et annuler mes rendez-vous. Aujourd'hui, tu ne bouges pas d'ici, annonça-t-elle avec une détermination retrouvée.

Bruno lui prit délicatement la main.

— Je ne suis pas venu ici pour mourir, même si dans la pratique ça pourrait arriver n'importe quand.

Il essayait de détendre l'atmosphère et d'alléger son sentiment de culpabilité.

— Alors pourquoi ? Pour me dire adieu ?

Elle lui en voulait.

Il s'approcha et lui embrassa le front.

— J'ai compris : tu as peur que je me mette un pistolet dans la bouche et que j'en finisse tout de suite, sans attendre. J'admets : j'y ai pensé et je ne l'exclus pas, si ça traîne trop. Mais ce n'est pas en restant ici que j'éviterai le pire, parce que le pire est écrit sur cette feuille.

— Tu ne peux pas me demander de me résigner, tu comprends ?

Il comprenait, parce qu'il savait qu'elle l'aimait.

— Tu as entendu le JT, la femme qui a réussi à échapper à son geôlier après quinze ans d'emprisonnement ?

— Oui, mais quel rapport avec toi ?

— Je me dis que, si une fillette de treize ans a pu résister à l'horreur aussi longtemps, alors tout est possible... Même un miracle.

Elle le regarda, confuse.

— Non, je ne pense pas que je vais guérir, affirma-t-il. Mais peut-être que ce n'est pas un hasard si ça arrive maintenant...

Un coup de fil anonyme, se rappela-t-il. Mais il ne pouvait pas révéler à Linda ce qu'il avait appris de Quimby.

— Promets-moi de ne pas te tuer...

— Je ne peux pas. Mais je t'assure que c'est le cadet de mes soucis, à l'heure qu'il est. Au fait, j'ai besoin que tu me rendes un service : il y a une semaine, j'ai réservé une chambre à l'hôtel Ambrus, un petit hôtel près du pont de la voie de chemin de fer, dit-il en sortant un ticket de son portefeuille. J'ai payé la chambre 115 pour encore sept jours.

En vérité, il ne pensait pas l'occuper aussi longtemps. Il avait emménagé là-bas parce qu'il craignait que, s'il mourait chez lui, personne ne découvre son cadavre. L'idée de se putréfier lentement sur le carrelage parce qu'il n'avait ni amis ni famille le terrifiait.

À l'hôtel, c'était plus simple. Un matin, la femme de ménage entrerait dans sa chambre et le trouverait mort. Mais il n'exposa pas à Linda cette partie du plan.

— Il y a un coffre-fort dans la chambre. Le code est : onze-zéro-sept.

— C'est ma date de naissance, s'étonna-t-elle.

— Je sais, c'est pour ça que je l'ai choisi. Maintenant, écoute-moi bien : quand tu apprendras que…

Il n'arrivait pas à le dire.

— Quand ce qui doit arriver arrivera, va là-bas et récupère le contenu du coffre-fort. Tu trouveras une enveloppe scellée.

— Qu'est-ce qu'il y a dedans ?

— Peu importe, ça ne te regarde pas. Tu ne dois absolument pas l'ouvrir. Juste t'en débarrasser au plus vite, d'accord ? Ne la jette pas, tu dois simplement la détruire et t'assurer qu'il n'en reste rien.

Linda ne comprenait pas le pourquoi de tels subterfuges.

— Pourquoi tu ne le fais pas toi-même ?

Il éluda la question.

— Le concierge a reçu des instructions, il te laissera passer.

Linda n'insista pas, mais Genko était certain qu'elle tiendrait sa parole. Il se leva et enfila sa veste en lin toujours aussi sale, puis il regarda sa montre. Seize heures – il devait filer.

— Tu m'appelles plus tard ? lui demanda-t-elle en le regardant avec des yeux de biche.

Bruno lui caressa le visage.

— Si j'oublie, tu penseras que je suis mort…

— N'oublie pas que tu es vivant, dit-elle en portant la main de l'homme à ses lèvres pour l'embrasser. Et rappelle-toi : tant que tu as de l'air dans les poumons, ce n'est pas fini.

Il apprécia l'idée, simple mais éclairante, contenue dans cette phrase : tant qu'il aurait de l'air dans les poumons, il n'oublierait pas qu'il était vivant.

— Rassure-toi : j'ai quelque chose à régler avant que l'irréparable se produise…

Il se dirigea vers la porte d'entrée.

— Où vas-tu ? lui demanda Linda.

Bruno se retourna, lui sourit.

— En enfer.

5

La « maison des objets » était un hangar situé dans une zone industrielle à peine hors de la ville. Une ancienne aire de stockage avait été reconvertie en dépôt pour particuliers. Pour une somme annuelle modique, on pouvait louer un box et y mettre ce dont on n'avait plus besoin – essentiellement des vieux meubles et du bric-à-brac.

Bruno arriva à l'entrée et se pencha dans l'habitacle de sa Saab pour fouiller dans la boîte à gants à la recherche de la clé qui ouvrait la barrière automatique. Il la trouva à tâtons, puis la glissa dans la serrure placée dans une sorte de colonne, en espérant qu'elle fonctionnait encore.

La barrière se leva.

Il parcourut des allées internes qui longeaient perpendiculairement les rangées de boxes. Comme certains rideaux de fer étaient partiellement relevés, il découvrit que le lieu n'hébergeait plus seulement des objets. On apercevait des signes de présence humaine à l'intérieur. Certains locataires avaient transformé leur dépôt en habitation de fortune. Bruno ne s'en étonna pas, il était au courant de ce phénomène. La population de la « maison des objets » était essentiellement composée d'individus de sexe masculin. Des hommes sans famille qui avaient perdu leur emploi à cause de la crise, ou encore des hommes divorcés qui, à cause de la pension alimentaire, ne pouvaient pas se permettre un appartement, ni même une chambre en ville. Parfois, les deux à la fois. Des pauvres gars désespérés. Endurcis. Genko sentait sur lui leurs yeux pleins de honte et de rancœur – cachés dans l'ombre de leurs tanières, ils scrutaient le passage de la Saab d'un air soupçonneux. Dans le fond, ils avaient avant tout peur parce que, après cet endroit, il ne restait que la rue.

Il atteignit la rangée du box qu'il avait loué des années auparavant.

Il descendit de sa voiture et se pencha pour ouvrir le gros cadenas. Le rideau de fer était baissé depuis trop longtemps : quand il le releva jusqu'à la hauteur de sa tête, il grinça. La lumière aveuglante du soleil s'arrêtait exactement à la frontière de cet antre, comme si elle n'avait pas le courage d'y entrer. Le bruit cessa, la poussière se dissipa, Genko en profita pour nettoyer ses mains graisseuses sur sa veste et pour laisser ses yeux s'habituer à la pénombre.

Peu à peu, il distingua des étagères qui montaient jusqu'au plafond. Sur l'une d'elles étaient disposées avec ordre cinq boîtes grises en carton, avec chacune une étiquette indiquant une année, un code et son contenu.

Il n'aimait pas venir ici. C'était dans ce trou qu'il conservait les preuves déshonorantes de ses échecs. En un sens, ces boîtes contenaient une partie de sa vie. Il y avait les erreurs auxquelles il ne pouvait plus remédier, les occasions ratées, les péchés que personne n'aurait pu ou voulu lui pardonner.

Peut-être que je peux encore faire quelque chose, se dit-il. Parce qu'il s'était mis en tête de laisser une trace.

Il choisit une boîte, la troisième, et la sortit. Il souleva le couvercle et consulta les documents qui y étaient rangés. Enfin, il trouva ce qu'il cherchait.

Un dossier mince qui contenait une feuille de papier. Juste une.

Mais, comme il l'avait évoqué devant Linda, cette feuille pouvait être la clé pour accéder à l'enfer.

6

Les mains. Ses mains étaient différentes. *Ce ne sont pas mes mains. Ces mains appartiennent à une autre.*

Pourtant, c'était elle qui commandait le mouvement de ces doigts, donc il y avait forcément une explication. Elle n'avait plus eu le courage de se tourner vers la paroi-miroir. Mais elle fixait toujours ses mains en essayant de comprendre comment ça avait pu arriver.

Quinze ans, et elle ne s'en était pas aperçue.

— Sam, dit le docteur Green, dont la voix traversa un désert de silence pour la sortir de ses pensées. Sam, tu dois me faire confiance. Je sais que pour le moment tout te semble absurde, ajouta-t-il en regardant l'enregistreur. Mais si tu me laisses faire mon travail, tout rentrera dans l'ordre, je te le garantis.

L'homme était toujours assis à côté du lit. Il lui avait laissé un peu de temps pour digérer la révélation : elle n'avait plus treize ans.

— Les médicaments sont en train d'agir, ton corps se libère de la drogue qui t'a été administrée. Tu vas retrouver la mémoire.

Il regarda la perfusion reliée à son bras. Le liquide qui coulait lentement contenait les réponses, les photogrammes d'un très long cauchemar.

Je ne sais pas si je veux me souvenir.

Le docteur Green semblait attendre beaucoup d'elle. Étrangement, elle ne voulait pas le décevoir. Était-ce bon signe ? Elle le connaissait à peine… Oui, c'était une bonne chose. Parce que, chaque fois qu'il lui répétait qu'elle pouvait lui faire confiance, elle le croyait un peu plus.

— D'accord, dit-elle.

Green eut l'air satisfait.

— Nous allons procéder par étapes, la rassura-t-il. La mémoire répond à d'étranges mécanismes. Rien à voir avec cet enregistreur, qu'il suffit de rembobiner pour réécouter. Non, souvent les souvenirs s'inscrivent les uns sur les autres et se confondent. Ou bien l'enregistrement est incomplet, il comporte des trous ou des défauts : l'esprit répare à sa façon, en nous tendant des pièges qui en réalité sont de faux souvenirs qui peuvent nous confondre. C'est pour cela qu'il faut adopter certaines règles pour distinguer ce qui est réel de ce qui ne l'est pas. Jusqu'ici tu me suis ?

Elle acquiesça.

— Maintenant, Sam, je veux que tu reviennes avec moi dans le labyrinthe.

Cette demande la terrorisa. Elle ne voulait pas y retourner. Plus jamais. Elle voulait rester dans ce lit confortable, au milieu des bruits du monde dont elle percevait le mouvement frénétique derrière la porte de sa chambre, les bruits de l'hôpital mêlés aux voix ouatées des gens. *Je t'en supplie, ne me ramène pas dans le silence.*

— Rassure-toi, cette fois je serai avec toi.

— D'accord… Je suis prête.

— Commençons par quelque chose de simple… Je veux que tu repenses à la couleur des murs.

Elle ferma les yeux.

— Gris, dit-elle sans hésiter. Les murs du labyrinthe sont gris.

Elle avait vu une image fugace.

— Quel gris ? Clair ou foncé ? Est-il uniforme ou y a-t-il des fissures, des taches d'humidité ?

— Il est partout pareil. Et les murs sont lisses.

Elle eut l'impression de les caresser. Elle ouvrit les yeux un instant et vit que Green prenait des notes dans son calepin. Sa présence la réconforta. De même que les murs blancs de la chambre d'hôpital, un blanc atténué par la lumière bleue des néons qui évoquait le fond de l'océan.

— Tu te rappelles s'il y a des bruits ?

Elle secoua la tête.

— Les bruits ne peuvent pas entrer dans le labyrinthe.

— Des odeurs ?

Elle tenta de donner une définition précise aux sensations qui affluaient dans sa mémoire, venant d'elle ne savait où.

— De la terre… Ça sent la terre mouillée. Et le moisi…

Elle assembla les informations : pas de fenêtres, pas de bruits, une odeur d'humidité.

— C'est une grotte.

— Tu veux dire que le labyrinthe se trouve sous terre ?

— Oui… Je crois que oui. J'en suis sûre, même.

— Qui l'a appelé comme ça ?

— C'est moi.

— Pourquoi ?

Elle se revit parcourir un long couloir sur lequel donnaient plusieurs chambres.

L'endroit est éclairé par des néons au plafond. Elle n'a pas froid, mais pas chaud non plus. Elle marche pieds nus et explore les lieux. Deux rangées parallèles de portes métalliques. Certaines sont ouvertes, on voit des chambres vides. D'autres sont fermées à clé. Elle arrive au fond du couloir et tourne à droite : la scène se répète. Autres portes, autres chambres grises. Toutes identiques. Elle continue d'avancer et arrive à un croisement. Quelle que soit la direction qu'elle choisit, à un moment elle se retrouve au point de départ. Du moins c'est ce qu'il lui semble. Il n'y a pas moyen de s'orienter. Apparemment, il n'y a pas de sortie. Ni d'entrée. Comment suis-je arrivée ici ?

— Le lieu où je me trouve n'a pas de fin. Ni de début.

— Donc personne n'y vit, à part toi, conclut le docteur Green.

— Ça ne ressemble pas à une maison, répondit-elle, décidée. C'est un labyrinthe, je vous l'ai déjà dit.

— Par exemple, est-ce qu'il y a une salle de bains ?

C'est un petit cagibi étroit. Il y a juste des toilettes. Qui puent. Qui puent terriblement. On ne peut même pas tirer la chasse d'eau. Elle ne veut pas y faire ses besoins.

— Je ne veux pas faire pipi là, dit-elle un peu gênée en scrutant la réaction de Green. Alors je me retiens. Je me retiens tout le temps.

Mais il n'est pas possible de se retenir aussi longtemps. Elle se tient le ventre et sent déjà les gouttes chaudes qui mouillent sa culotte.

— Pourquoi tu ne fais pas pipi ? demanda le docteur Green. Qu'est-ce qui te bloque ?

— J'ai honte.

Elle est debout, elle regarde fixement le water – la céramique jaunie et ébréchée, un filet de rouille qui descend vers le bas. L'eau stagnante est couverte d'une patine opaque. Elle ressent du dégoût. Elle sautille d'un pied sur l'autre, elle n'en peut plus.

— Pourquoi as-tu honte ? Es-tu vraiment seule ?

La question lui glaça le sang.

Elle est accroupie en équilibre précaire sur la cuvette, sa vessie se libère en un jet très fort. Le bruit de l'urine qui sort et coule dans ce lieu vide.

— Tu vois ou tu entends quelqu'un ?

— Non.

Green prit acte, sans commenter.

Peut-être qu'elle l'avait déçu. Peut-être qu'elle aurait dû mieux expliquer.

— Le labyrinthe me regarde, dit-elle soudain, remarquant que cette affirmation réveillait l'attention de l'homme.

Le docteur se tourna imperceptiblement vers le miroir, comme pour envoyer un signal aux policiers qui assistaient à la scène.

— Le labyrinthe connaît tout, reprit-elle.

— Il y a des caméras ?

Elle secoua la tête.

— Alors comment fait-il ? Explique-moi, s'il te plaît…

— Le cube, dit-elle. Ça a été le premier jeu.

— Raconte-moi.

— Je me suis réveillée et il était là…

Après avoir erré pendant des heures en cherchant de l'aide, elle entre dans une des chambres et s'allonge par terre. Elle s'endort immédiatement, épuisée. Quand elle rouvre les yeux, il lui faut un moment pour se rappeler où elle est – quelques instants de paix avant le retour de la peur. L'objet est par terre, à un mètre de son visage. Une vision familière, qui appartient au passé. Un cube plein de couleurs. Vert, jaune, rouge, blanc, orange et bleu.

Je sais comment ça s'appelle. Ça s'appelle un Rubik's Cube.

— Six faces. Sur chacune, neuf carrés, chacun d'une couleur différente.

— Je connais, confirma Green. Quand j'étais petit, c'était un jeu très populaire. Tu ne vas pas me croire mais les gens devenaient fous pour le résoudre !

— Je vous crois, dit-elle.

Parce qu'elle aussi était devenue folle.

Mais ce à quoi elle associait l'objet n'était pas du tout amusant.

Green, remarquant son trouble, s'excusa.

— Continue, je t'en prie…

— Quand je l'ai trouvé, les couleurs étaient mélangées.

Que doit-elle en faire ? Passer le temps avec ? C'est absurde. Elle ne sait pas où elle se trouve, qui l'a amenée ici. Elle a peur. Elle a faim. « Je vous en prie, je veux rentrer chez moi... » Mais personne ne répond.

— Je suis restée tapie dans un coin pendant je ne sais pas combien de temps à observer ce truc. Je ne voulais même pas le toucher. Si je le faisais, il se passerait quelque chose de moche – je le sentais. Mais je ne pensais qu'à une chose : j'étais là et je ne pouvais pas sortir. Cette pensée me faisait mal. Je n'arrivais pas à la chasser. Ou peut-être que si, reprit-elle après avoir marqué une pause.

— Alors qu'est-ce que tu as fait ?

Elle leva vers lui ses yeux emplis de larmes.

— J'ai pris le cube.

Elle l'observe, puis fait tourner les faces multicolores. Tout est bon pour faire passer le temps qui ne veut pas passer. Son esprit n'arrive pas à se concentrer, elle est trop inquiète. Mais peu à peu, la tension s'estompe, la terreur prend ses distances – elle recule, bien que restant proche. Maintenant, elle arrive à s'en protéger. Son attention est entièrement portée sur ces couleurs qui se combinent entre elles. Au bout de quelques minutes elle arrive à compléter une face, la orange. Elle le repose par terre. La terreur revient l'embrasser. Elle scrute l'objet sur le sol. Elle a corrigé une partie de l'imperfection. La face achevée représente l'ordre, la propreté. Il la rassure. Il y a forcément une explication à ce qui lui arrive. À ce moment-là, ses sens en alerte perçoivent quelque chose.

Un changement.

Il faut quelques instants à son esprit pour déchiffrer le nouveau signal. Une odeur. Comme le cube, elle aussi est familière. Elle se lève et sort dans le couloir. Elle regarde autour d'elle. Il n'y a personne. Elle cherche, avec précaution. Elle se laisse guider par son odorat, mais elle craint qu'il s'agisse d'une hallucination. Non, c'est bien réel. Elle arrive à une des chambres dont la porte métallique est entrouverte. Elle la pousse. Au centre, elle découvre un sachet en papier.

McDonald's.

— Hamburger, Coca-Cola et frites, précisa-t-elle pour Green. Beaucoup de frites.

Elle ne se dit pas qu'elle doit être prudente, la faim décide à sa place. Elle se précipite sur la nourriture et mange avec voracité. Elle ne se demande pas comment le sachet est arrivé là, qui l'a acheté. Elle est en train d'apprendre sa première leçon.

La survie.

Quand elle est rassasiée, son cerveau rationalise les faits. Elle retourne à la chambre où elle a laissé le cube : elle doit continuer à résoudre le rébus. Elle se promène dans les couloirs, la tête penchée sur le jeu. Avec un peu de difficulté, elle a complété une deuxième face – verte – et se consacre à une troisième – rouge. Il n'est pas simple de gérer trois couleurs à la fois. Elle passe devant une chambre et, du coin de l'œil, elle aperçoit quelque chose. Elle revient en arrière et s'arrête.

Sa récompense pour avoir terminé la deuxième face du cube est un matelas avec des couvertures et un oreiller.

En peu de temps, elle a fait d'énormes progrès : son estomac est plein et elle ne doit plus dormir par terre. Mais finir la troisième face se révèle plus compliqué que prévu.

— Ça m'a pris du temps, peut-être des jours, mais j'ai compris que je n'arriverais pas à terminer la face rouge. Je n'étais pas aussi forte que je pensais. En attendant, ni eau ni nourriture.

— Alors que s'est-il passé ? demanda Green. Comment as-tu fait pour survivre ?

Elle est allongée sur le matelas. Ses vêtements commencent à être larges et elle n'a quasi plus de force. Depuis combien de temps n'a-t-elle pas mangé ni bu ? Elle dort presque tout le temps, elle fait des cauchemars. Parfois, elle ne sait même pas si elle dort ou si elle est éveillée. Ce qui la tourmente n'est pas la faim à proprement parler, parce qu'elle ne se manifeste pas comme une envie de nourriture. Ce sont des crampes soudaines à l'abdomen, comme si son estomac essayait de sortir, de se frayer un chemin à l'intérieur d'elle.

Au bout d'un moment, peut-être quelques jours, les crampes cessent. Ça devient pire, parce qu'elle a soif. Personne ne lui a jamais dit que la soif est pire que la faim. Elle fait perdre la raison. Parce que, quand on sent qu'on se dessèche, on ne pense à rien d'autre qu'à boire. On s'arracherait les veines des poignets à coups de dents et on boirait son sang, pour répondre à ce besoin…

Elle sait qu'il y a un moyen de s'en sortir, mais elle ne l'a pas encore mis en pratique. L'idée la dégoûte trop.

Mais si elle veut survivre, elle n'a pas le choix.

Ainsi, avec le peu de force qui lui reste, elle se traîne jusqu'au cagibi. Devant la cuvette crasseuse, elle observe le gruau vaseux et malodorant. Pour commencer, elle y plonge la main, en tâte la consistance.

Puis elle ferme les yeux et la remonte, secouée par un haut-le-cœur. N'y pense pas. Tu ne dois pas y penser. Comme quand, petite, elle s'écorchait un genou et que, si elle se concentrait, la douleur disparaissait. Maintenant, elle doit oublier le goût. Alors elle trempe ses lèvres dans ses mains assemblées en coquillage. Elle suce. Le liquide filtre entre ses lèvres et ses dents, elle avale directement. Quand elle revient dans la chambre, elle se sent sale à l'intérieur. Elle est encore vivante, mais ce n'est pas un soulagement, parce qu'elle sait qu'elle va devoir recommencer.

En attendant, le maudit cube la regarde depuis l'oreiller.

Elle est tellement en colère qu'elle le saisit et défait les faces qu'elle a complétées…

— J'ai regretté immédiatement et je me suis mise à pleurer. J'étais désespérée, j'ai essayé de réordonner les couleurs.

— Je suis désolé, lui dit Green avec sincérité.

— J'ai réussi à compléter la face verte, puis je me suis endormie… Quand j'ai rouvert les yeux, dans la pièce il y avait un panier avec une soupe froide et une bouteille d'eau gazeuse chaude.

— Comment t'es-tu expliqué ce cadeau ?

— Ce n'était pas un cadeau, le corrigea-t-elle. Chaque fois que j'avais besoin de quelque chose de simple – nourriture, linge propre ou brosse à dents –, il suffisait que j'assemble la première face. Je ne voyais pas quel plaisir il pouvait y avoir à me contraindre à ce jeu stupide, vu que compléter une face est assez simple. Puis j'ai compris…, dit-elle en fermant les yeux, laissant une larme couler sur sa joue, avant de remettre le masque à oxygène. J'ai compris que si j'assemblais les six faces, il me laisserait partir.

— Lui qui ?

— Le labyrinthe.

— C'est ça qui s'est passé ? Tu as complété le jeu et le labyrinthe t'a libérée ?

Elle secoua la tête, elle pleurait.

— Je ne suis jamais arrivée plus loin que la quatrième face.

7

Pour tout le monde, la nouvelle du jour était la réapparition de Samantha Andretti. Pour Bruno Genko, c'était que la fin du monde n'était pas encore arrivée.

Il conduisait sa Saab les vitres baissées en écoutant *Take the Money and Run*, du Steve Miller Band, à la radio. Malgré sa situation désespérée, ce morceau le mit de bonne humeur. Pas pour longtemps : cette chanson s'adressait à ceux qui pouvaient encore imaginer leur futur, pas à lui. Bruno était encastré dans le présent. Qui, bientôt, deviendrait le passé. On croit souvent que les moribonds regrettent ce qu'ils n'ont pas fait ou ce qu'ils ont remis à plus tard, dans leur vie. En fait, le plus difficile pour eux, c'est de ne plus être capables de profiter de plaisirs simples comme une chanson légère à la radio.

Parce que chaque fois devient la dernière fois.

Amer, Genko éteignit la radio et se concentra sur la route. Il avait quitté la ville pour se rendre en enfer, dans la zone des étangs. Plus il s'éloignait de la côte, plus la chaleur devenait oppressante. Mais Bruno se rendit compte que, malgré sa tristesse, il avait cessé d'avoir peur.

Samantha avait tout changé.

En réalité, le temps supplémentaire qui lui était accordé sans qu'il l'ait demandé n'était pas un cadeau, mais une torture. Il avait bien besoin de donner un but à ce délai avant l'inévitable final.

Une dernière mission… *Tant que j'ai encore de l'air dans les poumons*, se dit-il en repensant à la phrase de Linda.

À côté de lui, sur le siège passager, le vent soulevait la couverture du dossier qu'il avait sorti du dépôt. Son contenu représentait son dernier et unique espoir.

Il arrivait à destination. Il se demanda si le profileur qui s'occupait de Sam lui avait déjà révélé à quel point le monde avait changé durant son absence. Avait-elle demandé des nouvelles de sa famille ? Lui avait-on dit que sa mère n'avait pas survécu à la douleur ? Quelqu'un avait-il trouvé la force de lui révéler qu'une mauvaise maladie l'avait emportée six ans auparavant ?

La patiente hospitalisée à Sainte-Catherine avait été officiellement identifiée comme Samantha Andretti, grâce à un échantillon d'ADN conservé dans le dossier de la disparition. Autrement, la police aurait eu un gros problème : juste après la mort de sa femme, le père de Sam avait déménagé pour prendre un nouveau départ, depuis on n'avait plus entendu parler de lui. On ne l'avait toujours pas trouvé pour lui annoncer que sa fille était vivante. De toute évidence, il ne suivait pas l'actualité.

Pour Genko, le fait que l'homme réapparaisse ou non dans les heures à venir était déterminant.

Sur le chemin, il ne croisa que deux voitures. Une fois dans la zone marécageuse, il ne rencontra plus âme qui vive. La bande d'asphalte semblait suspendue dans les airs, entourée d'un marécage vert aussi immobile que les plantes qui le recouvraient. Puis il traversa un bois de bouleaux morts dont les troncs noirs se reflétaient dans l'eau putride, dansant tels des spectres à la surface.

Bruno repéra la première voiture de police au loin, l'un des nombreux barrages qui circonscrivaient la zone depuis que Samantha avait été retrouvée. Deux agents se trouvaient à bord. L'un d'eux descendit et brandit sa palette pour lui intimer de faire demi-tour, mais Genko poursuivit sa route. Pour ne pas affoler les hommes, il ralentit et garda ses mains bien en vue sur le volant. Quand il approcha, l'homme se pencha à la vitre de la Saab.

— Vous ne pouvez pas passer par ici, vous devez rebrousser chemin, lui dit-il, péremptoire.

— Je sais, monsieur l'agent. Mais c'est important, laissez-moi vous expliquer, s'il vous plaît.

Il savait que son ton complaisant flattait les oreilles des garants de la loi. Bruno Genko se détestait quand il était contraint de lécher les bottes de la police.

— Vos explications ne m'intéressent pas. Je vous conseille de faire ce que je vous ai dit, rétorqua l'autre en posant une main sur l'étui de son arme.

C'était un dur, il fallait y aller doucement.

— Je suis détective privé, mon nom est Genko. Si vous voulez, je vous montre ma licence, elle est dans mon portefeuille.

— Personne n'est autorisé à passer, répondit l'homme en uniforme.

— Mais je ne veux pas passer, précisa Bruno, déstabilisant son interlocuteur. Je veux parler aux agents

Bauer et Delacroix. Vous pouvez les appeler, s'il vous plaît ?

— Ils ne veulent pas être dérangés.

— Excusez-moi, monsieur, mais je me permets d'insister, dit-il avec emphase pour masquer son manque d'arguments. Je pense être en possession d'informations sur l'affaire Samantha Andretti que les agents en question trouveront certainement d'une grande utilité, reprit-il en indiquant d'un signe de tête le dossier à côté de lui. J'ai avec moi des documents dont ils devraient prendre connaissance au plus vite.

— Donnez-les-moi, je leur ferai passer.

— Je ne peux pas, ils sont confidentiels.

— S'ils sont importants, vous devez me les confier.

— Je vous répète que je ne peux pas.

Le flic perdait patience.

— Je peux vous arrêter pour entrave à la justice, vous savez ?

— Non, vous ne pouvez pas, affirma Bruno en le regardant dans les yeux. Selon la loi, un détective privé en possession de matériel utile à la résolution d'une affaire policière en est personnellement responsable jusqu'à ce qu'il le remette à la personne en charge de l'enquête. Aussi, avec tout le respect que je vous dois, je ne peux pas confier ces documents au premier agent que je rencontre. Vous comprenez, n'est-ce pas ?

L'homme se tut, sans perdre son air martial. Puis il se dirigea vers la voiture de service.

Un long quart d'heure silencieux passa durant lequel Genko fuma deux cigarettes, appuyé contre le coffre de la Saab, sous le regard insistant des agents de l'autre côté de la voie. On n'entendait que les cigales des étangs.

Puis, au bout de la route, l'horizon commença à se déformer. Peu après, l'avant d'une berline marron émergea dans l'air chaud. On aurait dit un mirage. La voiture arrivait à toute vitesse, soulevant un nuage de poussière derrière elle.

À bord, on doit être sacrément énervé, pensa Genko.

La berline freina brusquement et deux hommes robustes, vêtus de costumes-cravates, en descendirent. Un blond qui semblait sorti tout droit d'une revue de mode et un autre, noir, l'air séraphique – *un duo de flics de téléfilm*, constata Bruno en les voyant.

— Je ne sais pas si je dois te filer des coups de pied au cul ou te casser la gueule, l'agressa Bauer sans préambule. Si tu as obtenu des preuves sans nous consulter, je peux t'envoyer en prison sans passer devant le juge, le menaça-t-il.

Delacroix laissait son collègue parler, mais il était prêt à intervenir. Les deux agents de patrouille observaient la scène, amusés. Bruno savait ce qu'ils pensaient : *Maintenant démerde-toi, sale détective privé.*

— Du calme, les gars, répondit Genko avec son sourire le plus convaincant. Personne n'a pris aucune initiative, c'est clair ? Je fais juste mon devoir de bon citoyen.

Il était conscient que cet argument ne pouvait qu'agacer les policiers, mais il devait leur faire croire qu'il tenait quelque chose.

— Genko, je te conseille de sortir tout de suite ce que tu as : file-nous ton tuyau et disparais, intervint Delacroix. C'est déjà une mauvaise journée, n'en rajoute pas.

— S'il te plaît, ajouta Bauer.

— Nous n'avons pas de temps à perdre.

— Je vous demande cinq minutes.

Bauer était rouge de rage et de sueur.

— T'as intérêt à ce que ce soit important.

Bruno passa une main par la vitre de la Saab, côté passager, et récupéra le dossier. En revenant vers eux, il l'ouvrit et sortit la feuille, qu'il tendit à Delacroix.

— Qu'est-ce que c'est ? demanda l'autre avec mépris, sans même regarder.

— Un contrat.

Interdits, les deux flics baissèrent les yeux pour lire les quelques lignes.

Genko anticipa :

— Il y a quinze ans, alors que vous autres policiers alliez à la chasse aux papillons, les parents de Samantha Andretti se sont adressés à moi pour que je les aide à élucider le mystère de la disparition de leur fille unique.

Il se souvenait bien du jour où il les avait rencontrés, à une table à l'écart d'une cafétéria bondée, un lundi matin. Sam avait disparu depuis une semaine et ils n'avaient pas dormi depuis. Ils se tenaient par la main. Ils lui avaient expliqué qu'ils avaient obtenu ses coordonnées par un policier. Celui-ci leur avait laissé entendre que, s'ils ne tentaient pas d'autres voies que l'officielle, ils réduiraient leurs chances de découvrir ce qu'était devenue leur fille.

Le policier avait dit la vérité : les possibilités d'élucider une affaire de disparition s'amenuisent au fur et à mesure que les heures passent. Au bout de trois jours, elles sont quasi nulles. À moins qu'il y ait une piste, évidemment. Mais dans le cas de Samantha, il n'y avait ni indice ni témoin. Comme si elle s'était évaporée sous le soleil pâle d'une matinée froide de février, sur le chemin du collège.

Or Bruno ne s'occupait pas d'affaires de disparition. En plus, trop de temps avait passé. Au bout d'un moment, les preuves étaient contaminées et la mémoire des témoins corrompue. Il avait essayé de le leur expliquer, mais les parents avaient insisté. « Nous savons que vous êtes très fort, nous avons d'excellentes références sur vous. Ne nous laissez pas seuls avec ce doute », avait supplié le père de Sam.

Une des règles fondamentales du détective privé, c'est de ne pas éprouver d'empathie pour le client.

Cela semblait cynique, mais Genko savait qu'il était essentiel de ne pas se laisser conditionner par les raisons émotionnelles qui poussent les gens à commanditer une enquête. La haine et la pitié sont contagieuses. Elles constituent souvent un obstacle au raisonnement, qui doit rester lucide et impartial. Parfois, les sentiments représentent un danger.

Un type avait volé de l'argent à son chef pour soigner son épouse atteinte d'un cancer. Bruno l'avait retrouvé mais, mu par la compassion, il lui avait accordé un délai pour rassembler la somme volée et la rendre à son propriétaire légitime. Simplement, il avait sous-estimé la détermination du voleur qui, pour sauver la femme qu'il aimait, n'avait pas hésité à le berner pour prendre à nouveau la fuite.

Genko était conscient qu'il courait un gros risque avec les Andretti, aussi avait-il accepté, mais en dictant ses conditions.

— Vous me paierez le double du tarif habituel, d'avance. Vous ne m'appellerez pas pour me demander comment avance l'enquête, je n'aurai aucune obligation de vous tenir au courant régulièrement. C'est moi qui vous contacterai quand j'aurai quelque chose à vous communiquer. Si je ne vous donne pas de nouvelles d'ici un mois, alors vous saurez que je n'ai rien trouvé.

Le couple avait eu l'air déboussolé. Genko espérait les avoir découragés. Mais, à sa grande surprise, ils avaient signé le contrat, qui se trouvait maintenant entre les mains des agents Bauer et Delacroix.

— Qu'est-ce que ça veut dire ? demanda le blond en regardant Genko.

— Ça veut dire que, d'après ce papier, je suis chargé de l'affaire.

— Ce contrat est vieux, trop vieux, répondit calmement Delacroix en le lui rendant.

Mais Bruno ne le reprit pas.

— Tu plaisantes, pas vrai ? Il n'y a pas de date de péremption : la mission est en vigueur tant qu'elle n'est pas révoquée.

Bauer s'apprêta à bondir vers lui, mais Delacroix l'arrêta d'un geste.

— Bien. Vu que Samantha Andretti a été retrouvée, il me semble que nous n'avons plus besoin de toi. Mais si tu veux continuer à la chercher, fais comme tu veux…

Le blond éclata de rire. Delacroix tendit à nouveau la feuille à Genko.

Cette fois encore, Bruno ignora le geste.

— Les journaux disent que Samantha a été retrouvée par hasard il y a deux nuits par une patrouille qui passait dans cette zone. Comment se fait-il que j'aie eu vent d'un appel anonyme ?

Le sourire sur le visage de Bauer s'évanouit soudain. Delacroix, lui, ne laissa transparaître aucune réaction.

— Je comprends que la police risque de voir sa cote de popularité baisser, pour ne pas avoir cherché la fille comme il fallait à l'époque, renchérit Bruno. Mais endosser le mérite de l'avoir retrouvée en faisant passer les deux agents pour des héros, je trouve ça un peu exagéré, dit-il en observant les deux policiers en uniforme à côté de la voiture de patrouille qui, se sentant mis en cause, détournèrent le regard, embarrassés.

— Nous ne sommes tenus ni de confirmer ni de partager avec toi les informations confidentielles, dit Delacroix pour faire comprendre que la plaisanterie avait assez duré.

— C'est là que tu te trompes, répondit Genko en indiquant le contrat. Selon l'article 11, alinéa b, les parents de Samantha m'ont donné un mandat de représentation auprès de la police. Ils sont même allés jusqu'à me nommer tuteur de leur fille en cas d'absence d'autres membres de la famille.

La clause prévoyait que, dans le cas où il retrouverait la jeune fille, qui était mineure, il serait responsable de sa sécurité jusqu'à l'avoir ramenée chez elle. Cela ne s'était pas présenté, mais ce détail technique pouvait se révéler utile à d'autres fins.

— L'accord n'est plus valide, protesta Bauer avec sa véhémence habituelle. Samantha est majeure. En plus, sa mère est morte et son père est introuvable.

— Même si elle n'est plus mineure, il faut établir si elle est en pleine possession de ses capacités de compréhension et de volonté. Sincèrement, j'en doute : elle est en état de choc… Il ne reste que le père. Mais tant que vous ne l'avez pas retrouvé et tant qu'il ne m'aura pas officiellement démis de ma mission, je suis censé respecter mon contrat et veiller sur ma cliente, Samantha Andretti.

Delacroix était moins impulsif que son collègue, et surtout beaucoup plus pragmatique.

— Nous irons voir un juge et nous ferons annuler le contrat. Je pense que nous n'aurons aucun mal à le convaincre : il suffira qu'il y jette un coup d'œil.

C'était vrai, Genko le savait : un juge aurait pris ses bonnes intentions pour une tentative de spéculer sur l'affaire, quinze ans plus tard. Il fit semblant d'y réfléchir, mais il avait déjà prévu la suite.

— D'accord, dans ce cas je vous propose un pacte.

Les deux agents se turent, attendant qu'il poursuive.

— Dans mes archives se trouve un dossier bien épais qui retrace l'enquête que j'ai menée il y a quinze ans.

Il espérait que ce mensonge argumenté ouvrirait une brèche. En réalité, le fascicule ne contenait que la feuille qu'il venait de leur montrer. Parce que l'affaire Samantha Andretti était la pire qu'on lui ait jamais confiée. À l'instar de la police, Genko n'avait rien trouvé.

Toute action humaine laisse une trace. Surtout quand il s'agit d'un acte criminel.

Cette leçon faisait partie de la formation de détective privé. On pouvait même dire que le métier reposait justement sur ce principe simple. Ainsi que sur une autre règle d'or : le crime parfait n'existe pas, mais l'enquête parfaite existe.

Voilà pourquoi, parmi les quelques échecs de la carrière de Bruno Genko, l'affaire Andretti était le plus retentissant. En effet, il en était même arrivé à douter qu'il y ait eu un ravisseur.

Le truc le plus réussi du monstre avait été de convaincre tout le monde qu'il n'existait pas.

— Tu nous proposes un échange ? demanda Bauer. J'ai bien compris ? Tu nous donnes ton dossier si on te laisse fourrer le nez dans notre enquête, c'est ça que tu veux ?

— Non, le corrigea Delacroix, qui avait compris avant lui. Il propose de sauver notre peau…

Genko acquiesça.

— Mon dossier contient des déclarations de témoins que la police n'a jamais entendus, des indices qu'elle n'a jamais trouvés, une série de pistes intéressantes qui, à l'époque, ont été inexplicablement ignorées… Bref, les preuves que le département a abandonné l'affaire trop vite. Il serait vraiment dommage que les médias s'emparent de ces documents. Par ailleurs, en tant que tuteur légal de Samantha, je suis obligé de faire la lumière par tous les moyens sur les aspects fumeux de cette enquête douteuse.

Les deux hommes se regardèrent sans dire un mot.

Bruno savait qu'il n'était jamais bon de mettre les flics le dos au mur, parce que tôt ou tard ils se vengeraient. L'attitude de Bauer et Delacroix ne laissait rien présager de bon. Sa demande de participer à l'enquête de police était tout simplement folle. En plus d'être irrecevable, elle ne lui apporterait que des ennuis. Et de toute façon, ce chantage était fondé sur un bluff. Ceci le poussa à rouvrir les négociations.

— Je n'ai aucune intention de divulguer les documents en ma possession, assura-t-il calmement. Je sais bien que, si je le faisais, je n'aurais plus rien pour vous empêcher de me massacrer ensuite. Je ne suis pas aussi stupide… Je vous demande juste une petite faveur puis je disparais, promis.

— Moi, je suis pour ne rien lui donner, dit Bauer à son collègue. Je veux voir si ce connard a les couilles de tout balancer aux journaux.

Le blond savourait probablement d'avance l'idée de lui faire la peau. *Mais tu ne peux rien me faire*, pensa Genko en le regardant droit dans ses yeux bovins. C'est un des rares avantages, quand on va mourir : la fin imminente est comme un super pouvoir. Elle rend invulnérable.

— D'accord, dit Delacroix de façon inattendue. Qu'est-ce que tu veux ?

Bruno se tourna vers lui.

— Je veux écouter l'enregistrement du coup de fil anonyme.

8

Le camp de base, d'où étaient coordonnées les recherches sur la geôle de Samantha Andretti, avait été installé au centre de la zone marécageuse, à côté d'une station-service abandonnée. Chaque année, les étangs inondaient une portion de terre conséquente, chassant ceux qui essayaient de défier l'hostilité des lieux.

Même en présence des policiers, le lieu est lugubre, pensa Genko.

Quand il descendit de sa voiture et regarda autour de lui, il fut surpris par le va-et-vient frénétique des techniciens et des agents qui entraient et sortaient des tentes et des caravanes.

Plusieurs équipes d'exploration œuvraient dans les marais, avec des véhicules amphibies et des chiens. Genko aperçut aussi des agents de la police scientifique : ils analysaient dans leurs laboratoires mobiles tous les indices prélevés. À l'ancien emplacement des pompes à essence, il y avait maintenant un hélicoptère prêt à repartir pour passer le territoire au crible depuis les airs.

Bauer et Delacroix, qui l'avaient précédé, descendirent de leur véhicule et se dirigèrent vers lui.

— Tu sais que tu as beaucoup de chance d'être ici, pas vrai ? lui rappela le blond. Les policiers ne devraient rien avoir à faire avec les maîtres chanteurs de ton espèce.

Genko sourit et s'apprêtait à répondre quand ils furent interrompus.

— Delacroix, appela une voix pleine de colère.

Bruno se retourna et vit un homme en costume bleu marine et cravate, qui approchait avec une expression peu amène. Il était accompagné d'un gros chien au poil long.

— J'en ai pour une minute, assura Delacroix avant d'aller rejoindre l'inconnu.

Bauer tira Genko par la manche de sa veste.

— Allons-y.

Tandis qu'ils s'éloignaient, Bruno observa du coin de l'œil ce qui se passait entre les deux hommes.

— Plus personne ne répond à mes appels, se plaignait l'inconnu. Quand est-ce que vous allez vous mettre à la chercher ?

Genko se demanda qui était ce « elle ». Chercher qui ? Samantha Andretti avait été retrouvée. Mais le chien se mit à aboyer, couvrant les voix des hommes.

— Tais-toi, Hitchcock, ordonna son maître.

Genko ralentit le pas et constata que la discussion devenait de plus en plus animée. Bauer l'attendait sur le marchepied d'une caravane.

— Alors, tu te décides ?

À l'intérieur de la caravane se trouvaient des appareils très sophistiqués, qui servaient pour le moment à analyser l'enregistrement du coup de téléphone anonyme. Le fichier audio avait été décomposé en diagrammes de différentes couleurs sur les écrans des ordinateurs. Quatre techniciens étaient en quête de sons cachés dans le bruit de fond, avec l'espoir de dénicher des indications sur l'identité de l'homme qui avait appelé.

Dans un des pics du graphique pouvait se cacher une voix étrangère ou la cloche d'une église, voire un nom, si on avait vraiment de la chance. L'intention était de remonter au lieu de l'appel et d'identifier d'éventuels témoins en mesure de fournir une description de l'inconnu.

Genko regardait dans le vide depuis cinq minutes, les bras croisés, incapable de rester immobile sur sa chaise pivotante. Bauer le tenait à l'œil, debout, de toute évidence agacé par ses mouvements. Mais aucun des deux ne prononça un mot jusqu'au retour de Delacroix.

— Excusez-moi, dit le flic en montant à son tour, en nage. Tu lui as déjà expliqué ? demanda-t-il à son collègue en se servant un verre d'eau à un distributeur automatique.

— Pas encore.

Delacroix prit une chaise et s'installa en face de Genko.

— Bien sûr, ce que nous allons te dire est confidentiel. Si tu parles, tu auras affaire à moi.

Bauer lui tendit un formulaire et un stylo.

— Je vais devoir espérer qu'aucun de vos collègues ne perçoive de pots-de-vin de la part des médias, les provoqua Bruno avant de signer le papier et de le rendre à Bauer.

— L'homme a utilisé un téléphone portable volé, commença Delacroix. Ensuite, il l'a éteint et détruit. Il est impossible de remonter jusqu'à lui.

— Samantha Andretti se trouvait à environ douze kilomètres de la borne qui a relayé l'appel, ajouta Bauer. Donc, celui qui l'a découverte a eu le temps de réfléchir avant d'avertir la police.

— Alors vous pensez qu'il ne s'agissait pas du ravisseur ? demanda Bruno, qui n'avait pas écarté l'hypothèse que le monstre ait agi par pitié, après l'avoir enfermée et brutalisée durant quinze années.

— Nous l'avons exclu, parce que la fréquence de la voix indique que l'homme est jeune, ce qui signifie qu'à l'époque de l'enlèvement il aurait été adolescent, expliqua Delacroix. Mais il pourrait s'agir d'un complice repenti ou craignant d'être découvert.

Les options étaient multiples. Genko eut l'impression que l'enquête était au point mort. Les deux agents étaient plutôt coopératifs, était-ce une tactique ? Lui taisaient-ils quelque chose d'important ?

— Maintenant, je peux écouter l'enregistrement ?

Bauer fit un signe à un des techniciens, qui démarra la lecture. Les enceintes émirent un bruissement, interrompu par la sonnerie d'un appel entrant.

— *Urgences*, répondit une opératrice.

— *Hum... Je voudrais parler à la police...*, dit une voix masculine incertaine.

— *De quoi s'agit-il, monsieur ?* demanda l'autre sans se décontenancer. *Dites-moi de quel type d'urgence il s'agit et je vous passerai la police.*

Bref silence.

— *Il y a une femme nue, je pense qu'elle est blessée. Elle a peut-être une jambe cassée. Elle a besoin d'aide.*

L'opératrice était entraînée à ne pas s'alarmer, aussi garda-t-elle un ton neutre.

— *Elle a eu un accident ?*

— *Je ne sais pas, mais je ne crois pas... Il n'y avait pas de voiture.*

— *Vous connaissez cette femme ? Elle est de votre famille ?*

— *Non.*

— *Vous savez comment elle s'appelle ?*

— *Non…*

— *Où est la personne qui a besoin d'aide ?*

— *Euh... Sur la 57, je ne sais pas précisément où. C'est la route qui traverse les marécages, vers le nord.*

— *Elle est consciente ?*

— *Je crois que oui, j'ai eu l'impression que oui…*

— *Vous vous trouvez avec elle, en ce moment ?*

Silence.

— *Monsieur, vous m'avez entendue ? Êtes-vous avec cette femme ?*

Un instant d'hésitation.

— *Non.*

— *Vous pouvez me donner vos nom et adresse, s'il vous plaît ?*

— *Écoutez, moi je vous ai dit ce que j'avais à vous dire, maintenant ce ne sont plus mes affaires…*

Il raccrocha.

Le technicien arrêta la lecture. Bauer et Delacroix se tournèrent vers Bruno pour lui faire comprendre que maintenant qu'il avait eu ce qu'il voulait, ils n'avaient plus rien à se dire. Mais Genko n'allait pas se contenter de si peu.

— Si ce n'est ni le ravisseur ni un complice, pourquoi n'a-t-il pas donné son nom ? Pourquoi rester dans l'ombre ?

— Si on le savait, c'est pas à toi qu'on le raconterait, répondit Bauer.

Bruno l'ignora, parce que Delacroix avait l'air d'accorder une importance soudaine à son opinion.

— Elle a été retrouvée en pleine nuit, poursuivit le détective privé. Qui se balade dans les marécages en pleine nuit ? Avec un portable volé ?

En vérité, on pouvait soupçonner deux catégories de personnes, et les agents étaient arrivés à la même conclusion que Genko :

— Trafiquants de drogue et braconniers.

— Quelqu'un qui a quelque chose à cacher et qui a tout intérêt à ne pas donner son nom à un numéro d'urgence, confirma Delacroix.

Pourtant, cette réponse ne convainquait Bruno qu'en partie. Il avait perçu autre chose.

— Je peux entendre à nouveau l'enregistrement ? demanda-t-il à la surprise générale.

— Pourquoi ? ricana Bauer, qui n'était plus disposé à faire de concessions.

Genko se tourna vers Delacroix, en écartant les bras. L'homme acquiesça et fit un signe au technicien.

L'enregistrement s'enclencha à nouveau.

Cette fois, Bruno essaya le plus possible de mémoriser la voix de l'inconnu, notant tous les détails, inflexions et nuances.

Accent du coin, ton rauque de gros fumeur, consonnes palatales peu marquées.

Il ne s'était pas trompé. Il y avait quelque chose d'obscur dans sa façon de parler. Une vibration qu'aucune technologie n'était en mesure de saisir. Ce n'était pas seulement la crainte d'être découvert à cause de son activité illicite, trafic de drogue ou braconnage. Il y avait autre chose, Genko n'avait aucun doute.

C'était de la terreur.

9

— Alors, comment tu vas ?
— Bien.
— Sûr ?
— Rien n'a changé depuis cet après-midi…

La nuit tombait, les cigales des marais avaient cédé la place aux grillons. La chaleur était toujours insupportable, la lune était pleine. La Saab était arrêtée au bord de la route, cachée par le feuillage d'un saule. Bruno profitait de cette pause pour appeler Linda.

— Tu as mangé quelque chose, au moins ?
— Pas encore, mais je te promets de le faire.

L'appréhension de son amie était une agréable nouveauté pour Genko : personne ne s'était jamais occupé de lui. Peut-être parce qu'il avait toujours tenu tout le monde à distance. Il ne regrettait pas son choix, même depuis qu'il se savait condamné. Pas d'examen de conscience pour Bruno Genko. Pas de regret. Juste un remords.

— Qu'est-ce qu'il y a dans le coffre-fort de la chambre 115 de l'hôtel Ambrus ? demanda soudain Linda.

Bruno se tut. Il aurait voulu raccrocher mais, à l'autre bout du fil, la femme n'avait aucune intention de changer de sujet.

— J'y ai réfléchi toute la journée… Si je dois la détruire, alors il faut que tu me le dises : que contient l'enveloppe scellée ?

Le détective posa une main sur le volant. Dans l'autre, son téléphone portable sembla soudain très lourd.

— Tu n'es pas obligée de le faire, affirma-t-il avec une dureté inhabituelle. C'est juste que je pensais pouvoir te faire confiance.

— Je connais le numéro de la chambre et le code : je pourrais y aller tout de suite et ouvrir le paquet, répondit-elle, têtue.

— Cette enveloppe ne te regarde pas.

— Pourquoi ai-je l'impression que tu me caches beaucoup de choses ?

Parce que c'est vrai, et ça me fait peur. Mais il ne le dit pas. Il ferma les yeux et prit une profonde inspiration. Linda s'était mise à pleurer.

— Tu m'as sauvé la vie, tu as une idée de ce que ça veut dire ? Et maintenant, je ne peux pas faire la même chose pour toi… Tu imagines comment je me sens ?

Non, il ne l'imaginait pas. Les sentiments n'avaient jamais été son fort. À ce moment-là, un fourgon noir passa sur la route. Genko regarda sa montre et nota mentalement qu'il était 21 h 06.

— Je dois y aller.

— Tant que tu as encore de l'air dans les poumons…, lui rappela Linda en reniflant.

Il eut l'impression de la voir, enveloppée dans son kimono en soie, recroquevillée sur son lit, à la faible lueur d'une bougie.

— Bien sûr, dit-il doucement avant de raccrocher.

Puis il leva les yeux.

À une centaine de mètres se trouvait le Duran, un bar dont les enseignes au néon promettaient des tables de billard et la télévision satellitaire pour regarder les événements sportifs. Il compta une vingtaine de véhicules sur le parking, surtout des 4 × 4 et des pick-up.

Apparemment, il y avait un monde fou.

Genko avait passé les trois dernières heures à faire le guet dans sa voiture. C'était la partie la plus difficile de son travail : cela pouvait durer des semaines. Dans les films, pour faire passer le temps, les détectives privés se munissaient de mots croisés et de thermos de café. Mais les véritables professionnels savent que la moindre distraction peut ruiner des heures et des heures de surveillance, et que la caféine stimule la vessie.

La patience ne suffisait pas. Il fallait de la discipline. Parce que le problème n'était pas l'ennui, mais la routine. Avoir la même scène devant les yeux pendant aussi longtemps pouvait créer une dangereuse accoutumance.

Genko n'aurait jamais imaginé gâcher en planque une partie du temps que son cœur malade lui concédait. Le siège défoncé de la Saab était la preuve de toute la vie qu'il avait passée à attendre dans sa voiture. Quel gaspillage.

Une fois, il avait été chargé de retrouver un débiteur. Bruno était convaincu que l'homme n'avait jamais quitté la ville. Il s'était posté devant chez lui et, pendant vingt longues journées, avait fixé ses fenêtres et sa porte d'entrée. Les membres de la famille de l'homme allaient et venaient à toute heure du jour et de la nuit, mais aucune trace de lui. Alors il avait décidé de le débusquer. L'être humain a deux motivations à ses actes, qui peuvent lui faire perdre la raison : le sexe et l'argent. Il avait suffi à Genko de passer un coup de téléphone à la femme du débiteur, se faisant passer pour un fonctionnaire d'une ambassade étrangère. Il lui avait communiqué que son mari avait hérité d'une somme coquette léguée par un parent éloigné, émigré à l'étranger des années auparavant. Mais il fallait que le bénéficiaire se présente en personne pour accepter l'héritage et remplir les formalités bureaucratiques. Une heure plus tard, le débiteur sortait de chez lui.

Au moment où il se rappelait cette affaire, le fourgon noir passa dans l'autre sens. Cette fois, il ralentit devant le parking du Duran, s'arrêta presque, mais au bout de quelques secondes, il s'éloigna en accélérant. Quand il passa à côté de la Saab, Bruno regarda l'heure : 21 h 30.

Il calcula qu'il disposait de vingt-cinq minutes au maximum.

Il se gara devant le Duran, descendit de sa voiture et se dirigea vers l'entrée.

Quand il franchit le seuil, une trentaine de regards se posèrent sur lui et le dévisagèrent d'un air soupçonneux. C'était compréhensible. Avec son costume en lin clair et son air abattu, Genko détonnait au milieu des chemises à carreaux, bottes et casquettes.

Un nuage de fumée de cigarette planait au-dessus du bar. Le bruit des boules de billard qui s'entrechoquaient se superposait parfois à la chanson folk que diffusait la chaîne hi-fi.

Pour donner un nom à l'inconnu qui avait trouvé Samantha Andretti, la police aurait sans doute dû chercher parmi ceux qui avaient l'habitude de fréquenter les marais. Bauer et Delacroix semblaient convaincus qu'il ne pouvait s'agir que d'un trafiquant de drogue ou d'un braconnier. Genko avait parié sur la seconde possibilité. En effet, pour les trafiquants de drogue, le risque d'être découvert et de finir en prison ne valait généralement le salut d'aucune femme.

— Qu'est-ce que je te sers ? demanda une jeune serveuse vêtue d'un débardeur vert militaire, couverte de tatouages.

— Une Weiss et une tequila, répondit Bruno.

Il se posta devant le grand écran qui projetait un match de foot. Il n'y avait pas le son : il pouvait donc faire semblant de s'y intéresser et, en même temps, contrôler ce qui se passait autour de lui. Et surtout, laisser les clients s'habituer à sa présence. Peu après, la serveuse arriva avec ses boissons. Bruno vida le verre de tequila, paya la jeune fille et se mit à déambuler dans le bar, sa bière à la main.

Il percevait l'hostilité des autres clients : des gens des marais, habitués à la rudesse d'une vie difficile, peu enclins aux bonnes manières, surtout avec les gardes forestiers. Il fit le tour des billards, observa un moment les joueurs, mais uniquement pour mieux étudier leurs visages.

Le Duran, seul lieu de distraction du coin, était un repère de braconniers et de pêcheurs de contrebande. Genko n'avait aucune certitude que l'homme qu'il cherchait se trouvât dans la salle. Toutefois, le fourgon noir qui avait transité deux fois devant le bar était une quasi-confirmation qu'il était sur la bonne piste.

« Nous avons exclu qu'il s'agisse du ravisseur, parce que la fréquence de la voix indique que l'homme est jeune, ce qui voudrait dire qu'à l'époque de l'enlèvement il aurait été adolescent », avait expliqué Delacroix. Genko élimina donc les clients âgés de plus de trente-cinq ans. Cela le ramena à une dizaine d'individus, ce qui était encore trop. Pour restreindre encore le cercle, il passa à côté de ceux qui discutaient, tendant l'oreille pour capter un son familier dans leurs paroles.

Il n'avait écouté que deux fois l'enregistrement du coup de fil, il n'avait rien de précis pour identifier l'homme qu'il cherchait. Mais une voix pouvait révéler beaucoup de choses : l'origine, les habitudes et même l'aspect d'une personne.

Accent du coin, ton rauque de gros fumeur, consonnes palatales peu marquées, résuma Genko. Les deux premières caractéristiques étaient plus ou moins inutiles, parce que tous les gars du bar étaient nés dans le coin et que le pourcentage de fumeurs était très élevé. En outre, la troisième ne représentait pas une anomalie : ce défaut de prononciation pouvait être causé par l'absence de certaines dents ou, simplement, par le fait qu'au moment où il avait appelé, il mâchait un chewing-gum.

Genko se tourna vers une des tables près de la baie vitrée et eut une révélation.

Un jeune homme robuste y était assis. Seul et à l'écart, il regardait dehors d'un air pensif. Il avait moins de trente ans. Devant lui, une bouteille de bière et une assiette de frites à moitié vide. Il dessinait des formes dans le ketchup en y trempant un cure-dents.

Ce furent ses mains qui attirèrent l'attention du détective : elles étaient couvertes d'anciennes ampoules.

La peau ressemblait à de la cire fondue. Une brûlure, pensa-t-il immédiatement. Une cicatrice encore plus longue remontait le long de son cou jusqu'à la partie inférieure de son visage, où une barbe clairsemée tentait de cacher ses cicatrices.

Genko décida de tout miser sur lui.

— Je peux m'asseoir ? demanda-t-il en posant sa bière sur la table.

— On se connaît ? répliqua l'autre en levant la tête.

Sa voix était rauque : pas à cause de la cigarette, nota Genko, mais parce qu'il avait inhalé la fumée d'un incendie. Ceci expliquait aussi les consonnes palatales peu marquées. La cicatrice se poursuivait probablement dans la bouche, jusqu'au larynx.

Il a respiré les flammes. Seul le kérosène peut mettre un homme dans cet état. Or les braconniers s'en servent pour allumer des feux et faire sortir les canards des bosquets.

Genko s'assit. Avant que le jeune homme puisse protester, il alla droit au but :

— La police sait que c'est toi qui as passé le coup de téléphone.

— Mais que…

Bruno ne lui laissa pas le temps de répondre.

— Ils vont t'arrêter et t'accuser d'avoir participé à la séquestration de cette femme, tu comprends ?

Le jeune homme ne répondit pas. Il était stupéfait.

Bruno comprit qu'il avait visé juste.

— Un fourgon noir est déjà passé deux fois dehors, ce qui signifie que les flics surveillent le bar. Je ne serais pas étonné que cet endroit soit truffé de micros : ils ont l'enregistrement du coup de fil et leur équipement leur permet de reconnaître une voix en plein milieu d'une foule. Si, comme je le crois, ils savent que tu es dans le bar, alors les poulets sont déjà là et ils vont débarquer par cette porte d'un moment à l'autre, expliqua-t-il en se tournant vers l'entrée.

Le jeune homme l'imita, tétanisé.

— Quand le fourgon banalisé repassera, ce sera le signal, affirma Genko en indiquant la baie vitrée. Nous avons moins de dix minutes, ajouta-t-il en regardant sa montre.

Le jeune homme était aussi assommé qu'un boxeur qui vient de recevoir des coups au visage.

Bien. Il ne fallait pas lui laisser le temps de réfléchir.

— Ce qui m'intéresse, ce n'est pas ton nom. C'est ce que tu as à me dire.

— Qu'est-ce que tu me veux ? demanda l'autre en fixant la baie vitrée, sous le choc.

Bruno devait lui faire comprendre qu'il représentait son seul espoir. Il était en bonne voie.

— J'ai besoin de te poser des questions simples, tu auras juste à confirmer si ce que je vais te dire correspond à la façon dont les faits se sont déroulés.

Le garçon au visage de cire le regarda, perdu.

— Il y a deux nuits, tu rentrais d'une partie de chasse dans les marais quand tu as vu une femme au milieu de la route.

Le jeune homme acquiesça.

— Tu t'es arrêté et tu es descendu de ta voiture.

— De mon pick-up, le corrigea l'autre, bien que ce ne soit pas nécessaire.

— D'accord : de ton pick-up. Tu lui as parlé, elle était bouleversée.

— Elle m'a supplié de rester avec elle.

Bruno se représenta la scène. Il vit Samantha – nue, fragile et effrayée – qui s'accrochait aux jambes du premier être humain qu'elle voyait après tant de temps et qui n'était pas le monstre. Elle ne savait rien du monde hors de sa prison : il aurait pu avoir pris fin depuis un bon moment.

— Elle était couverte d'égratignures et elle avait une jambe cassée. J'ai pensé qu'elle avait eu un accident.

— Un accident ? répéta Genko pour lui faire comprendre qu'il ne tombait pas dans le panneau. Alors pourquoi tu es parti en la laissant dans cet état ?

— J'ai un casier, se justifia l'homme. Je ne voulais pas avoir d'ennuis.

Il baissa les yeux.

Il n'est pas simplement en train de mentir, pensa Bruno. *Il a honte.*

— Quel genre d'accident peut casser une jambe et laisser quelqu'un nu ?

Le détective se rappela la tonalité sombre qu'il avait perçue dans la voix de l'homme en écoutant l'enregistrement du coup de fil.

Terreur.

— Tu me racontes n'importe quoi. La vérité, c'est que tu étais mort de trouille.

Il ressentit une peine étrange en prononçant ces mots. Avec son visage qui ressemblait à un toast, l'homme ne devait pas avoir une vie facile.

— Écoute, je ne…

Le jeune homme regarda autour de lui, effrayé. Le temps passant, Bruno ne pouvait plus se permettre le luxe de la compassion.

— Tu as eu peur parce que la femme t'a dit que quelqu'un la poursuivait.

L'autre se tut et Genko pensa avoir visé juste, mais l'homme secoua la tête.

— Quelqu'un la poursuivait, pas vrai ? insista-t-il pour être sûr d'avoir bien compris – il sentait l'adrénaline monter.

Autre silence. Mais cette fois, l'hésitation avait valeur de confession.

Bruno ne s'y attendait pas. Le jeune homme sous-entendait-il vraiment qu'il avait vu le monstre qui avait enlevé Samantha Andretti ? L'homme dont l'identité était un mystère depuis quinze ans ? Genko sentit son cœur battre la chamade, il espéra qu'il ne lâcherait pas à cet instant précis. Il devait contrôler ses émotions. Il essaya de rester calme pour gérer au mieux la situation.

— Tu serais capable de le décrire ? demanda-t-il en prenant un stylo dans sa poche.

Puis il sortit aussi le rapport médical, la seule feuille de papier dont il disposait.

Le jeune homme était agité.

— Calme-toi et procédons par ordre, dit Bruno, prêt à noter. Avait-il les cheveux longs ou courts ?

— Je ne sais pas…

— Était-il grand, petit, gros ou maigre ?… Comment était-il habillé ?

L'autre haussa les épaules mais évita son regard.

Le temps filait trop vite. Bientôt, Bruno devrait sortir du bar s'il ne voulait pas se retrouver au milieu d'une descente de police.

— Comment est-il possible que tu ne t'en souviennes pas ? La police ne te foutra pas la paix, tu comprends ?

Le jeune homme avait peur, mais pas des flics. Ses yeux se voilèrent de larmes. *Terreur*, se répéta Genko. Il devait comprendre ce qui s'était passé – *il le devait.*

— Cet homme était armé ?

— Je ne sais pas…

— Mais toi, tu avais une arme, pas vrai ?

Plus que probable, s'il était braconnier.

— Mon fusil, admit-il d'un filet de voix.

— Donc, au pire, tu aurais pu te défendre. Alors pourquoi t'es-tu enfui ?

Le jeune homme s'enferma dans un mutisme obstiné.

Bruno regarda l'heure. Les dix minutes touchaient à leur fin. Il fallait qu'il lève le camp. Mais il ne pouvait pas partir sans savoir.

— Écoute-moi, tu as abandonné une pauvre femme qui te suppliait de l'aider, et rien que pour ça tu mériterais de moisir en prison pendant vingt ans. Et tu pensais pouvoir te racheter une conscience avec un coup de fil anonyme ? Même le plus salaud des criminels n'oublie jamais qu'il est un homme, et je t'assure que j'en ai rencontré un paquet. Je t'offre probablement ta dernière chance d'arranger les choses.

— Si je te le dis, tu ne me croiras pas…, dit le jeune homme en levant vers lui des yeux qui imploraient la clémence.

— Qu'est-ce que je ne croirai pas ? Parle, putain !

Il perdait patience – trois minutes : de l'autre côté de la baie vitrée, la route était encore déserte.

— Il est arrivé du bois. J'ai compris qu'il cherchait la femme. Quand il nous a vus, il s'est arrêté net.

— Et ensuite ?

— Rien, il est resté immobile. Il nous fixait… Il m'a glacé le sang.

— Pourquoi ?

— Parce que ce type…

— Qu'est-ce qu'il avait, ce type ?

— Je ne pouvais pas le dire au numéro des urgences, ils m'auraient pris pour un fou et personne n'aurait aidé cette femme.

De quoi parlait-il ? Qu'est-ce qu'il ne pouvait pas dire ? En cherchant un moyen d'obtenir l'information, Bruno remarqua du coin de l'œil une tache noire qui avançait sur le parking du Duran.

Le fourgon banalisé. Le temps était écoulé.

Genko se leva d'un bond, prêt à sortir au plus vite. Il remettait dans sa poche le stylo et le rapport médical quand le jeune homme lui attrapa le bras.

— Tu es ici pour m'aider ? demanda-t-il, la lèvre tremblante.

— Non, avoua Bruno.

Le détective lut de la déception et de la peur sur le visage du braconnier, mais cela ne l'intéressait plus. Il regarda la porte du Duran et calcula mentalement combien de temps il lui fallait pour l'atteindre avant que les lumières du bar s'éteignent et que le bruit des vitres cassées précède celui des grenades assourdissantes utilisées par les forces de l'ordre pour étourdir les ennemis potentiels et neutraliser toute menace possible.

— C'était un lapin.

Bruno Genko allait se libérer de la prise du jeune homme, mais il arrêta son geste.

— Quoi ? se surprit-il à demander.

Alors l'autre lui arracha des mains le stylo et le rapport médical et il dessina. Son trait était approximatif, très enfantin. Puis il lui rendit la feuille, la main tremblante. Genko la regarda.

Un homme à tête de lapin, les yeux en forme de cœur.

10

Le docteur Green se pencha vers elle pour lui retirer le masque à oxygène.

— Comment ça va, maintenant ? lui demanda-t-il en souriant.

Elle avait encore du mal à respirer seule.

— Laisse tes poumons s'habituer.

Il lui mima le geste, en posant ses mains sur son thorax. En effet, l'air passait de mieux en mieux.

— Merci, dit-elle en se tournant vers la table de nuit.

Le téléphone jaune était toujours là : il n'était pas le fruit de son imagination.

— Tu veux appeler quelqu'un ? demanda Green.

— Je peux ?

— Bien sûr que tu peux, Samantha, répondit l'homme en riant.

Elle essaya de se relever.

— Attends, je vais t'aider.

Il l'attrapa par les bras et lui plaça un coussin derrière le dos. Puis il posa l'appareil sur les jambes de la jeune femme.

Elle prit le combiné et le porta à son oreille. Mais elle n'entendait rien.

— Pour les appels extérieurs, il faut composer le 9, lui expliqua-t-il.

Elle le fit et obtint la tonalité. Ce bruit était agréable, elle frissonna de joie et de liberté. Puis elle observa le clavier et s'assombrit.

— Que se passe-t-il ? demanda Green.

— Je ne me rappelle aucun numéro de téléphone.

— C'est compréhensible. Tant de temps a passé. D'ailleurs, peut-être que les numéros ont changé, tu ne crois pas ?

Cette idée la soulagea.

— Il s'est passé beaucoup de choses dans le monde pendant ton absence, Samantha.

— Par exemple ?

— Tu auras tout le temps de le découvrir, crois-moi, dit-il en remettant le téléphone à sa place. Il est à portée de main. Dès que tu te souviendras d'un numéro, tu pourras le composer.

Elle acquiesça, pleine de reconnaissance pour la façon dont il lui expliquait les choses – en mettant les formes, en la rassurant.

— Eux aussi, ils m'ont oubliée, pas vrai ?

Elle faisait allusion à sa famille et à ses amis, dont elle n'avait pourtant aucun souvenir.

— Cela n'a été facile pour personne, affirma Green en se rasseyant. Avec la mort, on peut négocier. Mais quand on ne sait pas ce qu'est devenue une personne qu'on aime, il ne reste que le doute. On n'abandonne pas avant d'obtenir une réponse.

— Alors pourquoi mes parents ne sont-ils pas ici, maintenant ?

— Ton père va bientôt arriver. Il a déménagé, mais on le cherche pour lui annoncer la bonne nouvelle. Quant à ta mère… Je suis désolé, Sam, mais elle est morte il y a six ans.

Samantha aurait dû se sentir peinée. C'est comme ça qu'une fille est censée réagir quand on lui annonce une telle nouvelle, non ? Pourtant, elle ne ressentait rien.

— D'accord, s'entendit-elle dire avec froideur, comme pour laisser entendre que son cœur n'avait plus besoin de « négocier avec la mort » de la femme qui l'avait mise au monde, ayant déjà accepté la nouvelle comme un fait.

— Quand tu retrouveras la mémoire, tu verras aussi que la douleur t'attendra avec les souvenirs, la rassura le docteur.

— Ne vaudrait-il mieux pas qu'elle ne revienne jamais ? Vous le dites comme si ça devait me faire du bien.

— Personne ne peut échapper à la souffrance, Sam. Ce ne serait pas sain.

— Vous ne pensez pas que j'ai assez souffert ? s'énerva-t-elle soudain. Et puis, qu'est-ce que vous en savez ? Hein ? Qu'est-ce que vous en savez ? Vous avez sans doute une jolie petite famille, une femme et des enfants. Et moi ? On m'a volé quinze ans de ma vie. Et même pire : quelqu'un a pris une partie de moi.

— Le nom de Tony Baretta te dit quelque chose ?

Qui est-ce ? Quel rapport ?

— Apparemment non, reprit Green. Quand tu as disparu, ton amie du collège – dont tu ne te souviens probablement pas – a déclaré à la police que ce jour de février, tu avais rendez-vous avec Tony : vous fréquentiez le même collège et il t'avait fait savoir qu'il voulait te parler.

Il craignit que la suite de l'histoire ne lui plaise pas.

— Rien que pour ça, ce jeune garçon s'est retrouvé en tête de la liste des suspects. Les policiers ont même supposé qu'il t'avait tuée avant de se débarrasser du cadavre. Moi, je pense juste qu'il en pinçait pour toi et qu'il voulait te faire une déclaration… Comme toi, Tony n'avait que treize ans.

Un bref silence suivit.

— Excuse-moi, je ne voulais pas te troubler. Je ne suis pas en train de te dire que c'est de ta faute. Mais ce qui s'est passé a eu des conséquences pour beaucoup de monde. Des victimes innocentes, exactement comme toi. Qui méritent notre douleur. Et la tienne aussi, crois-moi.

Le remords lui noua l'estomac.

— Qu'est-ce que je peux faire pour eux, maintenant ?

— Aide-moi à attraper ce monstre, déclara Green en changeant la bande de l'enregistreur. Tu dois faire plus d'efforts, Sam, dit-il avec une sévérité soudaine. Nous n'avons pas beaucoup de temps et tu dois me donner quelque chose… Tu comprends, n'est-ce pas ?

— Je ne sais pas…

— Il est peut-être encore tôt pour que tu te souviennes de tout, mais donne-moi au moins un détail : s'il était grand, comment était sa voix…

— Il ne parle jamais avec moi, affirma-t-elle en le regardant dans les yeux.

Green ne répondit pas tout de suite. D'abord, il relança l'enregistrement.

— En quinze ans, pas un mot ?

— Vous pensez que je suis folle, c'est ça ?

— Pas du tout. C'est une question de *foi*. Tu vois, Sam, beaucoup de gens sont convaincus que leur existence est constamment surveillée par une entité supérieure. Ils l'appellent Dieu et lui attribuent un pouvoir sur les choses de la terre. Même s'ils ne peuvent pas le voir, ils savent qu'il est là. Ils sont convaincus que Dieu est responsable de leur présence au monde et du but de leur vie. Sans lui, ils se sentiraient perdus et abandonnés. Dieu est un besoin.

— Vous êtes en train de me dire que j'ai besoin de ce monstre ? Que je le protège ?

— Non. Tu me demandes d'avoir foi dans l'existence de quelqu'un que tu n'as jamais vu ni entendu, et moi je te crois : je suis avec toi. Mais certaines choses ont besoin d'une explication rationnelle. Par exemple, comment as-tu fait pour t'échapper, au bout de tant de temps ?

Elle ne comprenait pas ce que le docteur Green voulait d'elle. Qu'essayait-il de faire ? À ce moment-là, quelque chose vibra.

L'homme sortit son portable de la poche de sa veste posée sur le dossier de la chaise. Il avait reçu un texto.

— Bientôt, l'antidote aux psychotropes que nous sommes en train de t'administrer va t'aider à te souvenir, dit-il en lisant son message. Maintenant, je te demande de m'excuser un instant.

L'homme se leva, jeta un coup d'œil à la perfusion accrochée au bras de Sam et se dirigea vers la sortie.

— Docteur Green…, le rappela-t-elle. Vous pourriez laisser la porte ouverte ?

— Entrebâillée, dit-il en souriant. Ça te va ?

Elle acquiesça. Le docteur laissa une fente, par laquelle elle apercevait le couloir. Elle ne comprenait pas s'il faisait nuit ou jour. Le policier qui montait la garde était toujours là, de dos, à côté de la porte. Il régnait un silence agréable – les bruits de l'hôpital étaient présents, mais lointains. Elle aurait voulu fermer les yeux, mais elle avait peur de s'endormir. Parce qu'elle était sûre que, dans ses rêves, *il* reviendrait.

C'est alors que le téléphone jaune sonna.

Elle frissonna de peur, clouée à son lit comme si elle y était reliée par un énorme aimant. Lentement, elle tourna la tête vers la table de nuit.

L'appareil sonnait, imperturbable. Il captait son attention.

Du coin de l'œil, elle vérifia la réaction du policier derrière la porte. Il n'avait pas bougé. Elle aurait voulu l'appeler à l'aide, mais l'angoisse lui nouait la gorge, l'empêchait de parler.

En attendant, les sonneries s'égrenaient dans le silence ouaté. Comme un rappel, ou une menace.

Une partie d'elle niait l'évidence. L'autre lui murmurait quelque chose qu'elle ne voulait pas admettre. C'est-à-dire qu'à l'autre bout du fil, il y avait une vieille connaissance – un vieil ami qui l'appelait pour lui faire savoir qu'il viendrait bientôt la voir.

Pour la ramener à la maison, dans le labyrinthe.

Elle aurait voulu se lever, s'éloigner du téléphone, toutefois sa jambe plâtrée l'en empêchait. Alors elle se tourna vers la paroi-miroir. Green avait dit qu'il y avait des policiers derrière, qui écoutaient tout ce qu'ils disaient. Était-il possible qu'il n'y ait personne à ce moment-là ? Elle leva la main pour attirer leur attention. En même temps, elle se tourna vers la porte et enfin, d'un filet de voix, elle parvint à appeler le policier.

— Pardon… Excusez-moi…, dit-elle avec terreur et timidité, consciente que la peur rend stupide.

Mais les sonneries cessèrent.

Elle n'entendit plus que sa respiration haletante. Et un sifflement dans ses oreilles, résidu gênant de ce bruit diabolique. Elle regarda à nouveau le téléphone, pour s'assurer qu'il s'était vraiment tu. Il était muet.

Par chance, elle fut secourue par un bruit familier : le tintement des clés que le docteur Green portait à la ceinture, attachées par un mousqueton. La porte s'ouvrit et l'homme entra.

— Sam, tout va bien ?

— Le téléphone, dit-elle. Il a sonné.

— Calme-toi, ça devait être une erreur. Quelqu'un a dû composer le numéro par erreur.

Mais elle ne prêta pas attention aux mots de l'homme. Elle ne l'écouta pas. Une pensée nébuleuse s'était formée dans son esprit. La sonnerie du téléphone avait ouvert une brèche dans sa mémoire, dont sortait quelque chose – une réminiscence impalpable. Un souvenir sonore.

— *Pardon… Excusez-moi…*

C'était sa voix, les mêmes mots qu'elle avait prononcés juste avant pour attirer l'attention du policier qui montait la garde. Mais elle les entendait désormais dans son esprit, parce qu'elle les avait prononcés à une autre époque, dans un autre lieu…

Elle marche dans le labyrinthe. Le long couloir gris se termine devant une porte métallique. La porte est fermée. Elle a toujours été fermée – elle en a la certitude absolue. Mais là, un bruit provient de l'autre côté.

Comme si on grattait la surface du métal.

C'est un bruit insignifiant, sans doute une souris ou un insecte. Mais dans le silence du labyrinthe, le moindre bruit prend des proportions énormes. Et elle l'a entendu depuis sa chambre. Elle a accouru pour en chercher la provenance.

En approchant lentement de la porte métallique, elle se demande ce que ça peut être. Elle a peur de le découvrir, mais elle comprend qu'elle ne peut pas faire autrement. Ce n'est pas de la curiosité : elle a appris à vérifier tous les détails, à approfondir le moindre changement dans la routine de sa prison.

Parce qu'elle ne sait jamais quand et comment un nouveau jeu commence.

Et son instinct lui dit que, derrière cette porte, quelque chose l'attend.

— Pardon... Excusez-moi...

Elle appelle, avec une gentillesse absurde, espérant obtenir une réponse.

— Vous aviez raison, docteur Green, dit-elle alors en le regardant dans les yeux. Je n'étais pas seule.

11

Il avait quitté le Duran juste à temps pour regarder le début de la descente de police dans le rétroviseur de sa Saab.

Il n'avait pas encore atteint la banlieue de la ville que déjà la radio annonçait la nouvelle de l'arrestation d'un premier suspect dans l'affaire de l'enlèvement de Samantha Andretti. Genko conduisait en repensant à ce qui s'était passé dans le bar. Il ne croyait toujours pas à cette histoire d'homme à tête de lapin.

« Nous ne savons pas encore pour quelle raison Tom Creedy a été arrêté, dit le présentateur. En ce moment, il est conduit dans une localité secrète où il sera interrogé par la police. »

Le jeune homme s'appelait donc Tom Creedy. *Ils vont s'en prendre à lui*, pensa Bruno. Il avait le profil parfait pour distraire les médias et l'opinion publique de la chasse au véritable ravisseur. Et s'ils échouaient, le braconnier paierait à leur place.

Mais si Tom racontait à Bauer et Delacroix l'histoire de l'homme-lapin, il s'en sortirait peut-être en plaidant la folie. Genko imagina la tête des deux policiers quand ils découvriraient qu'ils ne pouvaient pas utiliser le pauvre type comme bouc émissaire. Il sourit.

Son rire fut étouffé par une quinte de toux. Il sentit un poids dans son sternum. La Saab fit une dangereuse embardée et se retrouva sur l'autre voie, alors qu'une voiture arrivait en face. Genko corrigea sa trajectoire juste à temps. Quand il crut sa fin venue, la douleur cessa aussi brusquement qu'elle était arrivée.

Il comprit qu'il s'agissait d'un signal d'alarme. Son cœur lui rappelait qu'il devait s'économiser. Mais s'économiser pour quoi ? La police avait les moyens et les ressources pour enquêter. En comparaison, sa recherche était inévitablement limitée. Sa seule piste s'achevait avec Tom Creedy et ses visions absurdes.

Il fut envahi par une sensation de vide et d'inconfort. Il n'avait plus de but. Il ne lui restait qu'à mourir.

Il arriva en ville vers 1 heure du matin et fut surpris par les embouteillages. À cause de la chaleur, tout le monde vivait de nuit : à la foule des travailleurs – les gratte-ciel qui abritaient les bureaux étaient éclairés – s'ajoutait le va-et-vient des gens qui venaient faire leurs courses.

Genko constata que tout le monde avait quelque chose à faire, sauf lui. Il ne savait même pas où aller. Il aurait pu retourner voir Quimby, au Q-Bar, pour se distraire ou bavarder devant un verre. Ou bien il aurait pu se réfugier dans la chambre 115 de l'hôtel Ambrus, s'allonger sur le couvre-lit taché et attendre le sommeil, ou la mort. Et puis, il y avait toujours l'appartement de Linda. Au milieu de ses licornes, il aurait trouvé de la chaleur humaine, mais désormais sa relation avec elle était contaminée par la tristesse, et il ne voulait pas se sentir triste. Pas ce soir-là. Il rêvait de son ancienne vie, d'un jour comme tant d'autres, de ceux qu'on oublie le lendemain matin. Un jour banal, où on n'a pas conscience qu'on est vivant. Combien de ces journées avait-il vécues ? À ranger dans le passé, sans se demander si elles avaient servi à quelque chose. Pourtant, elles constituaient maintenant les plus désirables. S'il avait pu revivre un seul jour de son ancienne vie, il aurait choisi non pas le plus beau, mais le plus normal.

Je veux rentrer chez moi, se dit-il. Parce que désormais il se fichait du fait qu'on ne retrouve pas son cadavre.

Comme à son habitude, il gara sa voiture deux pâtés de maison plus loin, puis il poursuivit à pied, s'assurant qu'il n'était pas suivi – une combine qui s'était révélée nécessaire au fil des ans : personne ne devait savoir où il habitait.

Son quartier était proche du centre, il conservait un charme lié au passé mais n'avait pas encore été découvert par les nouveaux riches. Leur argent nettoierait sans doute bientôt les rues de la racaille qui le peuplait, mais, pour le moment, le seul argent qui circulait était lié au trafic de stupéfiants.

Devant l'immeuble où il vivait depuis presque vingt ans, Genko dut écarter un sans-abri ivre pour entrer. Comme l'ascenseur fonctionnait mal, il monta à pied. Il se sentait épuisé. La chaleur asphyxiante le contraignait à s'arrêter pour reprendre son souffle toutes les cinq ou six marches.

À chaque étage, il entendait du boucan et des disputes. Heureusement, ses voisins préféraient s'étriper chez eux. De temps à autre la police débarquait et emmenait quelqu'un, mais dans l'ensemble, c'était l'endroit parfait pour se planquer.

Il arriva au quatrième étage, glissa la clé dans la serrure, entra et referma derrière lui. Il resta quelques secondes immobile, dans le noir, profitant de l'accueil frais du climatiseur programmé pour s'activer à une heure précise. Il inspira profondément et se laissa envahir par l'odeur de chez lui.

Une odeur d'ordre et de propre.

Il alluma la lumière. Son salon était meublé de l'essentiel, rien de plus. Un canapé, un téléviseur, une table. La cuisine était ouverte et tout était à sa place – les ustensiles, la machine à expresso, un extracteur de jus avec à côté une coupe pour les fruits et les légumes. Les provisions étaient disposées sur les étagères, le frigo plein.

Avant de continuer, Genko retira ses chaussures, ses vêtements et ses sous-vêtements. Il se retrouva complètement nu. Il plaça son costume en lin froissé et sa chemise qui sentait la transpiration sur un cintre qu'il rangea dans une housse, fermée par un zip. Il l'accrocha à un portemanteau.

Pieds nus sur le parquet, il entra dans sa chambre à coucher, où se trouvaient quelques appareils de sport – un tapis roulant et un banc avec poids et haltères. Il avait hâte de s'allonger sur son matelas orthopédique, dans ses draps propres. Mais d'abord, il alla prendre une douche.

Hors de chez lui, il affichait une apparence négligée, voire un certain laisser-aller, mais entre ses murs, Genko se réconciliait avec sa véritable nature.

La première règle du métier de détective privé n'était pas de passer inaperçu, bien au contraire. L'apparence était fondamentale, parce que l'attention des étrangers devait se concentrer sur ses habits chiffonnés qui puaient la sueur et la nicotine, sur sa barbe hirsute et longue. En réalité, son aspect était une armure. Les autres devaient se contenter de la surface. En voyant un type à l'air misérable, ils se pensaient plus malins et baissaient inévitablement la garde.

Simuler : c'était là le truc.

Tandis que l'eau chaude de la douche lavait la transpiration et la fatigue, Bruno ferma les yeux et essaya de faire la paix avec ses propres inquiétudes. *J'ai échoué pour la deuxième fois*, se dit-il. Quinze ans plus tard, la pensée de Samantha Andretti revenait le tourmenter. Pourquoi maintenant ? Il l'avait oubliée, il l'avait enterrée avec les autres affaires irrésolues dans le box de la « maison des choses ». Il aurait suffi qu'elle réapparaisse une semaine plus tard pour que lui, très probablement, ne le sache jamais. Il était stupide d'avoir cru pouvoir arranger les choses. Dans le fond, qu'aurait-il pu faire ? Capturer le monstre ? Et à qui cela aurait-il servi ?

Pas à Samantha, qui n'avait pas eu besoin de lui pour se sauver. Elle avait réussi toute seule.

Croyait-il vraiment que trouver le ravisseur l'absoudrait de sa faute envers elle ? Ce qui le dérangeait le plus, à ce moment-là, était de s'être rendu complice de ce salaud. Quand les parents de Sam l'avaient appelé à l'aide, il aurait dû refuser. Pourtant il avait accepté. Il avait empoché leur argent et s'était montré sévère envers eux. « Vous me paierez le double du tarif habituel, en avance. Vous ne m'appellerez pas pour me demander comment avance l'enquête, je n'aurai aucune obligation de vous tenir au courant régulièrement. C'est moi qui vous contacterai quand je serai prêt à vous communiquer quelque chose. Si je ne donne pas de nouvelles d'ici un mois, alors vous saurez que je n'ai rien trouvé. »

En réalité, depuis le début, Genko n'avait nourri aucun espoir de résoudre le mystère de la disparition. Alors pourquoi avait-il menti ? Était-ce une des preuves absurdes d'autodiscipline à laquelle il soumettait sa force de volonté et, parfois, son âme ? S'il se débarrassait de sa pitié pour une gamine de treize ans et pour ses parents implorants, alors pouvait-il considérer qu'il avait passé l'examen ? Était-ce la vérité ? Ne cherchait-il qu'un autre trophée pour célébrer son maudit contrôle de lui-même ?

Il ouvrit les yeux et fit mine d'envoyer un coup de poing dans le carrelage de la douche. Mais il s'arrêta. *Non*, se dit-il. *C'est exactement le contraire.*

Je n'ai pas cru à l'affaire. C'est ma seule faute.

C'est vrai : j'aurais dû refuser la mission, mais je n'ai pas réussi à rationaliser. Ai-je fait assez, il y a quinze ans ? Je ne sais pas. En tout cas, maintenant, je ne peux plus rien faire. Est-ce trop tard ?

Un homme à tête de lapin : la réponse moqueuse qu'il méritait.

Il aurait voulu en rire avec quelqu'un – Dieu, qu'il aurait été bon d'avoir de la compagnie, ce soir-là. Une femme, un ami. Mais personne n'avait jamais mis les pieds dans cet appartement. Ce n'était pas un regret : il avait dû faire des choix.

La solitude permet d'avoir une meilleure perception des choses, se rappela-t-il.

Dans son travail, il était essentiel de posséder un sixième sens. Entrer dans la tête des gens. Mais pour cela, il fallait faire preuve d'une concentration permanente. Or la famille et les amis sont des distractions dangereuses.

Il retourna dans sa chambre et se sécha devant le miroir. Les signes d'un amaigrissement rapide étaient évidents sur son corps. Ses muscles, sculptés par les longs entraînements quotidiens, disparaissaient. Quand il ne jouait pas le rôle du détective privé à l'aura maudite, Bruno ne buvait pas, ne fumait pas et suivait un régime strict. Cela ne l'avait pas empêché de tomber malade, mais son abnégation l'avait sans aucun doute amené à être un des meilleurs dans son domaine.

Mon domaine, c'est la chasse. Et l'animal le plus difficile à chasser est l'homme.

Bruno le répéta devant le miroir, comme s'il voulait se convaincre que son travail était une mission.

Pour réussir à capturer un homme, il faut posséder des qualités affinées. Ingéniosité, sens de l'observation, utilisation savante de la technologie, réflexes, calme, résistance au stress et courage.

Surtout, il faut une compréhension profonde de la nature humaine.

Débiteurs endurcis, petits ou grands arnaqueurs, criminels informatiques, voleurs professionnels. Telles étaient ses proies. Pour les capturer et s'assurer qu'elles payaient ce qu'elles devaient ou restituaient les biens mal acquis, Bruno Genko recevait de gros virements d'importantes compagnies privées. De l'argent qu'il avait caché sur des comptes à l'étranger, dans l'idée de le dépenser une fois débarrassé des vêtements crasseux qu'il portait depuis si longtemps.

Mais il avait toujours reporté ce moment.

Le plus triste, c'était que personne ne pourrait profiter de sa fortune. Bien sûr, il aurait pu la léguer à des œuvres de bienfaisance ou tout donner à Linda. Mais cela aurait signifié révéler ce qu'il avait dû faire pour gagner cet argent. Machinations, entourloupes, compromis et subterfuges dont il n'était pas fier. Et puis, si quelqu'un était interrogé sur la provenance de cet argent, cela pouvait compromettre l'anonymat de ses clients.

Mieux vaut laisser les choses telles qu'elles sont, se dit-il.

À sa mort, ses comptes deviendraient « dormants », comme on disait dans le milieu. Au bout d'un certain nombre d'années, la banque entrerait en possession des sommes.

Le seul héritage qu'il pouvait laisser était un monstre. Et la légataire était une ex-jeune fille de treize ans nommée Samantha Andretti.

L'enveloppe dans le coffre-fort de l'hôtel Ambrus pouvait-elle changer quelque chose ? Son contenu était trop dangereux. Alors pourquoi ne l'avait-il pas détruite tout de suite ? Pourquoi avait-il demandé à Linda de le faire ?

Il connaissait la réponse, mais préféra l'ignorer.

Il secoua le drap et s'assit sur le lit, du côté où il dormait habituellement. Avant de se coucher, il ouvrit le tiroir de sa table de nuit. Il contenait trois flacons orange de médicaments, qui faisaient partie des remèdes palliatifs que le médecin lui avait prescrits « pour faciliter les choses» – ainsi avait-il dit. En substance, il s'agissait d'antidépresseurs. Bruno fit glisser deux comprimés roses dans la paume de sa main. Il réfléchit, puis augmenta la dose à cinq comprimés. Il n'avait pas l'intention de se suicider, mais il n'y avait rien de mal à donner un coup de main à la mort. Il se servit un verre d'eau de la carafe qui se trouvait sur sa table de nuit et, avant de tout avaler, il repensa à Samantha Andretti.

Elle était sauve. Et même, elle s'était sauvée toute seule. *Mais comment a-t-elle fait pour s'évader de sa prison ?*

Il était improbable qu'elle ait réussi à maîtriser son ravisseur, quinze ans de sévices et de privations l'avaient forcément minée physiquement. *À tel point qu'elle s'est fracturé la jambe en courant dans le bois*, réfléchit-il. Alors avait-elle trompé son geôlier ? Ou avait-elle profité d'une distraction ? Peut-être que le monstre, après tout ce temps, se sentait trop sûr de lui, et qu'elle avait saisi la bonne occasion pour s'enfuir.

Mais il n'était pas convaincu. Il manquait quelque chose, dans cette reconstitution.

Il essaya de l'imaginer en train de fuir entre les arbres, poursuivie par son kidnappeur. Il repensa furtivement à l'homme à tête de lapin, mais chassa cette image. Sam était nue. *Pourquoi était-elle nue ?* Dans sa course désespérée vers un salut improbable, elle était tombée et elle s'était cassé une jambe. Peut-être qu'elle avait réussi à se traîner jusqu'à la route. *Quel avantage avait-elle sur l'homme qui la poursuivait ?* Alors qu'elle était immobile, incapable de bouger, Sam avait espéré – prié – que quelqu'un passerait. Mais personne n'arrivait. Et le ravisseur allait bientôt la trouver.

Puis la femme avait entendu quelque chose : un bruit au loin, un bruit familier. Le moteur d'un véhicule qui approchait. Elle avait vu apparaître les phares du pick-up, avait gesticulé pour se faire remarquer. Elle avait probablement perçu l'expression de stupeur sur le visage du conducteur et craint qu'au lieu de s'arrêter il accélère. Elle ne l'aurait pas supporté.

Mais le véhicule s'était arrêté et un jeune homme défiguré en était descendu. Un monstre, qui ne ressemblait pas à un monstre. Elle avait cru qu'il voulait l'aider, l'emmener loin de là – de son cauchemar. Mais le jeune homme s'était aperçu que quelqu'un arrivait du bois. « J'ai compris qu'il cherchait la femme. Quand il nous a vus, il s'est arrêté, avait dit Tom. Il est resté immobile. Il nous regardait fixement. Il m'a glacé le sang… » Sam avait vu une terreur qui lui était familière dans les yeux de son sauveur – Genko en était certain, il avait entendu le bruit obscur de cette terreur dans l'enregistrement. Samantha avait compris qu'il allait la laisser seule. En effet, Tom était remonté dans son véhicule et il était parti. Peu après, il avait appelé le numéro d'urgence.

Depuis, tandis qu'un profileur écoutait le récit de la femme à l'hôpital, la police fouillait le marais à la recherche de la prison de Samantha Andretti.

Pourquoi les flics ne l'ont-ils pas encore trouvée ?

Bruno regardait dans le vide, son verre dans une main et les médicaments dans l'autre.

Ils n'ont pas trouvé la prison parce qu'elle n'est pas dans le marais, se dit-il. *C'est le ravisseur qui a amené la fille là-bas.*

Mais pourquoi ?

— Pour la même raison que Tom, dit Genko à voix basse.

Le jeune braconnier lui avait suggéré la réponse. Le marais est un terrain de chasse parfait… *Et l'animal le plus difficile à chasser est l'homme*, se répéta-t-il.

Sam ne s'est pas évadée, c'est le ravisseur qui l'a libérée.

Pour Genko, ce fut comme une illumination. Le monstre l'avait emmenée là-bas et l'avait laissé partir. Nue, perdue dans les bois qui bordaient les marécages. Il lui avait accordé un petit avantage. Puis il s'était lancé sur ses traces.

Une sorte d'épreuve, pensa le détective. *Un jeu sadique.*

Dans sa fuite, la proie s'était blessée à une jambe. Le prédateur l'aurait certainement rejointe, mais il y avait eu un imprévu.

Le pick-up du braconnier.

Genko posa le verre et les comprimés sur sa table de nuit et les oublia. Il oublia même que la mort le poursuivait, lui aussi. Il se leva et déambula dans sa chambre. L'adrénaline s'était emparée de son esprit. Les pièces s'assemblaient et, bientôt, il verrait tout le dessin. Il en était convaincu.

Qu'est-ce qui ne cadrait toujours pas dans sa reconstitution ? Il sentait qu'il y avait quelque chose.

Pourquoi, après la fuite de Tom, le ravisseur n'en avait-il pas profité pour rejoindre Samantha ? Il aurait pu l'emmener. *Peut-être qu'il a craint que le jeune homme prévienne la police. Il pensait peut-être n'avoir pas assez de temps pour s'échapper avec elle.*

Mais il aurait pu la tuer.

Maintenant, la femme fournissait des indices utiles pour capturer le monstre. Pourquoi courir un tel risque ?

Il n'y avait qu'une explication à ce comportement anormal. Le ravisseur avait eu peur. Exactement comme Tom, il avait pris la fuite. Mais pourquoi ? De quoi avait-il eu peur ? Il avait dû se mettre à l'abri. Mais à l'abri de quoi ? Peut-être craignait-il d'être reconnu. Ou que Tom puisse fournir des indications permettant de découvrir son identité. Cela aurait eu du sens si Tom avait vu son visage. Mais le jeune homme n'avait vu que…

— Un lapin, affirma Genko à voix haute, s'étonnant lui-même.

Pourquoi un homme avec un masque aurait-il dû prendre la fuite ?

Parce qu'un masque est en soi un indice.

12

Cette hypothèse était absurde, néanmoins il fallait la vérifier.

Bruno n'avait pas le choix, notamment parce qu'à l'époque déjà, il n'avait pas envisagé assez sérieusement la possibilité de résoudre le mystère de la disparition de Samantha Andretti. Ce qui avait coûté quinze ans d'oubli à la jeune fille.

Il se précipita dans l'entrée, ouvrit sa housse et chercha le rapport médical qu'il avait rangé dans la poche de sa veste en lin. S'il ne s'était pas agi de son précieux talisman, il aurait probablement jeté la feuille tout de suite. Il observa plus attentivement le dessin de Tom, au trait enfantin.

L'homme à la tête de lapin avait une corpulence normale. Bruno ne remarqua aucun détail particulier, hormis les yeux en forme de cœur.

Il réfléchit. Le moment était venu de rouvrir la troisième pièce de son appartement.

Il n'y avait pas mis les pieds depuis que les médecins avaient prononcé leur sentence, deux mois auparavant. Il composa un code à sept chiffres sur le clavier mural qui se trouvait à côté de la porte blindée.

La serrure électronique s'ouvrit.

Autrefois, Bruno adorait s'enfermer dans son bureau. C'était le lieu où il conservait les secrets les plus délicats, mais aussi son refuge pour réfléchir. La bibliothèque murale contenait des textes de loi, des manuels de techniques d'enquête et de tactique militaire, ainsi que les œuvres complètes de Machiavel.

Les murs étaient peints en vert. L'un d'eux était réservé à un indéchiffrable collage de Hans Arp.

Genko adorait les dadaïstes, et il avait acheté l'œuvre aux enchères pour une somme exorbitante. Une des rares folies de sa vie qui ait valu la peine. En entrant dans son bureau, il passa devant le chef-d'œuvre et l'ignora avec une pointe de regret, parce qu'il ne pouvait pas l'emporter dans sa tombe. Il se dirigea vers le meuble hi-fi, choisit un disque de sa collection et le posa sur le plateau. Quand le diamant toucha le sillon, les *Variations Goldberg* de Bach, jouées par Glenn Gould en 1959, emplirent la pièce.

Puis Genko s'assit à son bureau circulaire.

Un MacBook Air était posé dessus, relié via Internet, par une ligne protégée, à un serveur externe où étaient stockées les précieuses archives du détective. Des données sensibles, rassemblées en vingt ans de métier. Il aurait été dramatique qu'elles finissent entre les mains de gens malintentionnés.

En outre, depuis ce poste, Bruno pouvait accéder aux bases de données de tous les bureaux gouvernementaux et des forces de police. Il pouvait pénétrer les systèmes informatiques d'entreprises ou de sociétés privées, consulter des données confidentielles sur les listes de banques ou d'assureurs, le tout sans courir le risque d'être identifié.

Avec un morceau de Scotch, il accrocha le dessin du jeune braconnier sur la lampe orientable de façon à l'avoir devant lui, à la même hauteur que l'écran.

— Voyons si j'arrive à te trouver, dit-il à l'étrange animal aux yeux en forme de cœur.

Il tapa dans le terminal le mot-clé « lapin ».

La première recherche de Bruno concerna les données des forces de l'ordre. Il était possible que le ravisseur de Samantha ait commis d'autres délits, même insignifiants, dans le passé. Peut-être en utilisant un masque pour cacher son identité.

Une longue liste de criminels apparut sur l'écran, du vol de lapins à la maltraitance de lapins, en passant par l'histoire d'un type qui s'était déguisé en lapin géant pour importuner les femmes dans la rue. Genko jeta un rapide coup d'œil, rien ne lui sauta aux yeux. Alors il affina la recherche en insérant un autre terme.

« Enfants. »

Une nouvelle liste apparut. La cruauté humaine n'avait pas de limites. Des petits lapins de Pâques empoisonnés, distribués par une psychopathe à la sortie d'une école. Des mineurs utilisés pour passer de la drogue cachée dans des lapins en peluche. Sans parler des « lapines », des fillettes qui se montraient nues devant des webcams en échange d'un achat en ligne ou d'une recharge pour leur portable.

Cette fois non plus, Bruno ne trouva aucune connexion intéressante. Il élargit encore la recherche en remontant progressivement le temps.

C'est alors que son attention fut attirée par un certain « R.S. », un enfant des années quatre-vingt. Le nom du mineur était occulté parce que l'affaire avait un aspect sexuel.

À l'époque, « R.S. » avait dix ans. Il avait disparu un lundi matin et était réapparu, comme si de rien n'était, trois jours plus tard.

Vingt ans séparaient cette affaire de l'enlèvement de Sam Andretti. Il était improbable que les deux disparitions soient de la même main.

En outre, le mot-clé « lapin » n'apparaissait pas dans le maigre récit contenu dans le rapport de police, mais simplement dans une note en bas de page, et il pouvait s'agir d'une coquille.

« *Disparition mineur – soutien psychologique – lapin – services sociaux – haute confidentialité.* »

Pour le reste, une note renvoyait au service des personnes disparues.

Les Limbes.

C'était la section la plus obscure de la police : les données concernant les disparitions d'innocents restaient une énigme. Les statistiques indiquaient environ une nouvelle affaire par jour, mais les chiffres officiels n'étaient pas disponibles. La raison était simple : s'il était vrai que de nombreux disparus revenaient volontairement, le destin des autres était un mystère irrésolu. Ce qui ne constituait pas une bonne publicité pour les services de police.

Pour cette raison, les archives des Limbes n'avaient jamais été informatisées et on n'en trouvait aucune trace sur Internet.

Vingt ans, se dit Genko, tenté de passer à autre chose. Mais l'affaire « R.S. » était sa seule piste, il valait peut-être la peine d'approfondir. Il avait deux possibilités : se rendre au bureau des personnes disparues et demander le dossier papier, avec le risque d'être débouté, ou bien tenter une approche plus rusée, en commençant par un coup de téléphone.

Il opta pour la seconde.

Il se connecta au site du département et chercha le contact des Limbes. La responsable du bureau s'appelait Maria Elena Vasquez – il avait déjà entendu ce nom.

Il composa le numéro sur son téléphone. Les sonneries se succédèrent inutilement. *Impossible*, pensa-t-il. Parce que, bien qu'il fasse nuit, les bureaux devaient être ouverts.

— Allô ? répondit enfin une voix masculine.

— Oui, excusez-moi… Je suis l'agent spécial Bauer, je voudrais parler à la responsable.

L'homme au bout du fil se tut et Genko eut un mauvais pressentiment.

— Sage, Hitchcock, dit la voix.

En entendant le nom du chien, Bruno comprit qu'il avait fait un faux pas. L'homme au téléphone était celui qui, la veille, s'était disputé avec Delacroix au camp de base des marais. Donc, l'inconnu en costume cravate bleu était un policer. Et il connaissait Bauer.

— La responsable n'est pas là pour le moment. Mais, si vous voulez, je peux vous aider, affirma-t-il sur un ton neutre. Je suis l'agent spécial Simon Berish.

Genko savait qu'il était risqué de continuer.

— Il s'agit d'une vieille affaire de disparition, hasarda-t-il.

Puis il lui communiqua la référence du dossier et retint son souffle jusqu'à entendre le bruit des touches d'un ordinateur. L'autre insérait les données dans le terminal.

— Il n'y a pas grand-chose dans la base de données, grommela l'homme. Juste une copie du rapport de clôture de l'enquête rédigé par la police. « R.S., dix ans… Disparu pendant trois jours… Rentré chez lui spontanément… »

— Pourquoi le vrai nom de l'enfant n'est-il pas indiqué ? demanda Bruno, surpris.

— On ne parle pas non plus de ce qu'il lui est arrivé durant les soixante-douze heures où il a disparu.

— Comment est-ce possible ?

— Le dossier complet est au format papier, il est catalogué dans la partie la plus ancienne des archives… Je crains que vous deviez vous déplacer jusqu'ici, agent Bauer.

Genko ignora la proposition.

— Pourriez-vous me dire ce qu'il y a d'autre, dans le rapport que vous avez devant les yeux ?

— Il est écrit que, suite aux faits, la mère et le père ont renoncé à leurs droits parentaux. L'enfant a été confié à une famille d'accueil : la ferme Wilson.

Ferme Wilson, nota Genko sur un calepin.

— Si ça vous intéresse, il y a un extrait de l'expertise psychiatrique, affirma Berish. Vous voulez que je vous l'envoie ?

— Je préférerais que vous me le lisiez… Si ça ne vous dérange pas, bien sûr.

— Aucun problème, l'assura l'autre avant de commencer : « Bien que ne souffrant d'aucun trouble mental, le mineur présente des difficultés à moduler son affectivité, qui se traduisent souvent par une attitude très angoissée, accompagnée par un manque d'inhibition sexuelle, picacisme, énurésie. »

La maladie de Pica était l'ingestion répétée de substances non nutritives, comme de la terre ou du papier. Quant à l'énurésie, Genko pensa que l'enfant s'urinait dessus à cause du choc. Mais c'était le manque d'inhibition sexuelle qui l'inquiétait. Qu'est-ce que cela signifiait ?

— « Le tableau psychique est compliqué par des troubles du sommeil, qui génèrent souvent au réveil des fantasmes morbides que l'enfant décrit en dessins, où une vision immature de la réalité est évidente. » Certains de ces dessins sont joints au dossier, annonça Berish de façon inattendue.

La nouvelle prit Bruno au dépourvu. *Vision immature de la réalité*, se répéta-t-il.

— J'ai changé d'avis. Ça vous ennuierait de m'en envoyer une copie ?

— Donnez-moi votre adresse mail.

S'il ne fournissait pas une adresse des services de police, l'autre comprendrait tout de suite qu'il n'était pas Bauer.

— Je vous donne un numéro de fax.

— Vous avez encore moins de chance que nous, affirma Berish.

Genko ne comprit pas si c'était une blague ou une façon de lui faire comprendre qu'il n'avait jamais cru à sa petite comédie.

— C'est sûr, dit-il avec un rire forcé, avant de lui fournir un numéro non identifiable.

— J'allume notre vieux fax et je vous envoie ça, promit Berish. Dans tous les cas, je vous réitère mon invitation à venir ici, parce que les dossiers des archives réservent toujours des surprises intéressantes.

— Je ferai peut-être un saut, mentit Bruno. En attendant, je vous remercie.

Il raccrocha et fixa son fax, attendant qu'il démarre.

Il soupçonna que Simon Berish ne lui enverrait rien du tout.

Il avait défié le sort en se présentant comme Bauer. Mais de toute façon, aux Limbes, on ne traitait pas d'affaires considérées comme importantes. Et puis, le cas « R.S. » remontait aux années quatre-vingt et avait eu un dénouement positif, avec la réapparition de l'enfant.

L'imminence de la mort le laissait démuni. Dans le passé, il n'aurait jamais agi avec une telle légèreté. Mais tandis qu'il se torturait les méninges, le fax s'activa. Il aperçut bientôt une série de feuilles.

Le soulagement de Genko dura peu.

Au début, il pensa à une erreur de transmission, parce que les pages étaient toutes identiques. Mais il se rendit compte qu'il s'agissait de dessins différents où se répétaient les mêmes éléments, reproduits de façon obsessionnelle.

Un ciel plein d'oiseaux, une ville, ou plutôt un quartier, populaire. Au centre de la feuille, une grande église et, derrière, un terrain de foot.

Ce qui frappa Genko, le laissant sans voix, fut la façon dont « R.S. » avait représenté les personnes.

Vision immature de la réalité : les petits habitants de cet endroit avaient tous une tête de lapin et des yeux en forme de cœur.

13

Il roulait dans la campagne. L'aube n'était qu'un présage à l'horizon. La lune avait disparu, mais on voyait encore les étoiles. Dans trois heures au plus, le soleil se lèverait et la chaleur brûlerait à nouveau le monde, contraignant les êtres humains à se cloîtrer pour échapper à cet été apocalyptique.

Avant de sortir, Genko avait remis son costume en lin froissé et malodorant. Il avait toujours dans sa poche le talisman sur lequel Tom le braconnier avait esquissé le portrait de l'homme-lapin.

Il se dirigeait vers la ferme d'accueil qui avait hébergé l'enfant de dix ans après que ses parents avaient renoncé à s'occuper de lui. Il avait trouvé l'adresse en ligne, mais apparemment la ferme n'était plus en activité depuis un moment.

Après avoir quitté la route principale pour prendre un chemin en terre, la Saab parcourut un dédale de sentiers entre des champs de tournesols. Genko craignait de s'être perdu quand les phares de sa voiture éclairèrent enfin un panneau qui indiquait la ferme Wilson.

Environ six kilomètres plus loin, une grande bâtisse se détacha sur le ciel étoilé. Perchée sur une colline, elle était encadrée de deux cyprès qui semblaient monter la garde.

La Saab passa sous une arche en bois et alla se garer devant la maison. Bruno se demanda s'il y avait quelqu'un. La bâtisse était sombre. À la campagne, on n'avait peut-être pas adopté l'inversion jour et nuit. Il klaxonna pour attirer l'attention.

Deux chiens aboyèrent dans la maison. Une lumière s'alluma au deuxième étage. Peu après, la porte d'entrée s'ouvrit. Bruno n'eut pas le temps de distinguer la silhouette qui sortit parce qu'on braqua sur lui une lampe torche.

— Qui est-ce ? demanda une voix féminine, les chiens aboyant toujours à ses côtés.

— Madame Wilson, dit Genko en se protégeant les yeux pour ne pas être aveuglé. Excusez-moi de débarquer chez vous de cette façon, mais j'ai besoin de vous parler.

— Vous ne m'avez pas encore dit votre nom.

— Vous avez raison : je m'appelle Leonard Muster, mentit-il en sortant une fausse carte de sa poche. Je travaille pour le bureau du procureur.

La femme baissa sa lampe et se tut un moment. Elle étudiait probablement le visiteur inattendu, se demandant si elle pouvait se fier à lui.

— Que veut le procureur à une pauvre vieille, surtout à cette heure-ci ?

— Une simple formalité, dit Genko.

— Bien, venez : entrons pour parler.

Tamitria Wilson et ses deux chiens précédèrent Genko dans la ferme. La femme portait une chemise de nuit qui lui descendait jusqu'aux chevilles. Elle avait de longs cheveux blancs et marchait en s'appuyant sur une canne qu'elle avait probablement créée elle-même à partir d'une branche. Elle conduisit son hôte dans une cuisine spacieuse organisée autour d'une grande table en chêne.

Elle fit un geste et les chiens allèrent se coucher à côté de la cheminée éteinte.

— Que puis-je faire pour vous, monsieur Muster ? demanda-t-elle en allumant un feu de la gazinière et en y posant une cafetière pour réchauffer du café.

Leonard Muster était une fausse identité que Bruno avait déjà utilisée dans le passé. La carte d'un bureaucrate n'avait pas le pouvoir d'intimidation d'un insigne de police, mais elle avait l'avantage de ne pas représenter une barrière. Genko avait appris que parfois, les gens fournissent des informations trompeuses aux gardiens de la paix, parce qu'en secret ils méprisent leur autorité. Aussi, pour s'assurer leur collaboration, un brave détective privé devait se mettre au niveau de son interlocuteur.

— Excusez-moi encore de vous avoir réveillée mais en ville, à cause de la chaleur, les bureaux ont changé leurs horaires, et maintenant ils nous font travailler de nuit. J'ai essayé de vous appeler, mais ça sonnait dans le vide, expliqua-t-il pour se justifier.

— En réalité, la ligne est coupée depuis plus d'un an, affirma la femme avec amertume. Et la compagnie téléphonique s'en moque éperdument.

Bruno n'eut aucun mal à la croire : sur le trajet, il n'avait vu aucune autre habitation.

— Je suis ici parce que le procureur m'a demandé de reprendre plusieurs dossiers de disparitions de mineurs, dans l'hypothèse où quelque chose nous aurait échappé... Vous savez, après la réapparition de Samantha Andretti, tout le monde est sous pression dans la police, les chefs ne veulent pas voir sortir d'autres cadavres du placard.

— Je comprends, affirma la femme, peu convaincue. Mais comment puis-je vous aider ?

— Pouvez-vous me dire si parmi les enfants que vous avez hébergés à la ferme, certains avaient des histoires semblables à celle de Samantha ?

— Tous, dit la femme en le regardant.

Genko tenta de contenir sa stupeur. Il n'avait pas prévu cette réponse.

— Tous ?

La femme posa sa canne et prit la cafetière. En boitant, elle l'apporta sur la grande table, avec deux tasses en fer-blanc peintes en rouge. Elle invita Bruno à s'asseoir sur un tabouret, puis l'imita.

— Mon mari et moi avons créé cet endroit il y a des années, dit-elle en indiquant quelque chose derrière Genko.

Il se tourna et comprit qu'elle lui montrait la photo encadrée posée sur la cheminée : il y vit un homme souriant, un fusil de chasse à la main, entouré d'enfants.

— Nous n'avons pas pu fonder de famille, aussi nous avons décidé de nous consacrer aux enfants malheureux des autres.

— Une mission noble.

— Je l'espère. Nos enfants spéciaux, c'était comme ça qu'on les appelait... Je les ai aimés comme si je les avais mis au monde moi-même, du premier au dernier. Et ils ne m'ont jamais déçue. Même si maintenant, je ne sais pas où ils se trouvent, je suis certaine que je suis encore dans leurs pensées. Tout ce que je leur ai appris leur est utile dans la vie.

Elle parlait d'eux comme s'ils étaient des êtres extraordinaires, pas des enfants problématiques. Bruno pensa que seule la force de l'amour peut transformer un défaut en don.

— Avez-vous déjà entendu parler des « enfants de l'obscurité », monsieur Muster ?

— Non, admit Genko.

Cette appellation fit se dresser les poils de sa nuque.

— Ce sont des mineurs disparus qui sont ensuite retrouvés par la police, ou bien qui réapparaissent de façon inexplicable, comme Samantha Andretti, expliqua Tamitria Wilson. Ils sont enlevés par des hommes sans scrupules qui abusent d'eux. Certains s'enfuient, d'autres sont libérés. Mais leur période de captivité les marque pour le restant de leurs jours.

— Pourquoi « enfants de l'obscurité » ?

— Parce qu'ils sont souvent enfermés dans des cachettes souterraines, enterrés vivants. Quand ils revoient la lumière du jour, c'est comme s'ils renaissaient. Mais ils ne sont plus jamais les mêmes.

Dans le silence qui suivit, la vieille femme versa le café dans les tasses et en tendit une à Genko.

Le détective sirota le liquide noir et dit :

— Parmi les affaires que je regardais au bureau avant de venir ici, il y avait celle d'un enfant de dix ans qui n'est désigné dans les documents officiels que par ses initiales : « R.S. »

La femme réfléchit.

— J'aurais besoin de savoir à quand remonte son séjour à la ferme.

— Aux années quatre-vingt.

Cette fois, Tamitria Wilson s'arrêta net, foudroyée par un souvenir.

— Robin Sullivan, dit-elle soudain.

— Sa disparition a été brève, lui rappela Bruno. À peine trois jours. Mais ensuite, sa famille n'a plus voulu s'occuper de lui.

— Sa mère était une bonne à rien, son père encore pire, déclara Mme Wilson avec une pointe de mépris. Je ne sais pas pourquoi ils s'obstinaient à rester ensemble, ces deux-là. Robin finissait toujours au milieu de leurs disputes et en faisait les frais. Je ne crois pas que ses parents l'aimaient.

Elle avait prononcé cette dernière phrase avec une assurance qui rendit Genko triste pour l'enfant.

— D'après vous, qu'est-il arrivé à Robin durant ces trois jours ?

— Il n'a jamais voulu en parler, affirma la vieille femme, le regard perdu dans ses pensées. C'était un enfant fragile, qui avait besoin de beaucoup d'affection, de compassion… La proie parfaite pour un individu malintentionné.

— Qu'est-ce qui nous permet de dire qu'il s'est agi d'un enlèvement, et pas d'une fugue ?

— Ils les attirent en leur offrant les attentions qu'ils n'ont pas ailleurs, dit-elle en le regardant. Ils font semblant de s'intéresser à eux, mais ce qu'ils veulent, c'est les emmener dans un endroit sombre…

— Oui, mais Robin…

La femme tapa du poing sur la table et le foudroya du regard.

— Vous voulez vraiment savoir comment je suis sûre que Robin a été victime d'un monstre ?

Genko ne répondit pas.

— Par expérience, je sais que, avant de disparaître, Robin était un enfant normal. Problématique, comme tous les enfants livrés à eux-mêmes, mais normal. Après les terribles jours dont il n'a pas voulu parler, il a changé. Si vous avez lu son dossier, vous savez de quoi je parle.

— Picacisme, énurésie…, énuméra Bruno en se rappelant le maigre rapport que l'agent Berish lui avait lu au téléphone.

— Il mangeait de la terre, du plâtre, du papier toilette. Nous devions le surveiller en permanence, il a subi au moins six lavages gastriques, expliqua-t-elle en soupirant. Il avait perdu le contrôle de ses sphincters, une totale régression à la petite enfance. Nous avons été contraints de lui mettre des couches, ce qui ne l'aidait pas dans sa relation aux autres : ils se moquaient de lui, le frappaient.

Le plus faible parmi les faibles, pensa Bruno.

— Il était renfermé sur lui-même, solitaire ?

— Pas du tout, répondit la femme. Robin a manifesté dès son arrivée chez nous des troubles de l'affectivité.

Le manque d'inhibition sexuelle que mentionnait l'expertise, se rappela le détective privé.

— Que voulez-vous dire ?

— Il cherchait constamment le contact physique avec les gens. D'abord sa famille, puis les autres enfants de la ferme. Il l'a fait avec moi et mon mari, aussi… Mais souvent, sa recherche d'affection avait quelque chose de morbide. Chaque geste de Robin contenait une malice inhabituelle pour son âge.

— C'est pour ça que ses parents n'ont plus voulu s'occuper de lui, pas vrai ?

La femme lui lança un regard noir.

— L'obscurité l'a infecté.

Genko fut parcouru du même frisson que précédemment. *L'obscurité l'a infecté*, mémorisa-t-il. Parce qu'il était sûr qu'il s'agissait d'une clé pour entrer dans le monde secret de Robin.

— Je suis désolé de vous forcer à évoquer de tels souvenirs, dit-il en buvant une gorgée de café. Mais, comprenez-vous, mon département serait dans l'embarras s'il s'avérait que nous avons ignoré l'affaire d'un autre enfant enlevé.

— Que voulez-vous savoir, encore ? demanda Tamitria Wilson, perplexe.

— Dans l'expertise psychiatrique de Robin Sullivan, il est écrit qu'il souffrait de troubles du sommeil.

— Des cauchemars, vous voulez dire. Je ne comprends pas pourquoi certains docteurs emploient des grands mots pour décrire des choses toutes simples.

— Y avait-il un élément récurrent dans les cauchemars de Robin ?

— Les enfants utilisent les rêves pour parler de la réalité. Quand ils ressentent de la gêne ou de la honte, ils disent que c'était un rêve.

Genko nota que la femme avait été évasive.

— Au réveil, Robin dessinait, ajouta-t-il en observant sa réaction. Et sur ses dessins, les gens avaient des têtes de lapins.

Tamitria Wilson le regarda fixement.

— Je sais pourquoi vous êtes venu ici, monsieur Muster.

Bruno craignit qu'elle ait découvert sa couverture.

— Ah oui ? demanda-t-il, l'air amusé.

— Oui, confirma la femme, sérieuse. Le moment est sans doute venu de vous faire rencontrer Bunny.

14

— Suivez-moi et regardez bien où vous posez les pieds.

Tamitria Wilson avait ouvert une trappe dans le sol d'un débarras, dévoilant un escalier qui menait au sous-sol. Munie d'une lampe torche, elle descendit lentement les marches avec sa canne. Derrière elle, Genko avait peur qu'elle tombe.

— Je suis désolée, il n'y a plus d'électricité là-dessous, s'excusa-t-elle en pointant sa torche. La ferme tombe en ruines, je n'arrive plus à m'en occuper. J'ai essayé, puis un jour j'ai décidé que la maison vieillirait avec moi. Nous avons toutes les deux des soucis de santé, personne ne peut rien y faire.

Bruno pensa à cette vieille femme, seule dans une grande maison, dont le téléphone ne fonctionnait pas. Si elle se sentait mal ou avait un accident, Tamitria ne pourrait pas appeler les secours. Ses chiens danseraient autour de son cadavre.

— J'aurais dû partir depuis un bail, dit la vieille femme. Mais j'ai toujours vécu ici.

Bruno se tenait à la rampe, le bois crissait sous ses pas. Il ne comprenait pas où ils allaient. Cela l'inquiétait un peu, parce que Tamitria Wilson n'avait pas voulu lui fournir d'explication : il fallait qu'il voie de lui-même, sinon il ne comprendrait pas – ainsi s'était-elle justifiée. Qui était Bunny ? La vieille ne venait-elle pas de dire qu'elle était seule dans cette maison ? Était-il possible que l'isolement prolongé lui ait fait perdre la tête ? Genko aurait été content de recueillir des informations sur Robin Sullivan et de partir, mais elle ne lui laissait pas le choix, il devait la suivre au sous-sol.

Quand ils arrivèrent en bas de l'escalier, Tamitria balaya la pièce du faisceau de sa lampe. C'était une cave, où étaient entassés des lits métalliques rouillés, des matelas, des meubles, des boîtes et des bibelots en tout genre. Il y avait tellement de choses qu'on avait du mal à deviner la taille de la pièce.

— Après la mort de mon mari, j'ai continué un moment, expliqua la femme en boitillant entre les armoires bancales et les piles d'objets. Puis le gouvernement a cessé de nous aider, je n'ai plus pu employer de personnel et j'ai dû arrêter.

— Quand était-ce ? demanda Genko.

— Le dernier enfant spécial a quitté le nid il y a environ neuf ans.

— Et Robin ?

Tamitria s'appuya au bras de Genko pour escalader des boîtes qui étaient tombées d'une pile.

— Il est parti quand il a eu dix-huit ans, comme les autres. Au moins, je l'ai aidé à avoir son bac, ajouta-t-elle fièrement.

Bruno craignait que la femme trébuche.

— Vous n'avez plus eu de nouvelles ? Vous n'avez pas une adresse ou un numéro de téléphone ?

— Une fois, il m'a envoyé une carte postale depuis une localité touristique au sud de la baie, répondit la femme en contournant une montagne de revues jaunies. Mais ensuite, plus rien.

Les deux chiens ne les avaient pas suivis, de temps à autre ils aboyaient en haut de l'escalier. Leurs jappements semblaient de plus en plus distants et Bruno ne les blâmait pas de leur couardise. *Bunny*, se répéta-t-il. Il espérait que cela en vaudrait la peine.

Ils arrivèrent à un mur de briques noirci par l'humidité. Tamitria pointa sa lampe sur le pied de la paroi. Bruno fit un pas en avant et aperçut, par terre, un grand coffre vert aux finitions en laiton, comme ceux d'autrefois. Le couvercle était fermé par un cadenas.

— Voilà, annonça la vieille femme. Là-dedans, il y a Bunny.

Genko eut la désagréable sensation de se trouver devant un cercueil. La femme ne dit pas un mot de plus : elle lui passa la lampe, posa sa canne par terre et s'agenouilla avec difficulté devant le coffre.

Elle retira une chaîne qu'elle portait au cou et Bruno devina qu'une clé y était accrochée parce que, juste après, Tamitria s'affaira sur le cadenas. Quand elle l'eut retiré des anneaux métalliques, elle souleva le couvercle. Genko ne bougea pas.

— Éclairez-moi, s'il vous plaît.

Le détective s'approcha et pointa la torche sur le contenu du coffre.

Il ne contenait que des draps blancs et des serviettes brodées. Une dot à l'ancienne.

— J'ai eu l'idée de garder Bunny là-dedans parce que je ne savais pas où le mettre, dit Mme Wilson en fouillant dans le linge. J'aurais peut-être dû le jeter, mais une partie de moi m'en dissuadait.

De quoi parlait-elle ? Que contenait ce coffre ?

Tamitria cessa de chercher. Bruno comprit qu'elle avait trouvé quelque chose, mais le dos de la femme l'empêchait de voir. Elle observait un objet qu'elle tenait entre ses mains.

— Bunny, dit-elle à voix basse, comme si elle venait de rencontrer un ami qu'elle n'avait pas vu depuis longtemps.

Elle se tourna enfin vers lui. Elle serrait un petit livre contre elle.

— Bunny est arrivé ici avec Robin. Nous contrôlions toujours les bagages des nouveaux arrivants, nous ne voulions pas qu'ils introduisent à la maison des objets dangereux pour eux ou pour les autres, comme un lance-pierre ou un cutter… Quand j'ai ouvert la valise de Robin Sullivan et que j'ai vu ça, j'ai tout de suite compris que quelque chose n'allait pas.

Elle le tendit à Genko.

— Avez-vous déjà eu une sensation désagréable sans pouvoir vous l'expliquer, monsieur Muster ?

Bruno hésita un instant. Quelque chose freinait sa curiosité – un pressentiment. Mais il prit le livre des mains de la femme et l'observa.

Ce n'était qu'un vieil album pour enfants.

Les couleurs de la couverture étaient passées. Dessus, un grand lapin bleu ciel aux yeux en forme de cœur. L'animal avait l'air joueur et très tendre. Il souriait. Le titre de l'album était écrit entre ses oreilles. Un seul mot. *BUNNY.*

— Je peux le feuilleter ? demanda-t-il à la femme.

— Je vous en prie.

Genko regarda autour de lui et repéra une pile de valises. Il y posa la lampe, de façon à avoir les mains libres. Il ouvrit l'album et en explora les pages. Les dessins, en noir et blanc, étaient modestes. L'histoire était enfantine. Bunny quittait le bois pour déménager dans le parc d'une grande ville. Il rencontrait un groupe d'enfants qui devenaient ses amis. Il jouait avec eux.

Le récit et les illustrations ne révélaient rien d'anormal. Pourtant, au lieu d'inspirer la joie et la sérénité, ils transmettaient quelque chose de dérangeant. Plus Bruno feuilletait les pages, plus il se sentait mal à l'aise.

La vieille avait raison : quelque chose n'allait pas dans cet album illustré.

Une chose en particulier l'interpella : les adultes de l'histoire n'étaient pas conscients de l'existence de Bunny.

Seuls les enfants pouvaient le voir.

Genko s'imposa d'approfondir la lecture. Il était conscient qu'il se trouvait à une frontière subtile. Même s'il n'arrivait pas à voir de l'autre côté, il savait que quelque chose de mauvais l'y attendait.

Il était tellement concentré qu'il ne réalisa pas que la femme n'avait pas prononcé un mot depuis un bon moment. Genko ne se rendit pas compte qu'une longue ombre s'élevait au-dessus de sa tête, il ne perçut pas le déplacement d'air quand la canne de Tamitria Wilson s'abattit lourdement sur sa nuque.

La dernière image qu'il vit fut Bunny qui lui souriait.

15

Bruno eut la preuve qu'il était vivant quand il sentit le goût du sang.

Il explora sa bouche avec sa langue et découvrit qu'il avait perdu une dent. Elle avait dû se briser quand il était tombé, le visage contre le sol. *Vieille salope*, pensa-t-il. Les ténèbres l'entouraient. L'odeur de poussière et de moisi lui indiqua qu'il se trouvait encore dans l'énorme cave sous la ferme des Wilson. Il essaya de se relever, mais sa tête tournait. Nausée, sueurs froides et palpitations. Pourtant, étrangement, cette fois il n'eut pas peur d'être arrivé au terminus.

C'était presque pire que mourir.

Bloqué sous terre sans porte de sortie, sans lumière. Enterré vivant. Un enfant de l'obscurité, selon l'expression employée par Tamitria Wilson pour décrire les enfants kidnappés.

Son monstre était une vieille femme boiteuse et solitaire.

Avant d'être pris de panique, il essaya de raisonner. Il se rappelait la lecture de l'album illustré, le visage de Bunny, puis le coup soudain sur la nuque. Pourquoi Mme Wilson l'avait-elle frappé ? Elle aurait pu utiliser n'importe quel prétexte pour se débarrasser de lui, dès son arrivée. Mais elle l'avait emmené jusqu'ici pour lui montrer l'album de Robin Sullivan. Cela n'avait pas de sens. Peut-être qu'elle était folle, après tout.

Il chercha à tâtons un appui pour se relever, s'agrippa au bord d'une malle, posa un genou par terre et se redressa. Il sentit son cou se raidir – des éclairs de douleur envahirent son champ visuel. Il poussa un petit cri, sombre et profond : son estomac se remettait à l'endroit. Puis il tendit une main à la recherche de la pile de valises où il avait posé l'album et il le trouva, encore ouvert. Il le referma et le mit dans la poche de sa veste avec le talisman. À ce moment-là, il réalisa qu'il n'avait plus son portefeuille, son portable ni la fausse carte qu'il avait montrée à la femme en arrivant.

Ils ne sont pas tombés. C'est elle qui les a pris.

La première chose à faire était de revenir à l'escalier qui menait à la surface. Mais il ne se souvenait pas du parcours complexe pour arriver jusqu'au coffre vert. Il allait être difficile d'avancer, dans le noir complet. Toutefois, hors de question de renoncer avant d'avoir essayé.

Ainsi, il tendit les bras en avant à la recherche d'une sortie.

Sur le chemin, il tenta d'identifier les objets qui se présentaient devant lui. La porte d'une armoire, un portemanteau, une lampe. De temps à autre ses genoux heurtaient quelque chose, il manqua de tomber à plusieurs reprises. Mais Genko était concentré sur sa respiration.

Tant que j'ai de l'air dans les poumons – il se rappela la promesse faite à Linda.

Son plan était d'arriver à la trappe qui donnait dans le débarras. Il était certain qu'elle serait fermée. Il pourrait la défoncer à coups d'épaule, mais n'était pas certain d'y réussir : elle lui avait semblé robuste. Une fois dehors, il était sûr de se retrouver nez à nez avec Tamitria Wilson et sa canne. Peut-être avait-elle une arme – il se rappela le fusil de chasse de M. Wilson, sur la photo posée sur la cheminée. Bruno Genko n'aimait pas les armes. Dans son travail, il n'avait eu besoin d'en porter que deux ou trois fois, et n'avait jamais tiré. Mais il savait s'en servir et s'exerçait régulièrement dans un club de tir privé. Il possédait deux pistolets. Un Beretta, conservé dans le coffre-fort de son bureau, et un semi-automatique qui se trouvait dans une pochette en plastique dissimulée sous la roue de secours de sa Saab. Pour le moment, aucun des deux n'était accessible.

Il avança lentement, sans savoir à quoi s'attendre, jusqu'à ce qu'il touche quelque chose de dur et glissant. Il comprit qu'il était dans un cul-de-sac, parce qu'il avait devant lui un mur de briques.

— Merde ! s'exclama-t-il.

Il avait tort de s'énerver. Peut-être cette situation était-elle un avant-goût de ce qui l'attendait après la mort ? Un noir infernal, spécialement pour lui. La punition pour ses péchés. *Pour le contenu du coffre-fort de la chambre 115 de l'hôtel Ambrus*, se dit-il. Et il eut honte. Mais ensuite, il entendit des petits bruits étouffés qui venaient de sa gauche.

Une plainte. Non, une voix.

Il avança dans cette direction. En tâtant le mur, il rencontra bientôt une sorte de colonne. Il l'examina des doigts. C'était un gros tuyau en fonte relié à la surface : la voix qu'il venait d'entendre résonnait à l'intérieur.

Il était relié à la maison au-dessus de lui.

Ne comprenant pas bien, Genko appuya son oreille contre le métal. Les bruits étaient confus, pourtant il lui sembla reconnaître la voix de Tamitria Wilson. Les mots s'évanouissaient avant de prendre du sens. Bruno essaya de se concentrer. Rien à faire, l'épaisseur du tuyau l'empêchait de comprendre la signification de cette espèce de chant guttural. Mais soudain, il capta mieux la voix et les paroles devinrent plus claires. La femme avait dû s'approcher de l'endroit où il se trouvait, et Genko saisit enfin quelques bribes.

— … Il m'a montré une fausse carte. Mais ensuite, j'ai pris son portefeuille et ses papiers. J'ai découvert qu'il s'appelle Bruno Genko et qu'il est détective privé. Maudit…

Elle était très en colère. On ne comprenait pas avec qui elle discutait, parce que personne ne répondait. *Elle parle seule, la vieille folle. Ou peut-être avec ses chiens*, se dit Bruno.

— … Je l'ai amené à Bunny, qu'est-ce que je pouvais faire d'autre ? Je n'ai pas eu d'autre idée. J'ai pensé qu'une fois en bas, je lui mettrais un coup sur la tête. En effet, dès qu'il m'a tourné le dos, j'en ai profité…

Bruno ne savait pas s'il en voulait plus à elle ou à lui-même, de s'être laissé berner comme un idiot.

— … Non, je ne l'ai jamais vu, avant cette nuit. Je ne sais pas si quelqu'un l'a envoyé…

La dernière phrase n'avait pas été prononcée au hasard. Elle ressemblait plutôt à une réponse. Il sentit un froid soudain, comme le baiser d'un spectre. *Elle n'est pas en train de parler seule*, constata-t-il.

— … J'ai tout de suite pensé à te prévenir…

Elle était au téléphone avec quelqu'un. La ligne fixe ne fonctionnait pas, mais la vieille avait un portable.

— Je l'ai enfermé… Oui, sois tranquille : il ne peut pas sortir de là.

Qui devait être tranquille ? À qui parlait la vieille ? Bruno eut un mauvais pressentiment. Il s'était jeté dans la gueule du loup. Qui était le mystérieux interlocuteur de Tamitria Wilson ?

— … D'accord, alors je t'attends…

Genko cessa de chercher une réponse.

Qui que ce fût, il arrivait.

16

On vient pour moi.

Il avait du mal à respirer, se sentait comme une souris emprisonnée dans une boîte. Combien de temps faudrait-il à l'homme du téléphone pour venir jusqu'à la ferme ? De combien de temps disposait-il pour échafauder un plan ? Il errait dans la cave sans pouvoir regarder où il mettait les pieds. Il cherchait un objet pour se défendre, mais il avait du mal à s'orienter dans le noir.

Jusqu'à quelques heures auparavant, l'idée qu'il lui restait peu de temps à vivre était une sorte de super pouvoir qui le rendait invulnérable. De toute façon, ça ne pouvait pas être pire, n'est-ce pas ? Mais maintenant, il était étonné que son instinct de survie soit encore aussi fort. La peur qu'il ressentait en était la preuve.

C'est bientôt la fin.

Il glissa et s'écroula sur un tas de boîtes en fer-blanc qui tombèrent bruyamment sur le sol. Un objet en verre se brisa en mille morceaux. Il se retrouva allongé par terre, à plat ventre, les bras en avant. Involontairement, sa main droite s'était glissée dans quelque chose de mou, qui évoquait la tanière d'un gros insecte. En relevant le bras, il tira vers lui quelques filaments, semblables à une toile d'araignée. Il essaya de se dégager, dégoûté. Mais il comprit que c'était de la laine. Il se trouvait sur un panier de pelotes.

Il essaya de se calmer, mais il avait perdu le contrôle de ses émotions. Pourtant, il remarqua une légère clarté devant lui. Il avait retrouvé l'escalier qui conduisait à la trappe du débarras.

Il monta.

En haut des marches, la lumière filtrait entre les fissures de la porte en bois, parfois interrompue par une ombre qui passait. C'étaient les chiens, qui montaient la garde devant la seule sortie. Genko appuya son épaule droite contre la trappe et essaya de la soulever. Comme prévu, il y avait un verrou de l'autre côté – il en reconnut le son métallique. La maladie l'avait atteint physiquement : il était trop faible, il n'arriverait pas à le dégonder.

Néanmoins, de là où il se trouvait, il percevait mieux ce qui se passait au-dessus. Il reconnut le bruit de la canne de Tamitria Wilson, qui traînait la jambe gauche. L'ensemble produisait un rythme obsédant, quasi hypnotique – un coup et un bref frottement, un coup et un bref frottement, et ainsi de suite.

Cela sentait le café chaud et les biscuits. La vieille sorcière trafiquait dans la cuisine en attendant son hôte.

Il crut reconnaître le bruit d'une voiture et entendit Mme Wilson s'éloigner. Au bout de quelques minutes, elle revint. Au nombre de pas, il comprit qu'elle n'était plus seule.

— J'ai eu l'idée de t'appeler parce que j'ai compris tout de suite que quelque chose n'allait pas, expliquait la femme gentiment. Comme je te l'ai dit au téléphone, le bavard m'a posé plein de questions sur les enfants qui vivaient ici, alors qu'en réalité un seul l'intéressait.

Apparemment, il avait suffi de nommer Robin Sullivan pour inquiéter la femme. Genko se rendit compte qu'il avait réactivé un passé dangereux. Il s'était précipité dans un abîme inconnu, dont la seule porte de sortie était en train de se refermer sur lui.

— Je l'ai bien fouillé : il n'est pas armé. Voici son portable et ses papiers, affirma Tamitria en montrant probablement les objets qu'elle lui avait soutirés.

Bruno se sentit stupide. Généralement, quand il devait faire une visite à un domicile, il cachait toujours quelque part son téléphone et son portefeuille – dans la boîte aux lettres d'un voisin, ou bien dans le coffre de la Saab. Maintenant, ces deux-là en savaient trop sur lui.

— Il est en bas. Il s'est remis de son choc, j'ai entendu des bruits tout à l'heure. Là, ça fait un moment qu'il est tranquille, peut-être qu'il s'est caché ou qu'il fomente quelque chose.

Le visiteur de Tamitria écoutait sans mot dire.

— Je ne sais pas pourquoi il est venu fouiner, reprit la femme.

À ce moment-là, Genko les entendit marcher vers lui. Son cœur malade battait la chamade, sur le point d'exploser – comme l'avaient pronostiqué les médecins.

Arrivés près de la trappe, ils s'arrêtèrent. Bruno regarda par une fente pour voir le visage de l'autre, mais la position de la femme l'en empêchait.

— Que veux-tu faire de lui ? demanda-t-elle.

Bonne question, se dit Genko. Il aurait bien voulu le savoir, lui aussi.

Mais le visiteur ne répondit pas.

Ce n'était pas bon signe, pensa le détective. Soudain, il entendit un coup de feu. Quelques minutes passèrent dans un silence absolu. Bruno se demandait ce qui se passait quand, par la fente, il aperçut soudain l'œil de la vieille sorcière.

Il recula, mais il était trop tard.

Il s'attendait à ce qu'elle se mette à crier. Mais la femme ne dit rien. Elle le fixait toujours. Un filet de sang coulait sur son iris immobile.

Elle était morte.

Genko recula lentement sur l'escalier en bois, en essayant de ne pas faire de bruit. Il surveillait toujours la trappe, s'attendant à ce qu'elle s'ouvre d'un moment à l'autre. Il regagna les ténèbres de la cave et attendit derrière un meuble.

Ici, nous serons tous les deux dans le noir, or le visiteur n'a pas envie de prendre de risque. Il va me sortir de là en utilisant la fumée, pensa-t-il. *Ou pire : il mettra le feu à la ferme et laissera les flammes s'occuper de moi et du corps de la vieille.* Mais Bruno écarta cette idée. *Il ne le fera pas. Il doit d'abord récupérer quelque chose qui lui tient trop à cœur.* Il posa la main sur sa poche et caressa l'album qui y était caché.

Bunny. Il ne le laissera jamais brûler.

Il pria pour avoir raison, d'autres minutes interminables passèrent. Puis, enfin, il entendit le bruit du verrou qu'on ouvrait. La trappe se souleva. La lumière du débarras pénétra dans l'ouverture, glissant dans l'escalier, jusqu'au sol de la cave.

Le voilà, se dit Genko. *Allez, descends. Viens me voir, courage.*

Mais la personne ne se décidait pas. Bruno reconnut le bruit du chargeur d'un pistolet. C'était un avertissement : le visiteur voulait lui faire savoir que la prochaine balle était pour lui. Il fit enfin un pas vers le gouffre. Puis un deuxième, un troisième. Genko se pencha hors de sa cachette et découvrit que l'autre était arrivé au milieu de l'escalier. Il saisit sur le sol les extrémités des fils de laine qu'il avait trouvés dans le panier de pelotes et tira avec force.

La toile se referma sur la proie.

L'inconnu essaya de se dégager, mais, pris au dépourvu, il perdit l'équilibre et tomba en avant. Genko suivit la courbe de son vol comme au ralenti, accompagné d'un cri. Pas de douleur, mais de rage.

Il en profita : il fit un bond en avant et courut vers l'escalier.

Il enjamba l'homme à terre, qui se démenait pour se dégager et tendit même un bras pour l'attraper – Bruno sentit sur sa cheville la caresse des doigts qui effleuraient leur prise. Il monta les marches deux à deux vers la trappe qui l'attendait, ouverte. Avant de plonger dans la lumière, il entendit un coup de feu. Le projectile lui frôla l'oreille. Genko s'accroupit sur le sol du débarras et, d'un coup de reins, se hissa vers la trappe fermée. Il se retrouva devant le regard effrayant de Tamitria Wilson et faillit retomber en arrière, mais évita le pire et atterrit sur le côté. Le souffle court, il se tourna pour refermer la trappe et emprisonner l'homme dans la cave. Un deuxième coup de feu le fit renoncer : le projectile s'enfonça dans le battant et des éclats de bois ricochèrent sur lui. Paniqué, il s'enfuit sans regarder derrière lui et fonça vers la sortie.

Le trajet lui sembla interminable. Quand il arriva enfin à l'entrée, il s'agrippa à la poignée, la baissa et tira vers lui, mais la porte ne bougea pas. Il n'avait pas envisagé qu'elle soit fermée à clé.

Il entendit des pas qui remontaient derrière lui.

Il ne se retourna pas. De façon absurde, il était convaincu que, s'il le faisait, il mourrait sur-le-champ. Il envoya des coups de pied hystériques dans la porte, révélant une envie de sauver sa peau singulière pour quelqu'un dont le compte à rebours était terminé.

Les pas derrière lui s'arrêtèrent.

Il vise, se dit-il en s'attendant à sentir une balle transpercer sa chair. Puis il repéra une fenêtre dans le salon. Avec la force du désespoir, il courut vers elle, l'ouvrit et l'enjamba.

Une fois dehors, il bondit vers la Saab. Elle était toujours là où il l'avait garée, à une vingtaine de mètres de la porte. Quinze, dix, cinq. *Pas de coup de feu – comment est-ce possible ?* Bruno contourna le véhicule, s'accroupit à côté de la roue et glissa vers la portière du conducteur. Il l'ouvrit et plongea sur le siège. La tête toujours baissée pour éviter de recevoir une balle par la lunette arrière, il chercha la clé, qu'il avait laissée sur le contact. Il appuya sur l'accélérateur. Le moteur rugit, comme s'il se noyait, puis le carburateur assimila l'excès d'essence et la voiture démarra sur les chapeaux de roues. Alors, Genko se redressa sur son siège. Il jeta un dernier coup d'œil à la maison, dans le rétroviseur.

Dans le miroir, il vit une silhouette se détacher sur la fenêtre par laquelle il avait réussi à s'évader.

Bunny le lapin le saluait.

17

— Parle-moi de la porte, Sam.

Elle entend la voix du docteur Green mais n'arrive pas à lui répondre. Son esprit est coincé dans le labyrinthe, devant la porte métallique derrière laquelle elle entend un son répétitif.

Comme une souris qui ronge ou un insecte qui mâche.

— Qui est derrière la porte, Sam ?

— Il y a quelqu'un avec moi dans le labyrinthe…

Une autre voix se superpose à celle du docteur Green, mais elle ne vient pas de la chambre d'hôpital. Une petite voix. Une fillette. Elle gratte la porte et pleure.

— Hé, tu m'entends ?

Pas de réponse.

— Tu m'entends ?

Elle renifle.

— Comment tu t'appelles ?

Rien à faire.

— Tu es sourde ?

Mais non, elle entend très bien, elle a juste peur. Très peur.

— Écoute, il ne faut pas avoir peur, je ne veux te faire aucun mal. Je suis comme toi, il m'est arrivé la

même chose. Et maintenant je me retrouve ici et je ne sais pas où je suis.

Elle ressent une étrange euphorie. C'est égoïste, elle le sait, mais elle est contente de ne plus être seule.

— Je te promets de t'aider.

Elle lui ment, elle en est consciente, parce qu'elle aussi a besoin d'aide. Elle devrait lui dire « Personne ne va nous aider, ici », mais elle lui ment. Le fait est qu'elle ne veut pas perdre sa nouvelle amie.

— C'est juste un jeu, lui dit-elle. C'est facile, il suffit de respecter les règles.

Elle devrait ajouter que c'est lui qui décide des règles, mais elle l'omet.

— Moi, au bout d'un moment, j'ai compris, et quand on a compris le mécanisme, tout est plus simple... Il veut juste jouer avec nous.

— Lui qui ? demande enfin une voix faible de l'autre côté de la porte.

Je ne sais pas, *pense-t-elle.* C'est peut-être Dieu. Parce que l'homme est Dieu, ici-bas, c'est lui qui décide si on va bien ou mal, si on doit vivre ou mourir. Il nous met à l'épreuve avec des jeux.

— Il ne répond jamais à mes prières. Ça ne dépend que de nous... On peut choisir si on veut jouer ou pas. Mais quand on ne joue pas, on ne reçoit ni eau ni nourriture... Si on ne joue pas, on ne survit pas...

— Combien de jeux tu as fait ? demande la voix.

— Beaucoup..., dit Sam, réalisant qu'elle a perdu le compte. Mais tu verras, ça va te plaire.

C'est absurde – comment cela pourrait-il lui plaire ? Pourquoi lui a-t-elle dit cela ? Il n'y a rien d'agréable, ici, « agréable » est le mot le moins adapté pour définir ce qui se passe dans le labyrinthe. « Tu vas le détester, aurait-elle dû dire. Tu détesteras tout, y compris toi-même, pour ce qu'il va te forcer à faire. »

— Maintenant, il faut qu'on trouve un moyen pour te faire sortir de là, dit-elle en testant la robustesse de la porte métallique.

— J'ai la clé.

Elle n'en revient pas.

— Alors qu'est-ce que tu attends ? Ouvre et viens…

Silence.

— Tu as faim ? J'ai de la nourriture, ici…

Pas de réaction.

— Tu n'as pas confiance ? Ne sois pas stupide ! s'écrie Sam en perdant patience. Je te l'ai déjà dit : je ne te ferai aucun mal. Mais si tu veux rester enfermée, c'est ton choix... Tu vas mourir, là-dedans, tu le sais ?

Sam se sent moche d'avoir prononcé cette phrase, mais tout ceci est tellement frustrant. Elle se souvient de son premier jour dans le labyrinthe – tout la terrorisait.

— Bon, excuse-moi... Mais ça fait trop longtemps que je n'ai parlé à personne. Je n'arrive pas à croire que tu sois ici. Je..., dit-elle en pleurant, et se détestant de pleurer. Je... Je voudrais juste qu'on soit amies.

Un bruit métallique brise le silence. C'est une clé qui tourne dans la serrure – deux, trois tours.

Elle n'arrive pas à y croire : elle l'a convaincue.

La porte métallique s'entrebâille, mais juste un tout petit peu. Elle entend des pas qui s'éloignent – qui reculent, légers. Alors, d'une main, elle pousse le battant, qui s'ouvre lentement et dévoile une fillette terrorisée, debout au centre de la pièce. Elle porte une chemise de nuit déchirée à plusieurs endroits. Ses pieds nus sont en sang, ses cheveux blonds et son visage couverts de boue. Elle la regarde de ses yeux bleus. Ses bras sont croisés dans son dos et elle se balance – comme une fillette, justement.

— Salut, lui dit-elle.

— Salut, répond la fillette.

Sam fait mine de s'approcher, mais l'autre recule. Elle comprend qu'elle se méfie encore – la confiance, ça prend du temps.

— Viens avec moi, j'ai des vêtements propres qui t'iront très bien, dit-elle en tendant la main, geste que la fillette ignore. Je vais te montrer la pièce où je garde mes affaires. Il y a même un matelas, tu peux te reposer, si tu veux.

Mais la perspective ne doit pas être attirante, parce que la fillette ne bouge toujours pas.

— Tu dois te nourrir, dormir. Sinon, tu ne seras pas prête.

— Prête pour quoi ?

— Pour un nouveau jeu. On ne sait jamais quand ça peut commencer. Mais je vais tout t'expliquer, promis.

Elle lui tourne le dos et avance dans le couloir, espérant que l'autre la suit.

— Je sais tout, annonce la fillette.

Elle se raidit. Qu'est-ce que cela signifie ?

— Je suis le jeu.

Ces mots s'entrechoquent dans la tête de Sam comme une boule de flipper. Au moment où elle se retourne, elle remarque un changement du coin de l'œil. La fillette tend un bras, qui jusque-là était resté derrière son dos, et Sam aperçoit un éclair à la hauteur de sa hanche. C'est la lumière du néon qui se reflète sur une lame.

— Il a dit que je dois le faire, dit la fillette en levant le couteau. Parce que si je le fais, ensuite je pourrai rentrer chez moi.

Combien de pas les séparent ? Une dizaine ? Son instinct, aiguisé par sa longue captivité, lui suggère qu'elle n'a que trois options. S'enfuir. Se battre. Succomber. Elle va opter pour la première, mais change d'avis. Au lieu de partir en courant, elle bondit sur la fillette, qui l'imite, parce qu'elle a compris son intention. Elles se dirigent toutes deux vers la porte – la porte métallique qui constitue la frontière entre la vie et la mort. Elle a un avantage, mais elle doit récupérer la clé. Elle tend le bras, courbe le poignet, fléchit les doigts. Elle la prend, la décroche. Elle l'a. Elle tire la porte vers elle au moment où son adversaire s'y accroche des deux mains, laissant tomber son couteau. Elles le regardent tomber par terre. Puis Sam tire le plus fort qu'elle peut, tandis que l'autre crie : « Non ! Non ! Non ! » La porte se referme avec un claquement dont le labyrinthe renvoie l'écho. Elle a la présence d'esprit de glisser la clé dans la serrure. Ses mains tremblent, mais elle donne le premier tour. Puis le deuxième. Le troisième. La fillette pleure et crie toujours. Elle la hait. Elle la hait de toute son âme. Puis elle se met à crier, elle aussi.

— C'est terminé… Sam, tu m'entends ? C'est terminé.

Le docteur Green la serrait dans ses bras, mais elle se débattait.

— Écoute-moi, Sam. Tu es en sécurité ici. Il ne t'arrivera rien.

Elle tremblait de désespoir, incapable de s'arrêter.

— Je veux que tu respires un bon coup… Allez…

Elle emplit ses poumons d'air.

— Ne lâche pas maintenant, Sam.

En effet, cela lui fit du bien.

— Je ne voulais pas…, dit-elle avec un filet de voix.

— Qu'est-ce que tu ne voulais pas ? demanda Green en la serrant contre lui.

— Je t'en prie, pardonne-moi…

— Qu'est-ce que je devrais te pardonner, Sam ? Tu n'as rien fait…

Green ne comprenait pas que ce n'était pas elle qui parlait, mais la fillette du labyrinthe.

— *Ouvre, je t'en prie. Pardon, implore-t-elle derrière la porte fermée. Je t'en supplie, ne me laisse pas ici !*

Elle l'entend depuis sa chambre, mais elle a décidé de ne pas lui répondre. Elle est assise sur son matelas, ses bras entourant ses genoux, le regard perdu dans le vide. Elle l'ignore.

— *Je ne recommencerai pas, tu peux me croire.*

Maintenant, c'est elle qui n'a plus confiance. La fillette ne lui a pas laissé le choix. Ce sont les règles du jeu. Et maintenant, le jeu prévoit que la fillette enfermée dans la pièce pleure et crie tant qu'elle en aura la force.

— Je ne sais pas combien de temps ça a duré…

— De quoi parles-tu, Sam ?

— Peut-être des jours, ou des semaines… Et moi, je savais ce qui se passait derrière cette porte. Au début, elle voulait que je la libère. Elle me suppliait, parfois elle me maudissait. Puis elle a demandé de la nourriture, et de l'eau. Puis plus rien… Elle n'a plus dit un mot… Mais moi je savais qu'elle était encore vivante – je le savais… Et je n'ai rien fait, je n'ai pas bougé le petit doigt… J’aurais dû ouvrir la porte… Il m’a mise à l’épreuve, il voulait savoir si j’étais capable de résister, si j’aurais ressenti plus de peine pour moi ou pour elle. C’était ça, le but du jeu…

Green desserra son étreinte. Elle le regarda.

— Quand j’ai commencé à sentir l’odeur, j’ai compris que c’était moi qui avais gagné.

18

— Si Robin Sullivan avait dix ans au début des années 1980, aujourd'hui il en a moins de cinquante.

L'aube n'était pas arrivée, mais la chaleur était déjà insupportable. Le ventilateur du plafond tournait trop lentement pour déplacer l'air stagnant du bureau du poste de police. Ses pales produisaient un grincement qui évoquait un chant d'oiseau. Genko était agacé, mais il essayait tout de même d'expliquer ce qu'il avait découvert.

— Vous devez émettre un mandat d'arrêt.

Bauer, appuyé à la table, épongeait la sueur dans son cou à l'aide d'un mouchoir en papier. Delacroix était assis à califourchon sur sa chaise, en face de Genko, les bras croisés sous son menton. Ils ne faisaient même pas l'effort d'avoir l'air intéressé.

— Allez, les gars, j'ai passé une sale nuit…, tenta de protester le détective privé.

Son visage était éraflé par les éclats de bois qui avaient volé de la trappe. Il avait devant les yeux l'image de Bunny qui le regardait partir depuis la fenêtre de la ferme.

Le policier blanc roula son mouchoir en boule et le lança dans une corbeille, la ratant de peu. L'autre soupira, comme s'il pondérait l'information.

— Aide-moi à comprendre : tu soutiens que ce Robin Sullivan a tué une femme puis a essayé de te tuer ?

Juste deux balles, en réalité. Parce qu'ensuite, il avait arrêté de tirer. *Pourquoi ?*

— Si vous allez contrôler, vous trouverez le cadavre de la vieille.

— Pour quelle raison aurait-il essayé de te tuer ? Je ne comprends toujours pas..., intervint Bauer.

C'était décourageant.

— Parce que je suis remonté jusqu'à lui, dit Bruno comme si c'était une évidence. Il est l'homme que vous cherchez, le ravisseur de Samantha Andretti.

Il aurait imaginé un peu plus d'enthousiasme devant une telle révélation.

— Réfléchissez : Robin Sullivan a été un « enfant de l'obscurité », affirma-t-il en citant Tamitria Wilson. Petit, il a été enlevé pendant trois jours et par la suite il n'a plus jamais été le même.

L'enfant n'avait jamais voulu révéler ce qui lui était arrivé, se rappela le détective.

— Et donc ? demanda à nouveau Bauer.

— Vous plaisantez, pas vrai ? répondit Genko en les dévisageant. Il suffit d'ouvrir n'importe quel manuel de psychiatrie : les gens qui ont été victimes d'abus dans leur enfance ont beaucoup plus de probabilités de reproduire les mêmes comportements sur des victimes innocentes, une fois adultes.

L'obscurité l'a infecté, avait dit Mme Wilson à son sujet.

— Mais, si j'ai bien compris, ce n'est qu'une conjecture, répliqua Bauer. Parce que tu n'as jamais vu le visage de l'homme qui t'a tiré dessus.

Il repensa au moment où il avait donné des coups de pied dans la porte d'entrée pour sortir de la ferme. Il entendit à nouveau le bruit des pas dans son dos. La terreur l'avait empêché de se retourner pour regarder l'homme qui le poursuivait, et l'autre avait hésité au lieu de tirer. *Pourquoi a-t-il tergiversé ?*

— Je vous l'ai dit : il avait le visage couvert.

Il n'avait pas spécifié qu'il s'agissait d'un masque de lapin. Étant donné le crédit que les policiers portaient au reste de l'histoire, il avait bien fait.

— Donc, même si nous trouvions Robin Sullivan, tu ne pourrais pas le reconnaître, conclut Bauer en secouant la tête. Explique-moi encore : comment es-tu remonté jusqu'à cette Tamitria Wilson ?

— Dois-je te rappeler que je ne suis pas autorisé à révéler mes sources ?

Le policier le savait très bien. Il voulait juste jouer avec lui.

— Bizarre, parce que là-bas, on a un braconnier nommé Tom Creedy qui soutient avoir été approché dans un bar par un type qui puait, qui lui a posé plein de questions sur Samantha Andretti, et qui l'a même intimidé, expliqua Bauer en se tournant vers Delacroix. Tu crois que ça suffit à les accuser tous les deux de complicité lors d'une séquestration ?

Genko sourit, il n'arrivait pas à y croire.

— Il vous a parlé de l'homme à tête de lapin ? demanda-t-il à brûle-pourpoint. Parce que, soyons francs, les gars, si vous avez l'intention d'utiliser ce brave Tom contre moi, vous devrez rendre publique l'affaire de l'homme-lapin et le fait que votre témoin principal a besoin d'une expertise psychiatrique.

— Que sais-tu de cette histoire ? demanda Delacroix.

Genko n'avait pas mentionné Bunny ni l'album illustré. C'étaient les éléments les plus faibles de l'enquête, il n'avait pas encore saisi leur rôle ni leur signification.

Seuls les enfants peuvent voir le lapin, se souvint-il.

— Si c'est Tom Creedy qui t'a permis de remonter jusqu'à Tamitria Wilson, ça veut dire qu'il t'a révélé quelque chose qu'il ne nous a pas dit à nous, le menaça Delacroix.

— Ou alors, il t'a juste balancé son délire de l'homme-lapin ? affirma Bauer, méprisant.

Que tu y croies ou non, c'est comme ça que ça s'est passé, pensa Bruno.

Delacroix essaya de se montrer conciliant.

— Peut-être que Creedy, involontairement, t'a fourni un détail qu'il a ensuite oublié, parce qu'il ne l'a pas jugé fondamental.

— Vous perdez votre temps, les interrompit Genko. Je ne suis pas venu ici pour dénoncer un crime, c'est clair ? Je suis ici pour vous donner un coup de main, je vous ai dit ce que je sais et je vous ai invités à le vérifier. J'ai fait mon devoir de citoyen, je n'y étais même pas obligé. Et en tant que tuteur légal de Samantha Andretti…

Bauer fondit sur lui et l'attrapa par le col de sa veste.

— Écoute-moi, connard, on a retrouvé son père. Quand on lui a cité ton nom, il a dit qu'il y a quinze ans tu lui avais soutiré un beau paquet de fric avant de disparaître.

Il n'a pas totalement tort, songea Bruno.

— Donc moi, je sais ce que tu as en tête : tu essaies de te faire de la pub en vantant une mission que personne ne t'a confiée. Tu n'es qu'un sale parasite.

Bruno ne réfuta pas ces accusations. Au bout de quelques secondes, Bauer lâcha sa prise et retourna à sa place.

Le portable de Delacroix sonna. Il répondit et écouta brièvement.

— D'accord, merci, dit-il avant de s'adresser à Bruno. La patrouille que nous avons envoyée à la ferme Wilson n'a trouvé aucun cadavre.

Genko aurait voulu répondre que de toute évidence, Robin Sullivan s'était débarrassé du corps. Mais il se tut, parce que Delacroix n'avait pas terminé.

— Toutefois, les agents ont découvert des signes de lutte dans la maison. En plus, sur la trappe qui mène au sous-sol, il y avait des rayures compatibles avec un coup d'arme à feu.

— Ils ont trouvé le portable de Mme Wilson ? Comme ça, vous pourriez remonter au dernier appel, demanda Genko.

— Pas de portable.

Il y eut un silence assez long, puis on frappa à la porte du bureau. Bauer alla ouvrir.

— Excusez-moi, le docteur Green voudrait vous parler, dit un jeune agent.

— J'arrive, dit Delacroix en regardant Bauer, qui comprit le message et les laissa seuls. L'homme à qui nous donnons la chasse est très dangereux, expliqua-t-il ensuite à Genko.

— Je sais. Il a essayé de me tuer, ironisa Bruno.

— Non, tu ne sais pas, le prévint l'autre, très sérieux. Ce n'est pas un avertissement ou un conseil à prendre à la légère. Quand je parle de danger, je veux dire qu'il est capable d'une méchanceté que ni toi ni moi ne pouvons imaginer… Green l'a qualifié de « sadique virtuose ». Il fait partie d'une catégorie de psychopathes que les profileurs appellent « consolateurs ».

Genko enregistra le terme, qu'il n'avait jamais entendu. Il comprit que Green était le profileur aux méthodes peu orthodoxes qui suivait Samantha Andretti.

— Le mot « consolateur » m'a tout de suite évoqué une connotation positive, poursuivit le policier. Après tout, le ravisseur de Samantha l'a gardée en vie pendant quinze ans. On pourrait même penser qu'il n'avait pas le courage de la tuer, qu'il s'était occupé d'elle et ressentait une forme de pitié. Mais je me trompais…, avoua Delacroix en se mordant la lèvre, visiblement éprouvé. À la différence d'un tueur en série, un sadique consolateur ne se contente pas de tuer : pour lui, la mort est un fait purement marginal.

Bruno pensa au fait que Bunny l'avait épargné.

— Le but principal de ces psychopathes est de transformer la victime en un être abject, poursuivit le flic. Dans la prison d'un consolateur, on est soumis à des épreuves cruelles, programmées pour faire peur, on est contraint à des actes abominables… C'est de cette façon qu'ils se *consolent* eux-mêmes d'être des monstres.

Bruno ne répondit pas. Delacroix se leva.

— Si tu commets une erreur et que tu finis entre les mains de ce maniaque, tu prieras pour mourir vite, conclut-il en le regardant une dernière fois, avant de quitter la pièce en laissant la porte ouverte.

Dans le couloir, des agents allaient et venaient. Genko se sentit décalé au milieu de tous ces uniformes. Avant de sortir, il inspira profondément, puis soupira. Il aurait dû s'attendre à ce que les deux flics ne croient pas à son histoire. Au moment où il envisageait d'aller boire un bon café noir au Q-Bar, il vit passer un gros chien au poil long dans le couloir.

Hitchcock, se souvint-il.

Puis il entendit des cris. Il alla voir ce qui se passait. Depuis le seuil, il vit Simon Berish qui en venait quasi aux mains avec Bauer. Les agents eurent du mal à séparer leur collègue et le policier des Limbes.

C'est de ma faute, se dit Bruno en repensant au coup de téléphone durant lequel il s'était fait passer pour Bauer pour obtenir les informations sur le dossier «R.S.».

Il s'aperçut que le gros chien le regardait. Alors, avant que Berish le remarque, il fila vers la sortie.

19

« Si tu commets une erreur et que tu finis entre les mains de ce maniaque, tu prieras pour mourir vite », avait dit Delacroix.

Pour Bruno Genko, mourir vite n'était pas un problème : il était déjà en train de mourir vite.

Toutefois, quand le policier avait affirmé que la catégorie de monstres à laquelle appartenait Bunny ne trouvait pas d'intérêt à tuer ses victimes, il avait senti quelque chose se briser à l'intérieur de lui. En effet, à la ferme Wilson, quand il s'était retrouvé coincé devant la porte fermée, le monstre à ses trousses, Bunny avait hésité au lieu de tirer.

Il me voulait vivant, pensa Genko en marchant jusqu'à sa Saab garée sur le parking du commissariat. *Il voulait m'emmener dans la prison souterraine. Me traîner là-dessous, dans le noir. Et me montrer de quoi il est capable.*

Il monta dans sa voiture, mais attendit un moment avant de démarrer. Depuis combien de temps n'avait-il pas dormi ? Il était épuisé. Il renonça à aller au Q-Bar, il en avait assez des flics. Il aurait pu passer chez Linda et lui demander de lui préparer un petit déjeuner. Il aurait même pu s'allonger sur son canapé et se reposer une demi-heure, en sécurité parmi ses licornes. Ce n'était pas une mauvaise idée, elle était sans doute inquiète, vu qu'il ne l'avait pas rappelée. D'ailleurs, comment aurait-il pu ? Bunny avait son portefeuille et son téléphone portable. Heureusement, il avait pu emporter le plus important en quittant la ferme Wilson.

Il glissa une main sous le siège passager et sortit l'album illustré. Le sympathique lapin lui sourit, sinistre.

Bien que n'étant pas expert en la matière, Bruno remarqua que sur la couverture figurait uniquement le titre, rien d'autre. Il retourna l'album : il n'y avait rien non plus à l'arrière. À l'intérieur, il ne vit pas le nom de l'éditeur ni d'indications sur l'impression. Il n'y avait pas de prix de vente ni de code-barres. *Étrange*, pensa-t-il. Mais il était convaincu que quelque chose se cachait derrière le mystère de l'origine de cet album. Aussi, il oublia Linda et ses licornes : il devait découvrir la signification du livre illustré. De toute urgence.

Bunny était invisible pour les adultes. Seuls les enfants le voyaient.

Il démarra et se dirigea vers le centre.

Il était à peine plus de 6 heures du matin, les rues se vidaient. Les vampires retournaient se protéger de la lumière du soleil. Il traversa le pont. À cette heure, la circulation était généralement bloquée, les voitures avançaient au pas. Mais la chaleur avait réduit le chaos et la frénésie : il lui fallut moins de vingt minutes pour arriver à destination.

La vieille Saab détonnait dans cette banlieue résidentielle très prisée avec ses avenues arborées, autrefois un repaire bohème d'artistes et d'intellectuels, mais qui était désormais plutôt peuplé de créateurs de start-up à succès et de rejetons de la grande bourgeoisie.

Il gara sa voiture devant un immeuble blanc à trois étages qui datait du début du XXe siècle. Sur une élégante plaque en vinyle, des lettres argentées se détachaient : M.L. – GALERIE D'ART.

Les grandes baies vitrées qui donnaient sur la rue étaient cachées par de lourds rideaux gris, probablement pour préserver les œuvres de l'agression d'une nouvelle matinée torride.

Avant de frapper à la porte, le détective privé observa sa tenue. Dans d'autres contextes similaires, son allure ne l'aurait pas aidé à obtenir les informations qu'il cherchait. Mais il connaissait bien le propriétaire.

Un homme âgé vint lui ouvrir, les cheveux blancs parfaitement coiffés en arrière, portant des lunettes de lecture. Malgré la chaleur suffocante, Mordecai Lumann était impeccable, comme toujours : blazer bleu, chemise à col boutonné, cravate rouge, pantalon gris et mocassins noirs. Il portait comme d'habitude un mouchoir coloré dans la poche de sa veste. Il regarda Bruno de la tête aux pieds.

— Monsieur Genko ! s'exclama-t-il en le reconnaissant.

Cela faisait trois ans qu'ils ne s'étaient pas vus.

— Je ne vous réveille pas ? demanda Bruno, même s'il se doutait que l'homme ne dormait pas tout habillé.

— Je ne partage pas cette passion pour la vie nocturne, mais de toute façon, je souffre d'insomnie.

Je vous en prie, entrez, répondit-il en s'écartant pour le laisser passer.

Genko le suivit dans un couloir aux murs vert sombre et aux boiseries blanches.

Dans le passé, Lumann s'était adressé à lui pour résoudre une affaire de famille délicate. Un neveu un peu trop zélé lui avait soutiré une œuvre de grande valeur pour payer ses dettes de jeu. Pour ne pas faire de peine à sa sœur, l'oncle avait décidé de ne pas prévenir la police. Genko avait débusqué le jeune homme dans l'hôtel d'un grand casino. Après s'être assuré qu'il était toujours en possession du butin, il s'était fait passer pour un marchand d'art souhaitant investir son argent. Il avait récupéré l'œuvre et ramené le bon à rien chez lui.

— Vous voulez une tasse de thé ? demanda Mordecai.

Son ton était austère, ses manières affectées.

— Volontiers, merci.

Ils entrèrent dans le grand salon où étaient exposées les œuvres en vente. Lumann n'était pas un galeriste comme les autres, il ne s'intéressait pas aux tableaux et aux sculptures. Sagas de super-héros et mangas japonais constituaient les points forts de sa collection.

Dans un coin de la pièce, Mordecai mit une bouilloire en marche pour préparer le thé. Genko déambula parmi les œuvres exposées : il y en avait cinq, placées sur des chevalets.

— Peu de pièces, mais précieuses, dit le maître de maison qui avait deviné ses pensées.

Bruno s'approcha d'un des dessins pour l'observer plus attentivement. Il représentait un combat entre un jeune garçon, un ninja aux yeux disproportionnés et plusieurs monstres robots.

— Ceci est la dernière bataille de l'humanité, l'apothéose de la lutte, le défi final entre l'homme et le produit le plus sublime de son intellect : la machine, affirma Mordecai. Je vous invite à remarquer comment le dessinateur a représenté les robots : on dirait presque des divinités. Et le jeune ninja rassemble l'héritage glorieux des siècles, conclut-il en le rejoignant avec deux tasses fumantes. Ce n'est pas la boisson la plus adaptée à la chaleur, j'en suis conscient, mais, à mon sens, le thé glacé est un blasphème. Que puis-je faire pour vous, monsieur Genko ?

— Une simple consultation, répondit Bruno.

Tenant la tasse en équilibre sur sa soucoupe, il sortit de sa veste l'album illustré de Bunny et le tendit à l'homme.

Mordecai fit mine de le prendre puis s'arrêta net.

Genko remarqua l'expression de stupeur sur son visage.

— Ce n'est pas possible, dit-il en posant sa tasse sur une table basse.

Il fouilla dans les poches de son blazer et en sortit une paire de gants en coton blanc. Il les enfila et saisit délicatement l'album, le soulevant du bout des doigts.

— Venez avec moi, dit-il seulement.

Bruno le suivit jusqu'à son bureau, à l'arrière. L'homme posa l'album sur un pupitre.

Il alluma une lampe orientable et la pointa sur la couverture, puis il feuilleta attentivement l'album.

— J'en avais entendu parler, mais je n'en avais jamais vu de mes yeux.

Genko ne comprenait pas la raison de son émerveillement : la facture de l'album lui avait semblé tout à fait ordinaire. Mais au vu de la réaction de l'expert, il comprit qu'il avait bien fait de lui apporter Bunny, au lieu de le montrer au vendeur *nerd* d'un magasin de comics.

Le galeriste posait les doigts sur la trame des dessins, l'air absorbé, avec la même admiration qu'un historien qui se consacre à des miniatures précieuses et l'excitation d'un enfant manipulant une revue qu'il vient d'acheter avec ses économies.

— Bunny le lapin, affirma-t-il, comme s'il le saluait. Nombre de mes collègues sont convaincus qu'il s'agit d'une légende… À dire vrai, j'avais des doutes, moi aussi.

— Excusez-moi, je me permets, intervint Bruno, mais des doutes sur quoi ? Pourriez-vous m'expliquer ?

— C'est simple, monsieur Genko : cet album ne devrait pas exister.

— Qu'est-ce que ça signifie ?

— La qualité de l'impression, le papier utilisé et la méthode de reliure laissent penser que la publication remonte aux années quarante. En effet, Bunny le lapin est une expérience éditoriale de cette époque… Qui était une période de crise pour le monde des albums illustrés. Afin d'attirer un public plus vaste, les éditeurs étaient incités à explorer de nouvelles voies.

— Il ne me semble pas avoir déjà entendu parler de ce personnage.

— Comment auriez-vous pu ? demanda Lumann. La vie de Bunny avait été très brève : comme souvent à l'époque, l'absence de succès l'a condamné à l'oubli.

— Avec le temps, les exemplaires sont devenus des objets rares et recherchés, c'est bien ça ? demanda Bruno, imaginant qu'en plus de soixante-dix ans, l'augmentation de la valeur de l'album ait pu être proportionnelle à la folie des collectionneurs.

— Pas tout à fait, le corrigea l'autre. Les albums de Bunny ne sont pas rares, vous pouvez en trouver facilement chez les brocanteurs ou dans certains salons spécialisés. Mais il existe une exception : l'album que vous m'avez apporté aujourd'hui. Il s'agit d'un texte apocryphe, expliqua Mordecai en se tournant vers Genko, les yeux brillants.

— Pas d'auteur, de dessinateur, d'éditeur ni d'imprimeur, confirma Bruno. Aucune indication sur son origine.

— Et le plus évident quand on parle d'un album illustré : pas de numéro de série, ajouta Lumann. Ce qui signifie qu'il ne fait partie d'aucune collection. C'est une pièce unique.

— Ça augmente sa valeur ? Je ne comprends pas.

— Ce n'est pas une question d'argent, monsieur Genko, dit Lumann en retirant ses lunettes pour les nettoyer avec le mouchoir qu'il sortit de la poche de sa veste. Même si je suis convaincu que certains paieraient des sommes colossales pour le posséder, la particularité de cet objet n'est pas son unicité… mais son but.

— Divertir les plus jeunes, affirma naïvement Genko.

— Vous êtes sûr ? demanda le galeriste. N'avez-vous rien remarqué de particulier, en le feuilletant ?

Genko se sentit tel un débutant.

— Dans l'histoire, seuls les enfants peuvent voir le lapin. Ce n'est pas accordé aux adultes, dit-il.

— Vous ne vous êtes pas demandé pourquoi ?

Genko ne sut pas quoi répondre.

Mordecai se dirigea vers un bureau et fouilla dans ses papiers.

— Il est vraiment moche, vous ne trouvez pas ? Les dessins et les dialogues sont très mauvais.

— Oui, en effet.

Mordecai revint au pupitre muni d'un petit miroir rectangulaire.

— Chaque époque décide de son esthétique et, parfois, même le laid peut générer du beau. Vous êtes d'accord ?

Bruno pensa au collage de Hans Arp qui était accroché chez lui, dans son bureau. Tout le monde ne l'aurait pas défini comme une œuvre d'art. Il fallait pour cela un certain goût ou une certaine culture. Il avait peut-être commis la même erreur d'évaluation au sujet de l'album de Bunny.

— À votre avis, ce lapin est-il de l'art ? demanda Mordecai en prenant un air sérieux. Non, mon ami. Pas du tout.

Puis il approcha le miroir du pupitre, le positionna de profil, en diagonale, sur une page au hasard, et s'adressa à Genko :

— Regardez vous-même…

Bruno s'approcha lentement, et il vit.

Dans le reflet, les dessins grossiers et infantiles se métamorphosaient. L'expression de Bunny, tendre et souriante, devenait ambiguë. Le lapin aux yeux en forme de cœur s'exhibait maintenant en actes sexuels explicites avec une femme. Genko reproduisit l'expérience sur d'autres pages. Bunny était représenté dans des situations obscènes, assaisonnées de violence et de cruauté. Fétichisme, bondage et autres pratiques sadomasochistes extrêmes.

— Pornographie.

Le détective se souvint de son malaise quand il avait feuilleté l'album pour la première fois. Il était pourtant loin d'en imaginer le contenu subliminal.

— L'écriture spéculaire est une technique graphique qui remonte au XIXe siècle, mais qui fut en vogue durant les années quarante, expliqua Lumann. Elle est encore utilisée dans certains romans graphiques pour cacher une deuxième trame ou un sous-texte. Souvent, même l'éditeur l'ignore : c'est une farce de dessinateur. Certains collectionneurs aiment traquer ces « anomalies ».

— Vous avez parlé d'un but, lui rappela Bruno. À quoi faisiez-vous allusion ?

Mordecai prit une grande inspiration.

— J'ai consacré ma vie aux albums illustrés parce que pour moi, ce sont des œuvres de joie : ma profession consiste à guider les collectionneurs dans l'achat d'un objet d'art, mais je sais bien que la finalité qui les anime est de ressentir l'émotion qui les renvoie à l'enfance ou à l'adolescence. Aussi, en toute honnêteté, je ne sais pas ce qui peut pousser quelqu'un à créer une œuvre aussi ambiguë.

Seuls les enfants arrivent à voir Bunny.

Mordecai Lumann referma l'album et le tendit à Bruno.

— Ma curiosité s'arrête ici, monsieur Genko. Mais je me permets un conseil d'ami : libérez-vous-en au plus vite.

« Je ne peux pas », aurait aimé lui répondre Genko. Il devait honorer sa dette envers Samantha Andretti, contractée quinze ans plus tôt via ses parents. Mais ceci, pour Bruno, signifiait aussi régler ses comptes avec son propre passé. Et avec une enveloppe enfermée dans le coffre-fort de la chambre 115 de l'hôtel Ambrus. Il avait demandé à Linda d'en détruire le contenu après sa mort. Mais il venait de changer d'avis.

Ainsi, tandis que Lumann l'accompagnait à la sortie, Genko décida que le moment était venu de rouvrir cette enveloppe.

20

L'hôtel Ambrus était un parallélépipède étroit, coincé dans une rangée de bâtiments tous identiques, du côté du pont de la voie de chemin de fer.

La structure était délabrée et on racontait d'étranges histoires sur l'hôtel. Par exemple que dans une des chambres, les gens disparaissaient dans le néant. Cela n'intéressait pas Genko : il l'avait choisi pour aller mourir uniquement parce qu'il était cohérent avec l'image négligée de lui-même qu'il avait toujours offerte au monde. Personne ne devait connaître le véritable Bruno Genko – le professionnel scrupuleux, le perfectionniste, l'homme à la fortune cachée à l'étranger qui avait accroché une œuvre de Hans Arp sur un mur de son appartement.

Mais, surtout, personne ne devait jamais avoir accès à ses secrets.

Il ne s'agissait pas de ce qu'il avait découvert au cours de ses enquêtes : ce qu'il voulait cacher, c'étaient les méthodes qu'il avait employées. Genko n'était pas fier de ce qu'il avait eu à faire pour résoudre ses enquêtes.

Il tapa la date de naissance de Linda et le coffre s'ouvrit. Il récupéra l'enveloppe et la soupesa du regard. Il ne pensait pas la revoir. Mais alors, pourquoi ne s'en était-il pas débarrassé lui-même, au lieu de demander à son amie de s'en charger à sa mort ? En vérité, il l'avait conservée parce qu'il savait qu'un moment comme celui-ci pouvait arriver, où il serait nécessaire d'employer tous les moyens, même illicites, pour atteindre son but. Alors le contenu de l'enveloppe lui serait utile.

Il la glissa dans un sac en tissu de la buanderie de l'hôtel et quitta la chambre.

Une fois chez lui, il accomplit son rituel habituel : retirer ses vêtements à l'entrée – sans quitter des yeux le sac momentanément posé sur le carrelage. Il avait peur, parce que dans le fond, il s'était juré de ne plus pactiser avec le diable.

Il était en nage et aurait volontiers pris une douche, mais il enfila un survêtement et alla s'installer devant son ordinateur. Pas de musique classique, cette fois. Même l'œuvre dadaïste sur le mur en face de son bureau n'eut pas le pouvoir de le soulager.

Il retira les scellés de l'enveloppe et l'ouvrit à l'aide d'un coupe-papier. Il en sortit une petite boîte argentée, qu'il relia à son MacBook Air avec un câble USB. Enfin, il se connecta à Internet.

L'objet qu'il avait caché à l'hôtel Ambrus ouvrait un passage secret.

Durant ses années de métier, Bruno Genko avait appris qu'il existe peu d'endroits sur terre où les règles – toutes les règles, sans distinction – sont suspendues pour un temps indéterminé. Des lieux où le mal prospère sans encombre et où la nature secrète des hommes peut se libérer sans rencontrer de limites. Dans ces déserts d'égoïsme, la vie et la mort ont une valeur relative et la souffrance des autres devient monnaie d'échange.

Un de ces lieux était le *dark web* – l'Internet obscur dans Internet, le réseau sous le réseau, la terre de personne. Grâce aux *bitcoins*, la monnaie électronique reconnue uniquement en ligne, on pouvait vendre et acheter n'importe quoi : des drogues, des données et même des gens.

Femmes et enfants étaient les articles les plus prisés.

Le *dark web* fonctionnait exactement comme l'Internet officiel. Il y avait des moteurs de recherche, comme Dark Tor et Ahmia. Ou bien Grams, dont l'aspect graphique reproduisait celui de Google. On pouvait les utiliser pour s'orienter parmi les sites qui offraient des biens et des services – un pistolet au numéro de série effacé, mais aussi la main qui appuierait sur la gâchette. Il y avait des blogs qui expliquaient comment assembler une bombe avec des articles de supermarché et des tutoriels vidéo qui montraient comment violer une femme sans laisser de trace.

Pour Bruno Genko, le *dark web* était surtout le lieu parfait pour acheter et vendre des informations. Les négociations n'avaient rien de sophistiqué, elles ressemblaient à celles d'un marché du dimanche, où les marchandises étaient des données sensibles.

La profession de Bruno était fondée sur sa capacité à débusquer des nouvelles utiles ou ayant une valeur. Pour les obtenir, généralement, un bon détective menait des recherches très longues et souvent infructueuses. Aller dans la rue, parler avec les gens, filtrer les données et en vérifier la fiabilité. C'était un processus interminable et laborieux. Parfois, le temps à disposition pour boucler une enquête était si court et l'enjeu tellement élevé qu'il fallait trouver un raccourci.

Bruno était un enquêteur à l'ancienne, il utilisait des sources de confiance, déjà testées, et diffusait des nouvelles manipulées dans les règles de l'art pour obtenir en échange des informations épurées. Le *dark web* n'était pas son territoire. Il ne se sentait pas à l'aise quand il devait mettre les pieds du côté obscur du réseau. Pendant des années, il avait observé cet univers parallèle sans jamais se révéler. Il avait ainsi fait un long apprentissage, il en avait décrypté le fonctionnement et repéré les dangers possibles. Avant d'y faire ses premiers pas, il s'était imposé un code, qui n'avait qu'une seule règle.

Dans le *dark web*, personne n'est en sécurité.

Il se le répéta à ce moment-là, tandis qu'au centre de l'écran noir un chronomètre égrenait un compte à rebours. L'accès n'était pas immédiat mais conditionné à une série de passages. Tout d'abord, comme quand on projette un voyage dans un pays inconnu, il valait toujours mieux se protéger. Les vaccins utilisés sur le Web étaient des antivirus et firewalls puissants. Après avoir créé les barrières, le navigateur devait se soumettre au contrôle des autres usagers. S'il n'était pas jugé assez « fiable », il était expulsé comme un corps étranger.

Au fil des ans, Bruno avait créé différentes identités pour évoluer avec agilité dans les ténèbres du cyber-espace. Chaque fois qu'il sentait que quelque chose n'allait pas, il effaçait celle qu'il utilisait et passait à la suivante. Il pouvait s'agir d'une simple sensation, mais c'était suffisant pour changer.

Le compte à rebours s'acheva enfin et une barre centrale apparut, où Genko tapa le nom d'un site. Bien sûr, dans le *dark web* aussi, il y avait des réseaux sociaux. Et sur HOL – Hell On-Line – on pouvait croiser une humanité maudite, très hétérogène.

Genko espérait y rencontrer Bunny.

En d'autres circonstances, il aurait donné la chasse à Robin Sullivan dans le monde réel. Mais comme son temps était compté, il avait décidé de chercher l'alter ego du ravisseur.

Un « sadique consolateur », se rappela-t-il, comme l'avait défini Delacroix. Un « enfant de l'obscurité », l'avait appelé Tamitria Wilson. Deux expressions qui désignaient la même chose, c'est-à-dire que Robin Sullivan ne maîtrisait pas sa nature perverse : il était esclave de son obsession. Sinon, il n'aurait pas eu la persévérance nécessaire pour prolonger une séquestration de personne pendant si longtemps.

Il est organisé, se dit-il. *Socialement intégré, donc au-delà de tout soupçon. Nous voyons le monstre, mais sous les traits inquiétants de Bunny se cache un être humain.*

Un homme à deux masques.

Le premier – le lapin – était une blague, un mensonge. Le second – son visage – était son véritable masque, parce qu'il cachait au monde autour de lui sa nature authentique.

Bunny m'a laissé partir, se rappela-t-il en repensant à son expérience à la ferme Wilson. *Peut-être parce qu'il a encore envie de me donner la chasse.*

HOL était le bon endroit pour comprendre si c'était le cas. Genko choisit un nom d'utilisateur et ouvrit un nouveau profil, se créditant comme amateur de bondage et illustrant sa page d'images sans équivoque.

Il entra sur le forum.

Les maniaques qui le fréquentaient échangeaient pour la plupart des images de pornographie extrême. Ce lieu permettait de révéler ses fantasmes les plus malades et de donner libre cours à ses pires perversions. Toutes les dépravations y étaient représentées. Les plus appréciées étaient les violeurs qui annonçaient leurs actions à l'avance et postaient des vidéos juste après, pour recevoir les commentaires enthousiastes et les *like* de la communauté. On rencontrait des psychopathes en tout genre, des nécrophiles aux « parasites », qui suivaient des gens ordinaires, ignorant tout de ce monde, puis partageaient leurs photos volées. Souvent, de cette façon, c'étaient eux qui fournissaient les « sources » à des groupes d'utilisateurs qui se réunissaient pour aller frapper un père de famille innocent à la sortie du bureau ou pour violer une étudiante seule chez elle la nuit.

Ces derniers jours, le sujet de discussion préféré sur HOL était Samantha Andretti.

Ils acclamaient son ravisseur, le qualifiaient de « héros » et le remerciaient d'avoir « donné l'exemple ». Les vulgarités sur le compte de la victime n'avaient pas de limite, certains proposaient même de s'introduire à l'hôpital où elle se trouvait pour « achever le boulot ».

Bruno ressentit un dégoût profond pour ces êtres immondes qui bafouaient la sacralité de la vie des autres, en plus de la leur. Il les imagina, menant des existences normales. Peut-être avaient-ils toujours leurs parents, voire des enfants. Il se demanda ce que leurs proches auraient pensé en apprenant la vérité. *Que vous arrivera-t-il quand, comme moi, vous serez proches de la fin ? Quelle sera votre attitude face à la mort ? Vous emporterez dans votre tombe le monstre qui se cache en vous, mais vous ne savez pas encore qu'il sera le seul à vous tenir compagnie pour le restant de l'éternité.*

Genko chassa ces pensées, il ne devait pas se laisser déconcentrer. Il se replongea dans le noir trouble qui l'appelait depuis l'écran. Le moment était venu de lancer l'hameçon : il écrivit un message à ses compagnons de l'enfer.

« Je cherche Bunny, un sympathique petit lapin aux yeux en forme de cœur. Je paie généreusement pour tout renseignement, même indiscret. Si vous savez quelque chose, envoyez-moi un message privé. »

Seuls ceux qui étaient au courant des faits pouvaient comprendre son allusion. Il partait de l'idée que les monstres comme Robin Sullivan ne se contentent pas de vivre leur expérience en secret, mais qu'à un moment donné, ils cherchent un public devant lequel se vanter de leur « travail ». Hell On-Line était parfait, dans ce but.

S'il s'est confié à quelqu'un, quelque chose sortira.

Genko observa ses mains sur le clavier. Elles tremblaient. *C'est la fatigue, je dois dormir.*

Profitant du fait que la nuit était encore loin et que, de toute façon, il n'avait pas d'autre choix qu'attendre une réponse du *dark web*, il alla dans sa chambre et se jeta sur son lit. Il porta ses mains à sa poitrine, ferma les yeux et se concentra sur les pulsations de son cœur.

Combien me reste-t-il de battements ?

Avant d'imaginer une réponse, il s'endormit.

Un son lointain dissipa peu à peu l'obscurité – une goutte blanche dans un océan d'eau noire et dense. Lentement, Genko émergea du sommeil. L'espace d'un instant, il crut qu'il avait rêvé.

Pourtant, le son était réel. Peut-être un chant.

Il n'était pas habitué à entendre des voix chez lui. Juste de la musique classique et du silence. Surtout, ce n'était pas une voix comme les autres : elle appartenait à une femme. D'ailleurs, ce n'était pas un chant.

Cela pouvait sembler mélodieux, mais il s'agissait d'une lamentation.

Bruno se leva, à moitié réveillé. Quelle heure était-il ? Il faisait déjà nuit. Une terrible migraine l'empêchait de réfléchir. Il était déshydraté et la nausée était revenue. Mais il se concentra sur la recherche de l'origine du bruit mystérieux.

Il provenait de son bureau. Plus précisément, de son ordinateur.

Il y avait autour de son Mac comme une bulle de lumière, produite par l'écran. Genko se traîna pour aller voir.

Il s'assit et constata que quelque chose avait changé sur la page de son profil Hell On-Line. Sous le message qu'il avait publié quelques heures auparavant, une fenêtre était apparue, où des silhouettes bougeaient. Il zooma et augmenta le volume.

C'était une vidéo pornographique.

La caméra filmait depuis un angle étrange. Dans la pièce, plongée dans la pénombre, on distinguait des parties de deux corps nus. La lamentation qu'il avait entendue n'était autre que le gémissement de plaisir répété d'une femme.

Elle était allongée sur le ventre et son partenaire, qu'on voyait à peine, la pénétrait en se tenant derrière elle.

Genko n'accorda pas une grande importance à ces images, il pensa que le film avait démarré accidentellement. Il allait fermer la fenêtre quand il remarqua quelque chose. L'ombre sur le mur, derrière la femme, n'était pas humaine.

On aurait dit celle d'un lapin géant.

Genko n'imaginait pas que Bunny puisse apparaître en personne. Il ne comprenait pas ce qu'il était en train de regarder. Quel était le sens de cette vidéo ? Que voulait-on lui montrer ?

Les gémissements augmentèrent, la femme était proche de l'orgasme. Sa main apparut soudain au premier plan et poussa par inadvertance la caméra, qui tomba par terre. Elle continua à filmer.

Genko tenta de noter les détails, pour comprendre où la vidéo avait été tournée. Il y avait des éléments dans le fond, mais aucun n'était net. Le détective zooma encore. On aurait dit des animaux. Peut-être des chiens. Ils regardaient la scène. *C'est absurde*, pensa-t-il. Non, ce n'étaient pas des chiens, mais des chevaux.

Genko sentit son sang se glacer. Il s'était trompé.

C'étaient des licornes.

D'instinct, il tendit la main vers le téléphone posé sur son bureau, mais ses doigts restèrent suspendus au-dessus de l'écran.

Le numéro de Linda figure dans le répertoire de mon téléphone. Il me l'a pris. C'est comme ça qu'il l'a trouvée.

Ce n'était pas le moment d'y réfléchir : l'urgence était de savoir si Linda allait bien. *Dans le* dark web*,* *personne n'est en sécurité.* Il fouilla dans sa mémoire à la recherche de ce maudit numéro. Un par un, les chiffres lui revinrent. Il les composa, mais s'embrouilla à plusieurs reprises. Chaque fois, il raccrochait et recommençait. *Dans le* dark web*, personne n'est en sécurité. Réfléchis, c'est comme une comptine : une série de chiffres qui ont leur rythme propre.* Il hésita sur les deux derniers. Un 7 et un 4. Il les composa et attendit. Une éternité.

La vidéo de Bunny tournait toujours devant ses yeux. À l'autre bout du fil, cela sonnait. En entendant ces sonneries sur la vidéo de l'ordinateur devant ses yeux, Bruno Genko fut bouleversé.

Il ne s'agissait pas d'un enregistrement.

C'était du direct.

Le bruit sembla réveiller l'homme-lapin. Il arrêta brusquement la caméra. Juste avant, Bruno vit briller la lame d'un couteau.

21

La porte d'entrée était entrouverte.

Genko l'observa quelques secondes, immobile sur le palier. Cela pouvait être un piège, il en était conscient. Bunny pouvait avoir inventé cette mise en scène pour l'attirer et le tuer.

Si ça doit se terminer comme ça, ça me va.

Il poussa le battant de la main gauche, avec précaution, en pointant son pistolet de l'autre. L'appartement était plongé dans l'obscurité, la seule lueur provenait des enseignes des magasins dans la rue. Bruno avait une petite torche dans la poche de sa veste.

Il franchit le seuil et vérifia les angles morts, au cas où son adversaire lui ait tendu une embuscade. Puis, à petits pas, il avança vers le salon.

Il n'y avait aucun bruit. Le climatiseur était éteint et la chaleur était suffocante. Tout semblait en ordre. Le canapé blanc assorti à la moquette, les meubles laqués de noir, les licornes. Bien qu'il n'y eût aucun signe évident, Genko sentait qu'il s'était passé quelque chose de terrible. Il percevait l'énergie négative dans l'air, comme un crépitement électrostatique sur ses vêtements.

Il avança vers la chambre à coucher. La première chose qui l'assaillit quand il y entra fut l'odeur, âcre, crue, unique. Le sang avait imprégné la moquette en gouttant du lit.

Linda gisait dans l'obscurité, inanimée.

Bruno s'approcha prudemment, au cas où il y ait un piège. Elle était sur le dos, nue. Son ventre était lacéré de coups de couteau. Ses yeux grands ouverts exprimaient encore la peur. Il prit sa main et essaya de sentir son pouls. Rien. Alors il se pencha, posa une oreille sur sa poitrine.

Tant qu'il y a de l'air dans tes poumons, pensa-t-il. Mais son amie ne respirait plus.

Il était au bord des larmes. Comment cela avait-il pu arriver ? Les bras et les jambes du cadavre étaient couverts de griffures, signe qu'elle ne s'était pas rendue tout de suite, qu'elle s'était débattue. Bruno fut fier d'elle. Il reconnut sur la table de nuit le portefeuille et le téléphone qu'on lui avait volés à la ferme Wilson. Désormais, Bunny n'en avait plus besoin. Il avait tué la seule personne pour qui Bruno Genko n'était pas uniquement un déchet humain, un rebut. La seule qui l'aimait.

Il saisit le téléphone et composa le numéro des urgences. Mais avant, il croisa le regard de l'œil électronique avec lequel l'assassin avait filmé la scène de sexe qui s'achevait par le massacre : la webcam était encore sur le sol. *Pourquoi l'a-t-il laissée ici ?* Genko se demanda si Bunny le regardait, à ce moment précis. Peut-être qu'il avait inversé les rôles. Peut-être que maintenant, le spectateur était le monstre.

Au moment où il formula cette pensée, il fit partir l'appel. C'est alors qu'il entendit le bruit.

Un son net, comme un coup. Ce n'était pas le fruit de son imagination : il provenait de l'autre bout de l'appartement. Les seules pièces qu'il n'avait pas vérifiées étaient la cuisine et la salle de bains.

Il tendit les bras pour que le pistolet lui ouvre le chemin et se retrouva dans le couloir. Il s'arrêta près de la porte de la cuisine, attendit quelques secondes, au cas où le bruit se reproduise. Puis il entra. Il n'y avait personne. Alors il se dirigea vers la salle de bains. Il connaissait bien l'appartement de Linda. Il essaya de se rappeler la disposition de la pièce. Elle n'était pas grande et il y avait une baignoire. La porte était entrouverte. Il s'approcha et, à nouveau, écouta.

Il percevait une présence.

Genko tendit la main vers la poignée ; quand il posa la paume dessus, il sentit quelque chose de visqueux : elle était pleine de sang. Son cœur malade lui envoyait des signaux sans équivoque : il ne pensait pas pouvoir supporter cette tension. Il fallait se décider à aller voir ce qu'il y avait derrière cette porte, mais il avait besoin d'une diversion.

Ma lampe de poche, pensa-t-il.

Il la sortit de sa veste et l'empoigna avec son pistolet. Puis il compta jusqu'à trois, donna un coup de pied dans la porte et pointa son arme à l'intérieur, allumant la lampe au même moment pour éblouir sa cible.

Il lui fallut quelques instants pour comprendre la scène qui s'offrit à lui.

Bunny le lapin était recroquevillé sur le sol, nu, dos au mur, un bras posé sur les toilettes. Le couteau avec lequel il avait tué Linda était planté dans son abdomen. Il perdait beaucoup de sang. La respiration qui provenait du masque ressemblait à un râle. Linda ne s'était pas seulement défendue, pensa Bruno. Elle avait gravement blessé son adversaire.

Mais pour Genko, cela ne suffisait pas. L'idée que ce salaud puisse s'en sortir le répugnait. Fou de rage, il considéra que s'il menait à son terme ce que Linda avait commencé, il n'en paierait jamais le prix. *Que peuvent-ils me faire ? Me condamner ?* Il n'aurait même pas le temps d'arriver au procès : une justice plus haute et inexorable agissait déjà sur lui. Alors, il avança vers le monstre et pointa son pistolet sur lui.

— Retire ce putain de masque, intima-t-il. Je veux voir ton visage.

Au départ, le grand lapin ne bougea pas. Puis, avec lassitude, il leva un bras, attrapa une de ses oreilles et tira. Un visage humain apparut. Moins de cinquante ans, comme l'avait pronostiqué Bruno. Rasé de près, nez ordinaire, pommettes hautes. Yeux marron, profonds et mélancoliques, qui lui brisèrent un instant le cœur. Début de calvitie. Robin Sullivan : une personne normale.

Mais Bruno ne se laissa pas berner. *Nous ne sommes pas pareils, toi et moi. Nous ne le serons jamais.* Il aurait voulu le tuer à mains nues, lui arracher les membres, le torturer avec le même couteau. Mais il chargea son arme et fit encore un pas, prêt à tirer.

Sullivan ferma les yeux, son visage contracté en une grimace de peur. Il tremblait.

— Je t'en prie… Laisse-moi partir.

Bruno fut distrait. De quoi parlait-il ? Il se sentit encore plus en colère, parce qu'il se moquait de ses derniers mots.

— Je t'en supplie…, poursuivit l'autre en se mettant à pleurer.

— Putain, qu'est-ce que tu racontes ? Je ne comprends pas. C'est fini, Robin. C'est fini.

— J'ai fait comme tu as dit… Maintenant, laisse-les sortir.

Genko s'arrêta net. Il crut à un bluff, mais l'homme perdait du sang. Si c'était une ruse, cela n'avait aucun sens. Un soupçon se fraya un chemin dans son esprit.

— Quelqu'un t'a envoyé ici ?

L'homme sursauta. Lui aussi croyait se trouver en face de quelqu'un d'autre.

Genko éclaira son propre visage.

— Qui ? demanda-t-il, bien qu'il connût la réponse.

— Il est entré chez nous. Il a enfermé ma femme et mes filles dans la cave. Il m'a dit de faire ce qu'il m'ordonnait, sinon il les tuerait…

Il fondit en larmes. Les sanglots le faisaient sursauter, le sang coulait de sa blessure au ventre.

Qui était l'homme qui gisait à ses pieds ?

— Où habites-tu ? demanda Bruno.

— Lacerville, 10/22.

C'était un beau quartier résidentiel, familial, composé de petites villas bourgeoises. Cela pouvait être un bluff. Quelque chose lui disait de ne pas se fier à cette information. Néanmoins, sans baisser son arme, Genko prit son portable pour prévenir la police. Il appela une ambulance et ajouta :

— Envoyez immédiatement quelqu'un à Lacerville au 10/22, une femme et ses filles pourraient être en grave danger. Et je veux aussi que vous me mettiez en contact avec les agents Delacroix et Bauer : dites-leur que Bruno Genko doit leur parler de toute urgence.

— Il portait un masque, mais je le connais…, murmura le blessé.

Genko oublia son appel.

— Qu'est-ce que tu as dit ?

Il voulait être certain d'avoir bien compris.

— Je sais qui c'est, répéta l'homme en le regardant fixement.

22

Cinq coups rapides, puis deux lents.

Ce bruit la mit en joie. Puis la porte de la chambre s'ouvrit et Green entra, poussant un chariot avec un vieux téléviseur. Il affichait un sourire malicieux.

— J'ai une bonne nouvelle, annonça-t-il. La police a retrouvé ton père, il est en route pour venir te voir.

Elle ne savait pas comment réagir. Elle aurait dû être contente, mais elle ne se souvenait pas du visage de son père. Pour ne pas décevoir Green, elle sourit.

Heureusement, il changea de sujet et indiqua le téléviseur.

— Je l'ai emprunté dans la salle des infirmiers, lui confia-t-il avec orgueil. Je voudrais te montrer quelque chose.

Il plaça l'appareil devant le lit, puis trafiqua les câbles pour le relier à la prise murale. Elle se redressa pour suivre l'opération, curieuse.

Quand il eut terminé, Green sortit la télécommande de la poche arrière de son pantalon et, tel un cow-boy lors d'un duel, la pointa vers la télé.

— Que le spectacle commence, annonça-t-il en l'allumant.

Sur l'écran apparurent les images en direct d'une chaîne d'informations. C'était le soir, on voyait des gens regroupés autour de bougies, peluches et fleurs. Certains chantaient, l'ambiance était festive. Devant eux, un hôpital.

— Que font ces gens ? demanda-t-elle, étonnée.

En guise de réponse, Green augmenta le volume.

« … La police a essayé de les décourager, mais ils continuent d'affluer, expliquait un commentateur. Ils sont poussés par le besoin d'apporter un signe d'affection à la femme hospitalisée à Sainte-Catherine. »

Étaient-ils vraiment venus pour elle ? Elle n'y croyait pas.

« Samantha Andretti est aujourd'hui la fille et la sœur de chacun d'entre nous, ajouta une voix féminine. Elle est aussi l'héroïne de toutes les femmes qui subissent aujourd'hui des violences dans la rue, au travail ou chez elles. Parce que Sam s'en est sortie : en se sauvant elle-même, elle a vaincu son monstre. »

Elle se sentit émue. Dans le labyrinthe, elle retenait le plus possible ses larmes, parce que pleurer signifiait admettre que le salaud était en train de gagner, qu'elle baissait la garde et que bientôt elle perdrait le contrôle d'elle-même. Mais maintenant, elle pouvait enfin se laisser aller. Ce fut libérateur.

« La femme est en train de fournir à la police une série d'indications qui, dans les prochaines heures, pourraient leur permettre de capturer le ravisseur… »

Cette dernière phrase la troubla. Green éteignit le téléviseur.

— Pourquoi tout le monde attend-il quelque chose de moi ?

Mais la vraie question était : *Pourquoi ne veulent-ils pas me laisser tranquille ?*

— Parce que personne ne peut l'arrêter, à part toi, dit le docteur en s'asseyant à sa place habituelle. Il y a quelque temps, dans un village des Alpes nommé Avechot, une jeune fille a disparu. Les gens se sont également regroupés devant la maison où vivaient ses parents, ils ont apporté des cadeaux et prié. Mais ce qui s'est passé par la suite ne sera pas oublié de sitôt…

— Pourquoi vous me racontez cette histoire ?

— La raison est simple, Sam : je veux que tu te débarrasses pour toujours de ce cauchemar. Tu le sais mieux que moi, si on ne l'arrête pas, une fois dehors, tu n'arriveras pas à avoir une vie normale…

Elle regarda le téléphone jaune sur la table de nuit. Le docteur avait raison : elle ne voulait pas avoir peur de tout. Si, peu de temps avant, de simples sonneries l'avaient terrorisée, alors que se passerait-il dans le monde extérieur ? Il n'y aurait pas toujours un policier derrière sa porte pour la protéger. Et même si on lui fournissait une nouvelle identité et un lieu sûr, elle tremblerait chaque jour à l'idée qu'*il* puisse revenir.

— Que voulez-vous que je fasse ? demanda-t-elle, décidée.

— Je voudrais essayer quelque chose de plus… radical, annonça l'autre en jetant un bref coup d'œil à la paroi-miroir, comme s'il cherchait l'approbation de ceux qui suivaient la scène de l'autre côté. Si tu es d'accord, on pourrait accélérer l'administration de l'antidote aux psychotropes.

Il indiqua la perfusion reliée à son bras. Elle regarda à son tour la poche contenant le liquide transparent.

— C'est dangereux ?

Green sourit.

— Je ne te ferais jamais courir aucun risque. Le seul effet secondaire, c'est qu'ensuite tu te fatigueras plus vite et que nous devrons interrompre notre conversation pour que tu récupères des forces.

— D'accord, allons-y, déclara Sam sans hésiter.

Green se leva pour aller ajuster la perfusion. En tournant la molette qui régulait le flux du médicament, il lui dit :

— Maintenant, tu vas choisir un endroit de la pièce, n'importe lequel, et concentrer ton attention dessus.

— Je ne vais pas perdre le contrôle, n'est-ce pas ?

— Je ne veux pas t'hypnotiser, expliqua Green en démarrant l'enregistreur. C'est juste un exercice pour t'aider à te détendre.

Elle chercha des yeux un signe ou un objet – un lieu neutre. Elle choisit une tache d'humidité sur le mur à côté du lit.

Un mur avec un cœur. Elle eut envie de sourire.

— Je suis prête, annonça-t-elle.

— Sam, y a-t-il eu un moment dans le labyrinthe où tu t'es sentie heureuse ?

Quelle question !

— Heureuse ? répéta-t-elle, vexée. Pourquoi aurais-je dû être heureuse ?

— Je sais que ça te semble bizarre, mais il faut explorer toutes les expériences possibles… Tu y as passé quinze ans, non ? Je ne pense pas que tu aies ressenti uniquement de la peur ou de la rage. Tu n'aurais pas survécu si longtemps.

— Habitude, répondit-elle sans savoir d'où venait ce mot.

La carapace qui l'avait maintenue en vie était faite de petits rituels qui remplissaient ses journées. Se lever, coiffer ses longs cheveux, manger, aller aux toilettes, plier ses vêtements, refaire son lit, se coucher.

— Tu vois, Sam, l'horreur est une excellente cachette pour les monstres : les souvenirs sont écrasés par les émotions. Si on veut découvrir quelque chose sur ton ravisseur, il faut chercher ailleurs. Pas seulement dans les choses moches, mais aussi dans les choses agréables.

La vérité était que, si vraiment il y avait eu des bons moments, elle aurait été gênée de l'admettre. Cela aurait signifié qu'elle avait été complice de son propre bourreau. Elle fixa le cœur sur le mur et fouilla en elle-même…

Elle est agenouillée sur le sol, les mains dans une bassine d'eau froide. Elle lave des sous-vêtements. Elle est en colère parce qu'elle a dû sacrifier un des petits jerricanes d'eau que le salaud lui donne de temps en temps et que, d'habitude, elle économise pour ne pas mourir de soif. Mais elle a ses règles et il ne lui reste que deux culottes. Maudit fils de pute. Elle a complété deux faces du cube et elle lui a demandé des tampons : elle l'a hurlé en déambulant dans le labyrinthe, en espérant qu'il l'entend. « Ça te coûte quoi, une boîte de tampons, espèce de salaud ? » Elle marmonne des insultes qu'elle seule comprend, parce qu'en réalité elle a peur des représailles. Son nez la démange, elle sort une main de la bassine et essaie de le gratter du bout du doigt. Pour ça, elle doit lever les yeux.

Une ombre passe devant la porte de la chambre.

Elle crie de peur, fait un bond en arrière et se retrouve les fesses par terre. Qu'est-ce que c'était, un rat ? Mon Dieu, quelle horreur. Elle se doutait qu'il y en avait, étant donné que le labyrinthe est sous terre. Pourtant, elle n'en avait jamais vu. Elle imagine un gros rat visqueux et poilu qui escalade les waters et se retrouve devant elle. Elle pense que ses maigres provisions sont rangées dans la pièce d'à côté. Les boîtes de conserve ne constituent pas un problème, mais la sale bête pourrait trouer un sachet de pain de mie, ou bien une barquette en plastique avec cet horrible jambon entouré de gélatine que le salaud achète en grande quantité quand il est en promotion au supermarché. Le rat pourrait aussi bien tout manger. Mais ces aliments constituent son carburant – elle se le répète toujours quand elle doit avaler une bouchée qu'elle n'aime pas. Ils lui servent à résister et à survivre.

Survivre un jour de plus. Résister à tous les nouveaux jeux.

Malgré son dégoût, elle doit aller contrôler la pièce d'à côté. Elle se lève et réalise qu'elle n'a rien d'adapté à la chasse au rat. Ni bâton ni chaussure à lui lancer. Elle pourrait utiliser la taie d'oreiller, mettre un peu de nourriture à l'intérieur et lui préparer un piège. Oui, c'est une idée.

Elle passe la tête par la porte et regarde dans le couloir à la recherche de l'animal. Rien de rien. Elle part dans la même direction que l'ombre. Elle passe toutes les pièces en revue, jusqu'à celle qu'elle utilise comme cagibi.

Les boîtes, les jerricanes et le reste sont entassés dans un coin. Elle hésite un instant, puis fait un pas à l'intérieur.

En effet, quelque chose bouge.

— Hé ! dit-elle comme si cela suffisait à intimider un rat d'égout.

Pour toute réponse, un bocal tombe d'une pile et roule jusqu'à ses pieds.

Elle crie à nouveau. Ensuite, elle ramasse le bocal et le brandit comme une arme. Je vais lui fracasser la tête, à ce merdeux. *Elle avance, un pas à la fois. Lentement, elle s'approche. Elle ne perçoit aucun autre mouvement, mais elle lève tout de même le bras, prête à frapper. Elle s'immobilise.*

Au milieu des provisions, il n'y a pas de rat, mais un chaton qui l'observe de ses grands yeux. Et qui miaule.

Elle n'en revient pas. Elle pose le bocal et tend la main vers lui. Elle est si heureuse qu'elle en a les larmes aux yeux. Elle meurt d'envie de le prendre et de le caresser.

— Allez, viens, petit..., l'encourage-t-elle.

Il se laisse attraper. Elle le pose contre sa poitrine, le serre doucement pour ne pas lui faire mal. Elle l'embrasse sur la tête, il ronronne.

— C'était vraiment un chat ? demande Green, amusé.

— Oui, confirme-t-elle en riant. Imaginez si je lui avais lancé le bocal. Je ne me le serais jamais pardonné.

— Tu l'as gardé avec toi ?

— Je lui donnais à manger et il dormait dans mon lit. Nous jouions beaucoup et je lui parlais.

— Moi aussi, j'aime les chats. J'imagine qu'il a beaucoup grandi.

— Un beau chat, confirma-t-elle.

Ce souvenir était agréable. Elle fut reconnaissante à Green de l'avoir aidée à le retrouver.

— Comment est-ce que ça s'est passé ? Je veux dire, qu'est-ce que tu as ressenti ?

— Je ne m'attendais pas à trouver quelque chose à aimer, dans le labyrinthe. En effet, ça a été bizarre. Parce que, à ce moment-là, je ne me plaisais plus. J'étais toujours en colère. J'étais devenue vulgaire, grossière. Ou plutôt, c'était *lui* qui m'avait fait devenir comme ça… Mais, grâce à ce chaton, j'ai retrouvé une petite joie de vivre.

— Tu lui as donné un nom ?

— Non.

— Pourquoi ?

Elle s'assombrit.

— Moi, je n'avais pas de nom, là-bas, personne ne m'appelait jamais… Les noms ne servent pas dans le labyrinthe, ils n'ont aucune utilité.

Green prit note intérieurement.

— Comment t'es-tu expliqué la présence du chat ?

Elle marqua une pause.

— Au début, j'ai pensé que c'était encore un de ses sales jeux. Qu'il me l'avait offert uniquement pour me forcer à faire quelque chose de terrible…

— Qu'est-ce qui t'a fait changer d'avis ?

— J'ai compris que ce cadeau ne venait pas de lui. C'est pour ça que je l'ai caché…

— Pardon, mais comment est-ce possible ? Tout à l'heure tu as dit que « le labyrinthe te regardait », que « le labyrinthe savait tout ».

Sam n'apprécia pas ce ton sceptique.

— En effet, confirma-t-elle.

— Sam, tu es sûre qu'il y avait un chat avec toi ?

— Qu'est-ce que vous insinuez ? Que je l'ai imaginé ? Je ne suis pas folle, dit-elle au bord des larmes.

— Je n'ai pas dit ça, mais je suis perplexe.

Il parlait avec douceur, mais il l'agaçait.

— Qu'est-ce qui vous rend perplexe ? demanda-t-elle avec rage.

— De deux choses l'une : soit le chat n'était pas réel… soit il ne l'est pas, *lui*.

— Que voulez-vous dire ?

— Explique-moi une chose, Sam, s'il te plaît. On dirait toujours que tu connais parfaitement les règles du labyrinthe, comme si quelqu'un te les avait expliquées. Mais comment est-ce possible, s'il ne te parlait jamais ? Parfois on dirait que tu le connais bien, pourtant tu soutiens que tu ne l'as jamais vu…

Encore cette question ! Elle était lasse de répéter qu'*il* ne s'était jamais montré.

— Pourquoi ne voulez-vous pas me croire ?

— Je te crois, Sam.

Elle détourna les yeux et les posa à nouveau sur la tache d'humidité en forme de cœur.

— Ce n'est pas vrai.

— Si. Mais je voudrais que tu te poses une question… Si ce n'est pas le ravisseur qui a amené le chat dans le labyrinthe, alors comment est-il entré ?

Le cœur sur le mur se mit à battre. *C'est impossible*. Pourtant elle l'avait vu nettement, elle ne l'avait pas imaginé : il avait bougé.

— Je sais que tu connais la réponse, Sam.

Deuxième battement. *Voilà, il a recommencé*. Puis un troisième, et un quatrième. Elle le voyait accélérer. Il se gonflait et se dégonflait. Le mur palpitait avec elle.

— Sam, je voudrais que tu soulèves ta chemise de nuit, dit soudain Green. Je voudrais que tu regardes ton ventre…

— Pourquoi ?

Mais Green se tut.

Elle hésita. Avant de relever sa chemise et de regarder, elle passa les mains sous le tissu et explora la peau avec ses doigts. En tournant autour du nombril, elle trouva quelque chose. Une légère dépression. Un socle rugueux, droit. Elle le parcourut : il s'achevait dans le bas-ventre. Une cicatrice.

— Tu es sûre que c'était un chat, Sam ?

Dans ses oreilles, la voix du docteur Green fut couverte par le battement. Le cœur sur le mur battait, battait fort.

Elle est agenouillée sur le sol, les mains dans une bassine d'eau froide. Elle lave des sous-vêtements. Elle est en colère parce qu'elle a dû sacrifier un des petits jerricanes d'eau que le salaud lui donne de temps en temps et que, d'habitude, elle économise pour ne pas mourir de soif. Elle a complété deux faces du cube et elle lui a demandé des couches : elle l'a hurlé en déambulant dans le labyrinthe, en espérant qu'il l'entend. « Ça te coûte quoi, un paquet de couches, espèce de salaud ? » Elle marmonne des insultes qu'elle seule comprend, parce qu'en réalité elle a peur des représailles. Son nez la démange, elle sort une main de la bassine et essaie de le gratter du bout du doigt. Pour ça, elle doit lever les yeux.

Une ombre passe à quatre pattes devant la porte.

Alors elle se lève et lui court après. Elle l'entend rire en même temps qu'elle essaie de s'échapper. C'est un jeu, le seul bon jeu du labyrinthe. Elle la suit, l'ombre se retourne et l'observe, curieuse, avec ses grands yeux. Elle lui sourit, puis tend les bras à sa maman. Sam la prend. Elle est si heureuse qu'elle a envie de pleurer. Elle lui caresse la tête. Sa petite fille. « Allez, ma chérie... », l'encourage-t-elle. Elle la serre contre son sein. Elle lui embrasse le front, le bébé pose la tête sur son épaule.

Sa naissance a tout changé. Elle est devenue sa motivation pour aller de l'avant. Heureusement, le pire est passé, quand le bébé ne grandissait pas assez par manque de lumière naturelle. Le lait en poudre ne suffisait jamais, ensuite il avait fallu rationner les petits pots. Et la fois où elle a eu un rhume, la toux ne s'arrêtait pas. Elle a toujours peur qu'elle tombe malade, parce qu'elle est trop fragile et petite et que personne ne peut l'aider, s'il arrive quelque chose. Elles dorment ensemble sur le matelas posé à même le sol, et Sam pose une main sur sa poitrine pour vérifier qu'elle respire. Elle sent son petit cœur...

Le cœur sur le mur cesse de battre.

— Pourquoi ai-je oublié ? demanda-t-elle, les yeux remplis de larmes.

— Je ne crois pas que tu l'aies oubliée, Sam, la consola le docteur Green. C'est de la faute des médicaments dont te gavait ton ravisseur pour te contrôler.

Elle avait peur de la question suivante, mais il fallait qu'elle sache.

— Qu'est devenue cette petite fille, à votre avis ?

— Je ne sais pas, Sam, mais peut-être que nous le découvrirons ensemble.

Il se leva et alla baisser à nouveau le flux de l'antidote.

— Maintenant, il faut que tu dormes. Nous reprendrons cette conversation plus tard.

23

Pour un sadique consolateur, la mort est un fait purement marginal.

Genko se répéta intérieurement les paroles prononcées par Delacroix au commissariat, quand il avait voulu le mettre en garde sur la dangerosité du genre de psychopathe à qui ils avaient à faire.

Voilà pourquoi Bunny s'était servi d'un étranger pour tuer Linda. Ce salaud se salissait les mains uniquement quand c'était nécessaire, comme pour Tamitria Wilson, parce qu'elle connaissait son véritable visage. Du point de vue du monstre, infliger la mort n'était pas amusant. *Mais la montrer en direct, ça oui*, se dit Bruno en repensant aux images mises en ligne sur le *dark web*.

— Je suis désolé pour ton petit copain, dit Bauer.

Genko secoua la tête, plus incrédule que contrarié. Ce salaud n'arrivait pas à évoquer Linda comme une femme. Ce n'était pas de la méchanceté, mais de la négligence. Ce qui, pour Bruno, était encore plus impardonnable que la cruauté.

Il l'avait vue passer sur un brancard, dans un sac noir, direction la morgue. Et maintenant, assis sur le trottoir au milieu des patrouilles qui s'affairaient, lumières clignotantes allumées, il devait se farcir les condoléances ridicules d'un flic qui le haïssait.

La dernière fois qu'ils s'étaient parlé, Linda était inquiète pour lui. Son amie ne pouvait pas imaginer qu'elle-même était proche de la fin.

Quand on rencontre quelqu'un qui va mourir, la dernière chose à laquelle on pense est que ça nous arrivera d'abord.

— Comment vas-tu ? demanda Delacroix en s'approchant.

Il avait l'air sincère.

— Ça va.

Mais ce n'était pas vrai, parce qu'il se sentait responsable. Linda était morte parce qu'il ne l'avait pas assez protégée.

— Qui est l'homme ? demanda-t-il en se référant à l'assassin de son amie.

— Il s'appelle Peter Forman, il est dentiste. Une femme et deux fillettes blondes, Meg et Jordan.

— Il a dit la vérité ? Quelqu'un l'a vraiment forcé à tuer Linda ?

Genko n'arrivait pas à oublier les images filmées en direct.

— Malheureusement oui, confirma Delacroix. Une équipe spéciale vient de faire irruption chez lui, à Lacerville. Ils ont trouvé sa femme et sa fille enfermées à la cave, terrorisées mais indemnes. La femme soutient qu'elle n'a pas compris grand-chose à ce qui se passait : elle est sous le choc et répète qu'un homme portant un masque de lapin s'est introduit à leur domicile pendant qu'ils dormaient.

— Vous avez trouvé des empreintes de l'homme chez les Forman ?

— L'équipe scientifique y travaille, je ne pense pas qu'on aura de nouvelles avant deux ou trois heures.

Bruno était furieux.

— Si vous aviez tout de suite fait des vérifications sur Robin Sullivan, on n'en serait peut-être pas arrivés là.

Il essayait de décharger sur eux son sentiment de culpabilité de ne pas avoir su empêcher la mort de Linda.

— Ton Robin Sullivan est mort ! brailla Bauer.

— Quoi ?

— Nous avons vérifié, assura Delacroix. Il a eu un accident de la route il y a près de vingt ans.

Bruno était bouleversé. Jusque-là, il avait cru que Sullivan était Bunny. Alors avec qui Tamitria Wilson avait-elle parlé au téléphone ? Qui était l'homme au masque de lapin qui s'était précipité à la ferme en pleine nuit juste pour lui ? Genko n'arrivait pas à mettre de l'ordre dans ses idées. Sa seule certitude était qu'il avait suivi la mauvaise piste.

— Qu'est-ce qui va se passer pour Forman ?

— Pour l'instant, on l'a inculpé pour meurtre. Les médecins de Sainte-Catherine disent qu'il a perdu beaucoup de sang mais qu'il va s'en sortir. Ils sont en train de l'opérer.

— Vous l'avez mis dans le même hôpital que Samantha Andretti ?

— C'est l'endroit le plus sûr, il est déjà très surveillé, expliqua Bauer avec son arrogance habituelle, comme si c'était la chose la plus naturelle du monde. Pourquoi, tu as quelque chose à redire ?

— Non, au contraire : vous avez fait le choix le plus sage, déclara Genko. Si j'étais vous, je prendrais le plus grand soin de ce brave citoyen.

Ce cynisme ne plut pas à Bauer, mais Delacroix parla avant qu'il puisse répondre.

— Que sais-tu que nous ne sachions pas ?

Genko haussa les épaules.

— Rien, mentit-il.

— La première patrouille est arrivée dix minutes après ton appel, donc toi et Forman êtes restés seuls un bon moment. Tu veux me faire croire que vous n'avez pas parlé ?

Genko les regarda. Son intention était qu'ils le soupçonnent de savoir quelque chose, de réfléchir encore à le leur révéler. Mais il avait la tête qui tournait et le cœur trop brisé pour jouer cette pantomime encore longtemps.

— Il se pourrait que le dentiste connaisse le véritable aspect de l'homme-lapin.

— Il se pourrait ou tu en es sûr ? insista Bauer, le moins patient du duo.

— Ça dépend…

— Ce connard me fatigue, lança Bauer à son collègue. On attend que Forman se réveille de l'anesthésie, dans deux heures, et on lui fait décrire le type.

— Forman a reconnu l'homme à sa voix, précisa Genko.

— Ça me semble peu probable, répondit Delacroix, sceptique.

Bauer était d'accord :

— Comment fait un gars en état de choc, parce qu'un fou masqué vient d'entrer chez lui, pour se concentrer sur une voix ?

— C'est ce que je me suis demandé, moi aussi, anticipa Genko. Mais vous n'avez qu'à demander à sa femme : elle aussi, elle le connaît. Il vient souvent chez eux. Mais la femme ne sait pas que lui et l'homme-lapin sont la même personne, sinon elle vous l'aurait dit.

Il avait réussi à obtenir à nouveau l'attention de Delacroix.

— Qui est-ce ? Un ami de la famille ? Une connaissance ?

— Laisse tomber ce connard, s'interposa Bauer en essayant de l'entraîner. Il se fout de notre gueule.

— Je suis certain que la femme de Forman est en mesure de vous fournir tout ce qu'il faudra pour faire un portrait-robot, déclara Genko avant de marquer une pause, pour laisser les deux autres réfléchir à ce qu'ils tenaient. Il suffit que quelqu'un la mette sur la bonne voie…, ajouta-t-il ensuite, faisant clairement allusion à lui-même.

— Qu'est-ce que tu veux en échange, cette fois ? demanda Delacroix.

— Je veux voir le portrait-robot.

— Pour en faire quoi ? Partir à sa recherche ? Jouer les justiciers solitaires ?

Non, il n'avait pas l'intention de venger Linda. Il fouilla dans sa poche et tendit son talisman aux deux hommes. Delacroix l'ouvrit et lut le rapport médical.

— Je suis fatigué, dit Genko. Je veux partir.

De ce monde pourri, aurait-il voulu préciser.

— Partir en paix.

Delacroix passa la feuille à Bauer avant de demander à Genko :

— Et voir le visage du monstre va t'aider à te sentir en paix ?

— Oui. Je vous dirai le reste en présence de Mme Forman. Vous avez lu ce que dit le rapport, non ? Ça ne vous servira à rien de me menacer ni de me jeter en prison pour entrave à l'enquête. La seule chose qui me terrorise est sur le point de se produire. Donc maintenant, on fait comme je dis ou bien vous allez vous faire foutre.

Il jouait au dur mais, en vérité, il avait déjà décidé de leur remettre l'album illustré et de leur expliquer l'origine du masque de Bunny. De toute façon, depuis qu'il avait appris la mort de Robin Sullivan, sa seule piste s'était effondrée et l'album ne lui servait plus à rien. Mais ce que dit Delacroix ensuite le fit changer d'avis :

— C'est bizarre que tu veuilles voir la femme du dentiste. Parce qu'elle aussi, elle a demandé à te rencontrer.

24

On le conduisit en voiture hors de la ville. Il faisait encore nuit mais le tableau de bord indiquait trente-huit degrés. Pourtant, Bruno commençait à avoir froid.

La mort voulait lui faire savoir qu'elle ne l'avait pas oublié.

Ils arrivèrent à un motel. Bien qu'il fût situé dans une zone tout sauf touristique, l'enseigne proposait des « vacances en famille ». Une couronne de bungalows entourait une piscine pleine d'eau croupie et, d'une façon générale, l'entretien laissait à désirer. Il y avait là presque autant de policiers qu'à l'hôpital où se trouvaient Samantha Andretti et Peter Forman.

Bauer gara la voiture sur le parking et alla ouvrir la portière arrière pour faire descendre Genko. Le détective privé regarda autour de lui : cent yeux de policiers le dévisagèrent, l'informant qu'il n'était pas le bienvenu.

— Par ici, indiqua Delacroix.

Le petit appartement réservé à Mme Forman était le plus central, donc le plus facile à surveiller. Quand Genko franchit le seuil du bungalow, il remarqua l'équipe de soutien psychologique du département de police. Les experts assistaient la femme et les fillettes, qui étaient en état de choc.

Meg et Jordan étaient blondes et avaient moins de dix ans. Elles étaient assises à la table de la cuisine. Une psychologue essayait de les distraire en les faisant dessiner. Les fillettes avaient l'air plus calme que leur mère qui, dans la chambre à côté, allongée sur le lit, pleurait sans pouvoir s'arrêter. Un médecin prenait sa tension. En les voyant arriver, elle se redressa.

— Comment va Peter ? demanda-t-elle avec inquiétude.

— Il est entre de bonnes mains, madame, la rassura Delacroix en faisant signe au médecin de quitter la pièce et de fermer la porte.

— Madame Forman, pouvez-vous répéter ce que vous nous avez raconté tout à l'heure ? demanda Bauer.

— Bien sûr.

La femme rongeait nerveusement ses ongles vernis de rouge. *C'est peut-être un vieux vice*, pensa Bruno en se disant qu'elle l'avait sans doute vaincu grâce à de coûteuses séances de manucure. Mais la peur avait le pouvoir de faire oublier les apparences.

— J'ai toujours eu du mal à m'endormir, depuis toute petite. Je prends un somnifère avant d'aller me coucher, donc j'ai le sommeil lourd… Quand les filles sont nées, c'était Peter qui se levait la nuit pour leur donner le biberon et changer leurs couches.

Elle essaie de se justifier de n'avoir pas veillé sur ses filles, songea Genko.

— Hier aussi, vous avez pris un somnifère ? demanda Delacroix.

— Cette chaleur torride et le fait de dormir le jour m'ont déboussolée…, dit-elle, le regard perdu dans la pièce, comme si elle cherchait un souvenir. Je crois qu'il était deux heures de l'après-midi. J'ai dû entendre une des filles qui m'appelait, j'ai ouvert les yeux immédiatement. Je n'arrivais pas à comprendre si c'était un rêve… Les volets étaient fermés, mais en regardant dans la pénombre, je me suis aperçue que Peter n'était pas à côté de moi dans le lit. J'ai pensé qu'il s'était levé pour aller voir les filles, j'allais me rendormir, mais j'ai à nouveau entendu Meg : je n'avais pas rêvé, elle m'appelait. Sa voix ne venait pas de sa chambre… Elle était plus lointaine, et elle était effrayée.

Genko remarqua que son visage commençait à se déformer. Seule la terreur défigure ainsi les gens.

— Je me suis levée pour aller voir, poursuivit Mme Forman. Meg et Jordan n'étaient pas dans leurs lits. Je les ai appelées, mais elles n'ont pas répondu, précisa-t-elle en reniflant, au bord des larmes. J'ai tourné dans la maison, désespérée. Ensuite j'ai vu que la porte de la cave était entrebâillée. Les filles savent qu'il est interdit d'y descendre, que c'est dangereux. J'ai pensé qu'elles avaient désobéi, ou qu'elles étaient tombées, mais en fait…

La femme s'arrêta, perdue.

— Que s'est-il passé ensuite ? l'encouragea Delacroix.

Elle l'ignora et leva les yeux vers Genko.

— Au moment où je me dirigeais vers la porte, j'ai vu bondir devant moi ce…

Ne sachant comment le définir, elle poursuivit :

— Il portait une combinaison de mécanicien, des gants de ski… Au début je n'ai pas eu peur, j'ai été… surprise. Je me suis dit qu'il devait avoir chaud avec ces trucs.

Ce n'est pas insolite, se dit Genko. *Il faut un moment à l'esprit pour métaboliser les bizarreries et il essaie toujours de rationaliser l'horreur.*

— Mais ensuite, j'ai vu son masque, poursuivit-elle en éclatant en sanglots. J'étais sûr qu'il avait fait du mal aux filles.

Genko attendit qu'elle se calme.

— Vos filles vont bien, la rassura-t-il.

— L'homme m'a attrapée par le bras et il m'a forcée à le suivre à la cave. Il avait attaché les filles. Il a fait pareil avec moi et il nous a laissées là.

À la fin du récit, Delacroix regarda Genko, comme pour lui dire que c'était à lui de jouer.

— Madame Forman, commença Bruno pour attirer son attention. Avant de perdre connaissance, votre mari m'a dit qu'il avait reconnu l'homme masqué à sa voix.

La femme sursauta.

— Je ne sais pas… Je n'avais aucune idée d'où se trouvait Peter…

En train de tuer Linda, pensa Genko. Mais il ne le dit pas.

— M. Forman a parlé de votre jardinier, mais il n'a pas su me dire son nom.

Les deux flics prirent mentalement note de cette nouvelle information et fixèrent la femme, attendant une réaction. Elle réfléchit.

— Je ne le connais pas non plus… Il n'est pas salarié, il vient de temps en temps…, dit-elle seulement.

— Vous avez son numéro de téléphone, par hasard ? les interrompit Delacroix.

L'agent spécial était impatient, remarqua Genko. Il avait obtenu ce qu'il voulait, maintenant il l'excluait du dialogue.

— Non, mon mari allait le chercher sur le parking du centre commercial, répondit la femme. Peter m'a expliqué que c'est là que se rassemblent généralement les chômeurs qui attendent qu'on leur propose une journée de travail.

Genko imagina ce pingre de Forman débarquer au milieu de ces pauvres hères dans sa voiture de luxe, leur promettant une somme au noir.

— Vous vous souvenez de quel véhicule conduisait le jardinier ? demanda Bauer.

— Une vieille fourgonnette Ford, je crois. Bleu clair.

— Vous pourriez décrire cet homme ?

— Oui, je pense que oui, affirma la femme avant de s'arrêter, comme si elle se rappelait soudain quelque chose d'important. Il y a une chose… Il avait une grosse tache sombre ici.

D'une main, elle se couvrit entièrement l'œil droit.

Peu après, ils s'assirent dans le séjour du bungalow et la femme décrivit le jardinier dans les moindres détails.

Le résultat dépendait essentiellement de l'interaction entre la mémoire du témoin et l'imagination du dessinateur. Aussi, pour augmenter les chances d'obtenir un portrait proche de la réalité, l'équipe scientifique faisait généralement appel à plusieurs spécialistes qui dessinaient en même temps. À la fin de l'opération, chaque portraitiste soumettait son travail à Mme Forman, qui devait choisir le plus ressemblant.

C'était une procédure longue et complexe.

Delacroix et Bauer étaient postés au premier rang, Genko se tenait à distance. Debout, appuyé à un mur, les bras croisés, il observait le travail des dessinateurs, tandis que le véritable visage de Bunny prenait progressivement forme. Les trois portraits-robots avaient beaucoup de points communs. C'était positif, cela signifiait que les souvenirs de la femme étaient nets.

Le moment arriva de décrire la tache sur le visage : elle couvrait une grande partie de son profil droit, de la joue jusqu'au sourcil.

C'est pour cela qu'il porte un masque, se dit Bruno. *Il a dû subir moqueries et abus, enfant, à cause de cette anomalie physique. Peut-être que son absence totale d'empathie pour les victimes vient du fait qu'il a expérimenté sur lui-même à quel point la nature humaine est sans pitié.*

Le travail des dessinateurs était presque terminé, Bruno pouvait déjà regarder dans les yeux le monstre qui avait pris Linda. Il avait une expression neutre et indifférente, caractéristique des portraits-robots.

À ce moment-là, il tourna la tête et eut le souffle coupé. Dans la cuisine, une des fillettes était restée à la table. Sans doute Meg, la plus jeune. L'autre devait déjà être au lit. Comme les portraitistes, Meg dessinait. Sur sa feuille, il n'y avait pas le visage banal d'un monstre, mais un bateau en pleine mer, par une belle journée ensoleillée. Genko souhaita que l'au-delà soit aussi calme que le dessin de Meg Forman. Oui, c'était un bel endroit. La fillette le regarda, comme si elle avait lu dans ses pensées, et lui sourit.

— Oui, c'est bien lui, déclara Mme Forman, la voix rauque.

Les dessinateurs lui avaient présenté le fruit de leur labeur et elle avait fondu en larmes.

Delacroix chercha Genko du regard et lui fit signe d'approcher.

— Il reste encore un point à éclaircir, dit le policier en s'adressant à la femme. Quand on vous a libérée, vous avez demandé à rencontrer M. Genko, rappela-t-il en indiquant le détective privé. Le voici.

— Vous avez demandé à me voir, madame ?

La femme renifla et frissonna.

— Ce n'était pas mon idée. C'est l'homme au masque qui me l'a ordonné.

Bauer et Delacroix se regardèrent.

— Qu'est-ce qu'il vous a ordonné, exactement ?

— De lui transmettre un message. En personne.

La femme se leva du canapé et, sous le regard stupéfait des hommes présents, elle traversa la pièce pour s'approcher de Genko. Bruno ne bougea pas.

Quand elle fut juste devant lui, la femme lui murmura à l'oreille :

— Robin Sullivan vous envoie ses salutations.

25

Le bâtiment n° 4 était gris et anonyme. Situé dans l'aile ouest, c'était le plus excentré du département de police.

Au sous-sol se trouvaient les Limbes.

C'était ainsi que les flics désignaient le bureau des personnes disparues. Bruno Genko s'était toujours demandé pourquoi, mais il le comprit en franchissant le seuil. La première pièce lui glaça le sang.

Des milliers de petits yeux le regardèrent simultanément. Les hauts murs, sans fenêtre, étaient recouverts de photographies de visages.

Bruno remarqua que ce n'étaient pas des images aseptisées, comme les photos signalétiques des criminels. Il y avait des gens joyeux, souvent lors de circonstances festives – un anniversaire, une sortie ou Noël. Il se demanda pourquoi on choisissait ce genre de photos. Il aurait été plus logique de mettre une photo d'identité, par exemple. Ou en tout cas un cliché où le visage n'était pas déformé par un sourire.

Chaque image avait une légende. Nom, lieu où la personne avait été vue pour la dernière fois, date de la disparition. Il y avait des hommes et des femmes, de tous âges. Et surtout des enfants. Sans distinction de sexe, de religion ou de couleur de peau : dans les Limbes régnait la démocratie absolue du silence.

Le détective privé fit quelques pas dans la salle, les yeux sur le mur le suivirent. Bruno sentait que, malgré la joie sur leurs visages, ils l'enviaient. Lui aussi passerait bientôt dans le monde des ombres. Mais, à la différence d'eux tous, il saurait qu'il était mort.

Les habitants des Limbes, eux, ne savent pas ce qu'ils sont. Ils vivent et meurent à chaque instant dans l'imaginaire de ceux qui les attendent encore. C'est pour cela qu'ils ne trouvent jamais la paix.

Tandis qu'il formulait ces pensées, un son se forma dans l'écho de la grande salle. Un bruit qui approchait. Bruno recula. Peu après, un être galopant entra par la porte du fond et se dirigea vers lui à toute vitesse. Genko allait être assailli quand une voix s'éleva :

— Hitchcock, couché !

Le gros chien au poil long s'arrêta net et s'assit devant Genko. Quelques secondes plus tard, une autre silhouette à contre-jour entra par la porte du fond.

— Je peux vous aider ? demanda une voix d'homme.

Genko reconnut l'agent spécial à qui il avait parlé au téléphone quand il avait appelé les Limbes pour demander le dossier de Robin Sullivan.

— Agent Berish ? demanda-t-il.

L'autre avança. Il tenait à la main une petite bouteille d'eau. Il faisait une chaleur asphyxiante, là-dessous. Cette fois encore, il était d'une élégance insolite : il portait un costume bleu et une cravate assortie.

Il ne ressemblait pas à un flic.

— Je m'appelle Genko, je suis détective privé.

— Simon Berish, se présenta l'homme en le regardant plus attentivement. Vous vous sentez bien ?

Pas du tout, aurait-il voulu répondre.

— J'ai connu des jours meilleurs.

— Venez, installez-vous, l'invita Berish, se contentant de cette réponse.

Lui et son chien l'escortèrent dans les locaux.

— Vous n'avez pas beaucoup de personnel, commenta Bruno en passant devant deux bureaux vides.

Il n'y avait pas de quoi s'étonner : personne ne demandait les Limbes, vu le pourcentage d'affaires qui restaient irrésolues.

— Je ne travaille pas ici, expliqua Berish. Ces jours-ci, je viens donner un coup de main et répondre au courrier.

Berish le conduisit à une troisième pièce, mais Genko sentit qu'il essayait de le distraire de quelque chose. Avant d'entrer, il s'arrêta devant un tableau où étaient reportés les résultats d'une affaire récente.

Une spirale de cartes routières, des notes et des images de lieux qu'il n'avait jamais vus. Le cœur était un moulin en ruines abandonné après un incendie. Sur la photo, il était écrit au feutre rouge *Lieu du dernier signalement*.

Berish était juste derrière lui.

— Qui est la personne disparue ?

— Il n'est pas encore certain qu'il s'agisse d'une affaire de disparition, répondit le policier. La responsable des Limbes suit une piste sous couverture.

Bruno le regarda, étonné.

— Maria Elena Vasquez, se rappela-t-il.

— Mila, le corrigea l'autre.

L'affaire du Chuchoteur, les fillettes enlevées et mutilées – voilà où il avait entendu ce nom. Cela s'était passé quelques années auparavant et Mila Vasquez était impliquée dans l'enquête. Pour Genko, tout fut soudain clair : les disputes de Berish avec Bauer et Delacroix auxquelles il avait assisté, la bagarre évitée de justesse au commissariat, les mots accusateurs de l'agent spécial envers ses collègues. « Quand allez-vous commencer à la chercher ? » leur avait-il demandé, sans obtenir de réponse. Apparemment, Berish s'occupait seul de cette affaire.

— Vous m'avez dit être détective privé, coupa le policier en entrant dans la pièce.

Genko le suivit et s'assit en face de lui, devant le bureau. Le chien se coucha à côté.

— Je ne veux pas vous faire perdre de temps, agent Berish, affirma Bruno, qui se doutait que l'autre en avait peu à lui accorder. En général, quand j'ai affaire à des policiers, je mets en scène toute une comédie.

Le truc était de leur faire croire qu'il n'avait pas besoin d'eux mais que c'étaient eux qui avaient besoin de lui.

— Mais je n'ai rien à vous offrir en échange de ce que je vais vous demander.

— J'apprécie votre sincérité.

— Et moi la cordialité avec laquelle vous m'écoutez.

— Ici, on ne fait pas les difficiles, l'assura Berish en souriant. La philosophie de l'agent Vasquez est de toujours collaborer, avec tout le monde. À la différence des autres services du département, dans les Limbes, les affaires peuvent stagner sans qu'on enregistre le moindre progrès. On manque de moyens, de ressources et de volonté politique de s'occuper des disparus. Parce que c'est le plus souvent un combat perdu d'avance. Or personne n'aime perdre.

Genko en savait quelque chose. Quinze ans plus tôt, il avait accepté l'affaire Samantha Andretti, bien qu'il la crût déjà morte.

— Je m'occupe d'une disparition qui remonte au milieu des années quatre-vingt : un gamin de dix ans nommé Robin Sullivan.

Berish était en train de détacher une feuille d'un carnet posé sur la table pour prendre note, mais il s'arrêta.

— « R.S. ». Alors c'était vous au téléphone, l'autre nuit…

Le policier n'avait pas l'air étonné.

— Je suis désolé de m'être fait passer pour l'agent Bauer, admit Genko. Vous aviez compris dès le début, n'est-ce pas ? Pourtant, vous m'avez aidé…

Berish le regarda longuement puis éclata de rire.

— Bauer est un con. Et puis, je sais ce que signifie se frotter à la stupidité de certains collègues.

Il l'expérimentait probablement avec l'affaire de Mila Vasquez, pensa Genko. Au camp de base, dans les marais, il s'était plaint à Delacroix : « Plus personne ne répond à mes coups de fil. » C'était peut-être pour cela que Berish se montrait si disponible avec lui.

— Alors, vous voulez bien m'aider encore ?

Le policier acquiesça.

— L'autre jour, au téléphone, nous avons établi que le mystère de la disparition a été résolu au bout de trois jours, quand le garçon est rentré chez lui spontanément. Que voulez-vous savoir d'autre ?

— Après sa réapparition, Robin n'était plus le même, raconta Bruno. Ses parents ont récupéré un enfant problématique, avec des troubles et des pulsions. Il avait tellement changé qu'ils ne le reconnaissaient plus. Ils ont fini par décider de le confier à une maison d'accueil.

Les enfants de l'obscurité, se rappela Bruno. Tamitria Wilson lui avait dit que les parents de Robin étaient deux bons à rien. *L'obscurité l'a infecté*, avait-elle précisé.

— Personne n'a compris que le monstre s'était insinué à l'intérieur de lui. Pendant son enfance, Robin Sullivan a nourri les ombres qu'il portait en lui : l'abandon, l'indifférence et la violence ont constitué un dangereux incubateur.

— Qu'est-il devenu ? demanda Berish.

— Le ravisseur de Samantha Andretti, répondit Genko, suscitant l'émerveillement de son interlocuteur.

Soudain, pour la première fois de sa vie, il sentit qu'il pouvait faire confiance à quelqu'un. Il était surprenant qu'il s'agisse d'un policier. Mais il lui raconta dans le détail d'où était partie son enquête privée et ce qui s'était passé jusque-là.

Bunny, l'homme-lapin. Le mystérieux album apocryphe où les dessins, dans un miroir, devenaient des scènes pornographiques. Le « sadique consolateur » capable de transformer un dentiste ordinaire en l'assassin sans pitié de Linda. Peter Forman, qui avait reconnu son jardinier en entendant parler l'homme qui avait pris sa famille en otage. Enfin, Mme Forman, qui lui remettait le message du monstre.

— Bauer et Delacroix étaient convaincus que Robin Sullivan était mort dans un accident de la route, il y a plus de vingt ans. Mais il est probable qu'il ait mis sa mort en scène. Maintenant, la police lui donne la chasse : ils ont le portrait-robot d'un visage avec une grosse tache sombre qui lui couvre la moitié de la joue droite, jusqu'au sourcil.

— Et vous, vous menez une enquête parallèle à l'insu de tout le monde, conclut Berish avec clairvoyance.

— Disons que vos collègues et moi avons une approche différente de l'affaire. Je leur laisse volontiers la chasse à l'homme, mais j'ai besoin de comprendre.

Plus qu'une motivation, cela ressemblait à un appel à l'aide désespéré.

— Pourquoi ? Qu'y a-t-il à comprendre ?

— Il y a deux heures, j'étais sur le point d'abandonner l'enquête. Je ne sais pas encore jusqu'où j'arriverai.

Le dessin de la petite Meg Forman – la mer, le soleil, le bateau. C'est là que je vais.

— Au début, je m'étais mis en tête de capturer le ravisseur de Samantha Andretti. Maintenant, je sais seulement que je voudrais pouvoir lui rendre visite à l'hôpital et lui expliquer qui est vraiment l'homme qui lui a volé quinze ans de sa vie. Peu m'importe que ce soit la police qui capture Sullivan : l'avenir ne me concerne plus. Désormais, je fais partie du passé, agent Berish. Et je veux découvrir ce qui est arrivé à Robin durant les trois jours où il a disparu quand il avait dix ans.

Berish le regarda. Il comprit peut-être qu'il lui restait peu de temps à vivre.

— Quelle est votre requête, monsieur Genko ?

Bruno repensa à la salle aux murs tapissés de photos.

— Je voudrais voir le visage de cet enfant.

Ils descendirent dans un sous-sol étroit plein de casiers, mal éclairé.

Tandis que le chien Hitchcock inspectait les lieux, son maître s'installa devant un vieux PC posé sur un petit bureau. Après une brève recherche, Berish entra dans un couloir bordé d'étagères et disparut de la vue de Genko.

— Ça ne va pas être simple, je vous le dis ! cria-t-il depuis le fond des archives. Il y a une grande confusion, surtout dans les affaires qui remontent aux années quatre-vingt.

Les minutes passant, Genko repensa à Mila Vasquez. Après avoir résolu brillamment l'affaire du Chuchoteur, elle aurait pu choisir n'importe quel service du département. Pourtant, elle était allée s'enterrer dans les Limbes.

— Ça fait longtemps que vous n'avez pas eu de nouvelles de votre collègue ? demanda-t-il en attendant.

La voix du policier arriva ouatée, comme s'il était dans un bocal.

— Parfois, Mila disparaît pendant des semaines pour suivre une affaire, le rassura-t-il. C'est déjà arrivé dans le passé.

Il n'était pas tout à fait sincère. Bruno sentit son inquiétude.

— De quoi s'occupait-elle exactement quand vous avez perdu le contact ?

Berish ne répondit pas. Il revint peu après avec un dossier ouvert dans les mains.

— Vous avez dit que Robin Sullivan avait une tache sur le visage, n'est-ce pas ?

Le policier détacha une photo de la première page et la tendit à Genko.

Deux garçons d'une dizaine d'années posaient l'un à côté de l'autre. Ils portaient le maillot d'une équipe de foot. L'un d'eux avait un ballon sous le bras, mais c'est l'autre qui attira l'attention du détective.

Une tache sombre lui couvrait la moitié du visage. Il était mélancolique.

Tamitria Wilson avait décrit Robin Sullivan comme un enfant fragile, ayant besoin d'affection, compatissant. Bruno réfléchit à ce dernier mot. La vieille avait ensuite conclu en disant que Robin était la proie parfaite pour n'importe quel individu malintentionné.

L'obscurité l'a infecté.

La « compassion » dont parlait Mme Wilson avait été la brèche, la lésion par où était entré l'élément maléfique qui lui avait ensuite contaminé le cœur.

— C'est bizarre, commenta le détective privé.

— Quoi ?

— Voir le monstre enfant…

— Ne l'appelez pas ainsi, ce serait une grave erreur, le prévint l'autre. Mon amie Mila le répète toujours… Ils ne savent pas qu'ils sont des monstres, ils pensent être des gens normaux. Si vous cherchez un monstre, vous ne le trouverez jamais. Si vous pensez à lui comme un homme ordinaire, comme vous ou moi, alors vous avez un espoir.

Ils ne savent pas qu'ils sont des monstres. Bruno mémorisa ce conseil. Puis il regarda l'autre enfant sur la photo, un petit garçon aux cheveux bouclés à qui il manquait une incisive – l'ami souriant, un bras autour du ballon, l'autre entourant les épaules de Robin.

— Pourquoi y a-t-il deux enfants ?

— Vous avez dû remarquer l'entrée du service : on appelle cette pièce « la salle des pas perdus ». Elle rassemble toutes les dernières photos des disparus avant qu'ils aient été engloutis par les ténèbres.

Bruno comprit pourquoi les visages étaient souriants.

— Les gens prennent les photos dans des moments heureux, pas en imaginant qu'ils finiront sur ces murs.

Berish acquiesça.

— Il est donc fréquent que sur la photo figure aussi un parent ou un ami, voire un étranger.

Genko observa à nouveau la photo des deux camarades qu'il tenait dans ses mains. Un triste, l'autre gai. Deux enfants, deux destins.

— Je suppose qu'il n'y a rien d'autre dans le dossier.

Berish feuilleta quelques pages.

— Il y a autre chose : apparemment, Robin Sullivan a grandi dans le même quartier que Samantha Andretti.

26

Parler de l'affaire avec Simon Berish avait eu un effet cathartique.

En lui livrant les détails de l'enquête, Bruno avait pu partager son angoisse liée à l'histoire de Robin Sullivan. Maintenant qu'il s'était débarrassé d'une partie de l'énergie négative accumulée, il se sentait capable de reprendre.

Ils ne savent pas qu'ils sont des monstres.

Genko se répétait en boucle les mots de Mila Vasquez que lui avait rapportés Berish, tout en conduisant sa Saab dans les rues d'un quartier qui avait dû être ouvrier, immeubles en brique et avenues arborées. Un endroit où tout le monde se connaissait, où l'on vivait en harmonie, où l'on élevait ses enfants en imaginant un avenir tranquille. Puis la récession des années soixante-dix avait brisé les rêves et les bonnes intentions. La conjoncture économique et la crise de l'industrie manufacturière avaient balayé les illusions et le quartier avait changé. Il s'était rapidement transformé en ce que l'enquêteur avait devant les yeux à ce moment-là.

Un ghetto de banlieue.

Ces lieux semblaient familiers à Genko. Bien que n'y ayant jamais mis les pieds, il les avait vus dans les dessins qui accompagnaient l'expertise psychiatrique de « R.S. ».

Tout a commencé ici, se dit-il. Il était également probable que tout y finisse.

Vers midi, sous la chape de plomb qui suffoquait la ville, Genko roulait vitres baissées, en regardant autour de lui. Le panorama était désolant. Des commerces fermés pour faillite, des déchets partout, des inscriptions sur les murs. Les immeubles étaient devenus des dortoirs et, malgré la chaleur, trop d'hommes traînaient dans les rues, signe qu'il n'y avait pas de travail et que la seule façon d'aller de l'avant était de s'adonner à des trafics illicites ou à la boisson.

Le quartier était déjà délabré à l'époque de l'enfance de Robin Sullivan, donc Samantha Andretti avait grandi dans un contexte encore plus difficile. Après sa disparition, son père était parti chercher du travail ailleurs. Bruno n'avait pas été étonné de découvrir que la jeune fille et son agresseur étaient issus du même milieu. Tous les prédateurs choisissent des lieux familiers pour chasser. Dans le fond, c'est une loi de la nature.

En tant que détective, Genko connaissait bien la propension à revenir à ses origines. Criminels dangereux, fuyards en cavale recherchés par la police du monde entier, arnaqueurs assez habiles pour couler des sociétés puissantes, ils avaient tous quelque chose en commun.

Personne ne résiste à l'appel de la maison.

Beaucoup d'entre eux avaient eu une enfance terrible, entrant et sortant des instituts pour mineurs. Ou bien ils avaient vécu des expériences familiales dramatiques et violentes. Toutefois, même s'ils haïssaient l'endroit où ils étaient nés, il y avait toujours quelque chose qui les y ramenait. C'était comme un rite de réconciliation, comme s'ils avaient peur d'oublier qui ils étaient vraiment et d'où ils venaient.

Une fois, Genko cherchait un type qui avait mis au point une fraude envers une multinationale. En quelques années, il leur avait extorqué des millions. Pour récupérer son bien, la compagnie avait fait appel à trois détectives. Ils avaient moins de vingt-quatre heures pour capturer le fraudeur avant qu'il ne fasse disparaître sa trace pour toujours. En tant que professionnel de l'arnaque, son plan prévoyait sans aucun doute une échappatoire sûre, avec changement d'identité et pistes brouillées.

Tandis que ses collègues poursuivaient le fugitif, supposant des scénarios pour anticiper ses mouvements, Genko s'informa sur le passé de l'homme, quand il n'était qu'un petit voleur de quartier. Grâce à une vieille photo, il comprit qu'il avait grandi avec sa grand-mère paternelle, qui était morte des années auparavant. Il se rendit au cimetière où elle était enterrée et il attendit. Au bout d'un certain nombre d'heures, au crépuscule, il remarqua un homme portant imperméable, chapeau et lunettes de soleil, qui déambulait entre les tombes. Mais avant de s'en aller, l'inconnu passa à côté de la tombe que Bruno surveillait et y laissa distraitement tomber une fleur. Le détective démasqua ainsi le fraudeur.

On peut abandonner le lieu où on est né, mais le lieu où on est né ne nous abandonne jamais.

Voilà pourquoi, quand il devait retrouver quelqu'un, Bruno Genko contactait ses parents et ses amis pour avoir accès à des albums photo et à des bottins scolaires.

Sur ces images, il trouvait toujours un détail qu'aucun déguisement ni chirurgie plastique ne pouvait effacer. Et voilà pourquoi il était allé jusqu'aux Limbes pour se procurer une photo de Robin Sullivan enfant. Les flics donnaient la chasse à un jardinier avec une tache sombre sur le visage, qui conduisait une fourgonnette Ford bleu ciel. Lui, il était venu chercher un enfant qui aimait jouer au foot.

Il est encore ici.

Si, quinze ans plus tôt, Robin avait choisi son quartier d'origine pour se procurer sa jeune prisonnière, c'était à plus forte raison le meilleur refuge pour lui aujourd'hui.

Il connaît le territoire, il sait comment s'y cacher.

Bruno avait promis à Bauer et Delacroix qu'il ne donnerait pas la chasse au monstre. Mais depuis sa visite aux Limbes, quelque chose avait changé. Quelque chose qu'il n'avait pas pris en compte, qui éloignait le spectre de la fin et le faisait se sentir vivant. Un instinct prédateur ancestral.

L'animal le plus difficile à chasser est l'homme. Et Bruno, comme Robin Sullivan, était un chasseur.

Quelque chose lui disait que la dernière vérité sur le compte de Bunny n'était pas loin de ces immeubles délabrés et de cette puanteur d'ordures. *Peut-être qu'il a envoyé Mme Forman me saluer de sa part pour me faire savoir qu'il est proche*, se dit-il. *Peut-être qu'il m'observe, là, maintenant, et qu'il attend le bon moment pour se planter devant moi.*

Ils ne savent pas qu'ils sont des monstres.

À ce moment-là, il aperçut un petit terrain de foot qui ressemblait fort à celui de la photo de Robin et de son ami aux cheveux bouclés et à l'incisive manquante.

Il se trouvait à l'arrière d'une église qui, d'après une plaque accrochée à un portail, était dédiée à la Santissima Misericordia.

À côté du presbytère, il y avait un parc avec deux balançoires et un toboggan sur lesquels veillait un grand tilleul. Genko aperçut un jeune prêtre, les manches de sa soutane relevées jusqu'aux coudes, occupé à réparer un tuyau extérieur avec une clé anglaise. Il se gara et descendit de voiture pour aller lui parler.

— Ainsi, vous avez grandi ici, dit le prêtre, toujours penché sur son tuyau.

— Ça fait tellement longtemps. Je suis parti avec mes parents quand j'avais quatorze ans, affirma Genko pour étoffer son mensonge. Je suis en ville pour affaires et j'ai eu envie de venir jeter un coup d'œil.

— Moi, j'ai toujours vécu au nord, j'ai été muté ici il y a deux ans.

— En effet, je me souviens que dans les années quatre-vingt, il y avait un autre curé.

— Le père Edward, précisa l'autre en serrant une valve. Il est mort en 2007.

— C'est ça, le père Edward, confirma Genko en prenant un air peiné. Vous l'avez connu ?

— Non, malheureusement. Mais l'évêque qui m'a nommé ici m'en a beaucoup parlé : le père Edward a œuvré ici tellement longtemps que tout le monde s'en souvient, dans le quartier.

Il laissa tomber sa clé anglaise dans une caisse à outils, se releva et déroula les manches de sa soutane.

— Le père Edward était une institution dans le quartier, s'accorda Genko. S'il est mort en 2007, j'imagine qu'il était encore en service quand la jeune fille dont on parle à la télé a disparu... Samantha Andretti.

Il avait lancé la ligne. Le prêtre s'assombrit.

— Le père Edward aurait sans doute aimé savoir qu'elle est vivante. Les paroissiens m'ont raconté qu'il n'a jamais cessé d'y croire et que, pour cette raison, beaucoup pensaient qu'il était fou. Imaginez, chaque année, le jour anniversaire de sa disparition, il disait une messe pour elle et invitait tout le monde à prier pour qu'elle rentre chez elle, expliqua-t-il en ramassant des canettes et des papiers dans le jardin. Il a espéré jusqu'au bout que quelqu'un lui révélerait quelque chose en secret, au confessionnal... Un proche qui aurait un soupçon, ou bien un complice.

— J'ai entendu dire qu'au Vatican il y a des archives secrètes où sont rassemblés tous les péchés révélés en confession, dit Genko pour ne pas sembler trop intéressé par le sujet.

L'autre secoua la tête, amusé.

— Chaque fois que j'entends une histoire sur les mystères du Vatican, je me dis que les gens oublient trop facilement la mission de charité que le Christ a assignée à son Église.

— Vous avez raison, s'excusa Genko, faussement embarrassé.

Le jeune prêtre acheva de nettoyer le jardin et alla déposer sa récolte dans un bidon en plastique noir. Puis il s'essuya le front du revers de la main et se tourna vers Bruno.

— Je peux faire autre chose pour vous, monsieur Genko ?

— Eh bien, vous savez… Ça me ferait plaisir de revoir mes amis de l'époque, s'ils sont toujours là.

— Je ne sais pas si je peux vous aider : comme je vous l'ai dit, je viens d'arriver.

— Attendez, dit Bruno en fouillant dans sa poche. J'ai apporté une vieille photo de deux camarades de mon équipe de foot. Nous jouions souvent sur le terrain, là derrière.

Il lui montra le cliché qu'il avait pris aux Limbes. Le prêtre l'étudia attentivement.

— Celui avec la tache, je m'en souviendrais, si je l'avais vu, affirma-t-il, sceptique.

Genko était déçu. Mais il pouvait encore retrouver l'ami de Robin, le bouclé à la dent cassée.

— Et l'autre, il vous dit quelque chose ?

— Je suis désolé, répondit le curé en secouant la tête.

Il lui rendit la photo, Genko la rangea dans sa poche.

— Bien, merci quand même.

— Peut-être que vous avez envie de revoir l'oratoire, proposa le prêtre pour le consoler. Il y a une vitrine avec les trophées de l'équipe de foot, vous y trouverez d'autres photos.

Ils traversèrent une salle avec une table de ping-pong, où flottait une odeur de renfermé et de chaussures de gymnastique. Des posters de footballeurs, champions actuels ou passés, se partageaient les murs avec les images de Jésus.

— Seuls les plus jeunes viennent ici, maintenant, expliqua le prêtre, désolé. À onze ou douze ans, ils trafiquent déjà dans la rue. Et le pire, c'est que l'âge auquel les adolescents ont des ennuis baisse chaque année.

Genko repéra la vitrine aux trophées. Elle était située dans un couloir de passage, face à une porte coulissante où un panneau annonçait : *Bibliothèque Père Edward-Johnston.*

Bruno se plaça devant le meuble et se pencha pour observer les photos encadrées des équipes, les coupes et les médailles. Il chercha des images remontant aux années quatre-vingt. Il espérait que le prêtre reconnaîtrait un vieux camarade de Robin et l'oriente vers un adulte en mesure de l'aider.

L'enquêteur repéra l'ami bouclé de Bunny, à une époque où il avait encore ses deux incisives. Puis il reconnut avec stupeur, au milieu des joueurs, le futur ravisseur de Samantha Andretti.

— Cette année, nous sommes arrivés derniers du championnat, se lamenta le prêtre dans son dos. L'an prochain, je ne sais même pas si nous arriverons à monter une équipe.

— Je comprends, commenta Genko, distrait, constatant qu'il avait encore échoué.

— Le père Edward, lui, était extraordinaire pour impliquer les jeunes, poursuivit l'autre. Son point fort était la bibliothèque.

Cette phrase détona aux oreilles de Bruno. Comment le père Edward pouvait-il convaincre les jeunes de lire ? À ce moment-là, il entendit le curé derrière lui ouvrir la porte coulissante de la salle qui portait le nom de son illustre prédécesseur. Curieux, Genko se retourna pour regarder. Ce qu'il vit dans la salle le paralysa.

Dans la bibliothèque du père Edward, il n'y avait que des albums illustrés et des bandes dessinées.

Des étagères recouvraient les murs du sol au plafond. Bruno entreprit de les passer en revue. Il y en avait pour tous les âges, des personnages adaptés aux plus petits jusqu'aux super-héros.

— J'imagine que vous aussi, petit, vous avez dû passer du temps ici, commenta le prêtre.

Bruno acquiesça. En même temps, son esprit essayait de faire coïncider les différents indices pour chercher une solution.

Un prêtre qui jouit de la confiance absolue des enfants. Une bibliothèque d'albums illustrés. Bunny le lapin. Un album avec des images pornographiques. Et, enfin, les trois jours où Robin Sullivan avait disparu de chez lui.

Personne n'avait jamais découvert où il avait été, il n'avait jamais raconté ce qui lui était arrivé en ce bref laps de temps. *L'obscurité l'a infecté.* Mais qui croirait un enfant qui accuse un prêtre ? C'était pour cela que Robin s'était tu.

Le père Edward, se répéta-t-il en essayant d'imaginer les horreurs qu'il avait pu commettre sur de pauvres enfants innocents, protégé par sa soutane. Un insoupçonnable, un bienfaiteur. Un saint. En vérité, cet homme était lui aussi un monstre masqué.

Bruno se mit à le détester pour ce qu'il avait fait à un enfant de dix ans, si longtemps auparavant. Maintenant, il en avait la confirmation : Robin n'était pas né monstre, il l'était devenu. Ce que Samantha Andretti avait subi était également de la faute du père Edward, indirectement.

— À votre connaissance, y a-t-il quelqu'un d'autre à qui je pourrais demander des informations sur mes deux amis de la photo ? demanda Genko.

Son ton avait changé. Il n'était plus gentil, mais décidé. Il voulait trouver au moins le camarade de Robin.

— Laissez-moi réfléchir, dit le jeune curé. Le seul qui pourrait savoir quelque chose, c'est Bunny.

Genko se tourna lentement vers l'homme d'Église.

— Qui ?

— Le vieux gardien, précisa l'autre. C'était lui qui s'occupait de la manutention. En vérité il s'appelle William, ce sont les enfants qui lui ont donné ce surnom il y a des années. Il est ici depuis toujours. Vous ne vous en souvenez pas ?

— Oui, c'est vrai. Je l'avais oublié, dit calmement Genko, tout en essayant d'assimiler cette information. *Bunny*.

— Depuis qu'il a été hospitalisé, je suis obligé de m'occuper de tout, sourit le prêtre. C'est pour ça que vous m'avez vu bricoler dans le jardin.

— Hospitalisé ? demanda Genko pour être sûr d'avoir bien compris.

— Il a eu une mauvaise maladie.

L'homme avait à nouveau l'air sérieux. Peut-être avait-il noté un trouble dans l'expression du visiteur. Genko le regarda fixement.

— Et où vit habituellement Bunny ?

— Ici, en dessous, dit le curé en pointant le doigt vers le bas. Dans une pièce à côté de la chaudière.

27

Il avait commis une erreur d'évaluation.

S'il n'avait pas été corrigé par l'intervention providentielle du jeune prêtre, Genko aurait continué à maudire feu le père Edward, au lieu de se retrouver en haut de l'escalier de pierre qui conduisait au sous-sol de la Santissima Misericordia.

Le logement de Bunny le gardien.

— Ça vous dérange si je ne vous accompagne pas ? demanda le curé.

— Non, pas du tout.

Quand l'autre s'éloigna, Bruno tendit la main vers un interrupteur et le sous-sol fut éclairé d'une faible lueur jaunâtre, intermittente. Il descendit lentement les marches. Il fut accueilli par une humidité qui remontait des fondations de l'église. Cela aurait pu être agréable, dans la chaleur torride de cette matinée, mais il frissonna, comme si cela portait quelque chose de maléfique.

Quelque chose qui se terrait là-dessous, et qu'il avait réveillé par sa présence.

Arrivé en bas de l'escalier, il se tourna vers la droite. Du plafond bas pendait une ampoule qui grésillait, prête à lâcher. Genko lui donna des petits coups avec son index et elle vibra, comme si elle allait s'éteindre. Mais, de façon inattendue, la lumière devint brillante, comme une étoile avant de mourir, et produisit un son électrique, comme une note prolongée. Bruno poursuivit son exploration.

Il vit devant lui un long couloir où des tuyaux de diamètres différents couraient sur le plafond et grimpaient aux murs. Cela sentait le kérosène et la térébenthine. Au fond du tunnel, il y avait un grillage métallique. Genko avança dans cette direction.

Le grillage délimitait le périmètre d'une petite pièce.

À côté de l'entrée, il y avait une table de travail avec un tabouret et une lampe orientable. Genko l'alluma pour y voir plus clair. Avec la lumière partirent les notes rauques d'un air de blues. Elles provenaient d'un transistor, posé sur une étagère, qui avait été assemblé dans une boîte à chaussures avec des morceaux d'autres appareils. En regardant les outils posés sur la table, Genko conclut que c'était sans doute l'œuvre de Bunny.

La pièce n'était pas seulement un laboratoire de réparations : devant la table, il y avait aussi un lit de camp aux draps blancs, un mince oreiller, dont dépassait le goulot d'une bouteille de whisky, et une couverture marron foncé bordée sous le matelas. Le lit était surmonté d'une étagère où le gardien rangeait des objets de peu de valeur, qui semblaient récupérés dans les poubelles. Un vase en céramique recollé à la va-vite, un abat-jour en forme de Marilyn Monroe, un réveil manuel arrêté à 6 h 20.

Genko passa cette pacotille en revue puis se dirigea vers une armoire métallique. Il l'ouvrit et y découvrit quatre cintres où étaient pendus deux chemises, un jean usé et un blouson d'hiver. Il y avait aussi un costume noir et une cravate foncée, qui sentait l'encens. Le gardien le sortait probablement à l'occasion des enterrements célébrés à la Santissima Misericordia, quand il aidait les croque-morts à porter le cercueil et qu'il sonnait la cloche. Sous les vêtements, Bruno aperçut deux paires de chaussures. Les premières étaient de travail, les autres noires à lacets. À côté, un vieux projecteur Super 8. Cela faisait des années que Genko n'en avait pas vu.

Le détective privé referma les portes de l'armoire et passa au tiroir de la table de nuit, où le gardien ne rangeait qu'un petit miroir et un peigne, un livret bancaire aux pages jaunies où étaient notées ses misérables économies et, enfin, quelques coupures de journaux sportifs.

C'était là tout le monde de William le gardien, alias Bunny.

Genko s'assit sur le lit, épuisé. Le blues à la radio s'acheva et une autre musique commença. *Comment peut-on vivre comme un rat ?* se demanda-t-il. Une existence cachée et solitaire. Il pensa à lui-même. Il fit le parallèle entre le collage de Hans Arp accroché au mur de son bureau et la pacotille sur l'étagère dans son dos, puis remplaça Bach par le blues… et les jeux étaient faits.

La vie de cet homme et la sienne se ressemblaient.

Ils avaient tous deux choisi de disparaître aux yeux du monde. Une seule raison pouvait pousser un homme à s'annihiler de cette façon.

Un secret.

Pour Bruno, cela concernait sa profession de détective privé. Et pour Bunny ?

Tu as fait quelque chose à Robin Sullivan. Tu lui as fait du mal. Tu l'as infecté avec ton obscurité, tu as fait de lui un monstre. Exactement comme toi.

Bruno pensa aussi qu'il n'avait pas besoin d'aller très loin pour comprendre l'essence de cet homme. Il lui suffisait de poursuivre le parallèle avec lui-même. Il conservait chez lui une œuvre dadaïste et des disques de Glenn Gould : il était certain que William aussi voulait avoir près de lui ce qu'il aimait le plus. Alors, instinctivement, il glissa une main sous le lit où il était assis. Dans le noir, il partit en exploration. Ses doigts trouvèrent une boîte en carton.

Bruno souleva le couvercle et reconnut sans peine le sourire familier du lapin aux yeux en forme de cœur. Mais cette fois, il n'était pas seul. Il y en avait une pile entière.

Genko les examina. Pas d'auteur, d'éditeur ni de numéro de série. Des apocryphes, comme l'exemplaire qu'il cachait dans la poche de sa veste en lin. Et ils étaient identiques.

Il récupéra le miroir qu'il avait remarqué dans le tiroir de la table de nuit et vérifia que les albums dissimulaient le même maléfice. C'était bien le cas. Il se demanda combien d'enfants comme Robin avaient été ainsi appâtés, puis instruits à des pratiques immondes pour leur jeune âge.

Fou de rage, Bruno remit en ordre les albums, sans savoir ce qu'il allait en faire. C'est alors qu'il aperçut autre chose dans la boîte.

Un étui métallique, très fin.

Quand il l'ouvrit, une bobine de pellicule lui glissa entre les mains.

Un film.

Alors il se souvint du projecteur Super 8 dans l'armoire.

28

Le cœur sur le mur battait. *Tutum, tutum, tutum.* Elle avait oublié sa fille. *Tutum, tutum, tutum.* Dans son rêve, elle la voyait faire ses premiers pas incertains, avec l'équilibre précaire des bébés, s'aventurant dans le labyrinthe. Mais chaque fois qu'elle essayait de la regarder, elle disparaissait. Il ne lui restait que son rire cristallin qui s'évaporait dans l'écho de sa prison souterraine.

Tutum, tutum, tutum.

Ne pas réussir à voir le visage de sa fille était sa punition pour avoir remplacé son souvenir par un chat imaginaire – maintenant, elle le savait.

Tutum, tutum, tutum.

— Tu lui as donné un nom ? avait demandé Green en se référant à l'animal.

— Non.

— Pourquoi ?

— Moi, je n'avais pas de nom, là-bas, personne ne m'appelait jamais… Les noms ne servent pas dans le labyrinthe, ils n'ont aucune utilité.

Tutum, tutum, tutum.

Où était cette fillette sans nom ? Green lui avait promis qu'ils chercheraient ensemble la réponse. Mais elle avait peur de la trouver.

Tutum, tutum, tutum.

Elle se débattait dans un demi-sommeil tumultueux. De temps à autre, elle ouvrait les yeux et elle reconnaissait la chambre d'hôpital ; elle essayait de s'ancrer à la réalité, mais ensuite la fatigue reprenait le dessus et elle avait l'impression d'être précipitée à l'intérieur du lit, comme dans un trou noir – un passage secret qui la ramenait directement au labyrinthe.

Non, maintenant je suis sauvée. Il ne peut rien m'arriver, ici, il y a un policier devant ma porte.

Tutum, tutum, tutum.

Dans un de ces moments d'éveil confus, elle sentit une main chaude se poser délicatement sur son front. Elle crut voir une silhouette vêtue de blanc à côté du lit. L'infirmière aux cheveux fauves se tourna pour remplacer la perfusion.

— Repose-toi, ma chérie, repose-toi…, lui dit-elle doucement.

Le battement cessa enfin. Ses paupières devinrent lourdes, le noir vint l'embrasser.

Elle écarquilla les yeux, d'un coup.

Elle comprit qu'elle avait dormi longtemps, parce que l'infirmière n'était plus là. À la place, elle vit le docteur Green. Il s'était assoupi sur la chaise – jambes allongées, pieds et bras croisés, tête sur une épaule. Ses lunettes avaient glissé au bout de son nez.

Elle l'observa. Un sexagénaire encore plaisant, vêtu avec un certain goût – cravate ton sur ton avec sa chemise bleue. Elle se demanda si c'était sa femme qui choisissait ses vêtements. Peut-être qu'elle les sortait de l'armoire et qu'il les trouvait prêts sur le lit chaque matin. Cette pensée si tendre et banale la fit réfléchir à nouveau à sa situation. On lui avait pris quinze ans de sa vie – ordinaire, conventionnelle, peut-être médiocre, mais c'était sa vie. Elle se demanda comment le monde avait changé, entre-temps. C'était une chance d'avoir été hospitalisée au service des grands brûlés de Sainte-Catherine, parce que sa chambre n'avait pas de fenêtre. Elle avait peur de sortir par la porte. Il lui semblait avoir hiberné longtemps ou voyagé dans le futur. Elle ne savait pas ce qui l'attendait de l'autre côté de cette porte.

Ou plutôt *qui*.

— Je veux que tu te débarrasses pour toujours de ce cauchemar, avait dit Green. Tu sais mieux que moi que, si on ne l'arrête pas, une fois dehors tu n'arriveras pas à avoir une vie normale…

C'était déjà difficile. Elle ne pouvait pas en plus vivre avec la terreur qu'*il* la ramène au labyrinthe.

Green se réveilla. D'abord, il cligna des yeux, puis il releva ses lunettes du doigt. Quand il la vit, il sourit.

— Comment vas-tu ? demanda-t-il en s'étirant.

— C'est moi qui ai emmené la petite fille dans le labyrinthe ? répliqua-t-elle.

Elle était angoissée par l'idée d'avoir pu impliquer, même involontairement, un autre innocent dans ce cauchemar. Surtout s'il s'agissait de sa fille.

Le docteur s'installa plus confortablement sur sa chaise et lança l'enregistrement.

— Je ne crois pas que tu étais déjà enceinte quand tu as été enlevée. Tu n'avais que treize ans.

— Alors comment cela a-t-il été possible ?

— La vraie question n'est pas comment la petite fille a pu entrer dans le labyrinthe, mais comment elle est entrée à l'intérieur de toi… Tu comprends la différence, n'est-ce pas, Sam ?

Bien sûr qu'elle comprenait. Elle n'avait plus huit ans.

— Je sais comment naissent les bébés… Quelqu'un a mis son sperme à l'intérieur de moi.

— Tu as une idée de qui peut être ce « quelqu'un » ?

Elle réfléchit.

— Quelqu'un qui était avec moi dans le labyrinthe, répondit-elle parce que c'était le plus logique.

Mais le docteur Green n'avait pas l'air satisfait.

— Tu pourrais être plus précise, s'il te plaît ?

— Peut-être un autre prisonnier ?

— Sam, à part la fillette dont tu m'as parlé, je ne pense pas qu'il y ait eu d'autres prisonniers.

— Comment pouvez-vous en être aussi sûr ?

Elle constata que Green cherchait une façon de lui expliquer, ce qui l'agaça. Elle aurait voulu lui dire qu'elle n'était pas stupide.

— Tu vois, Sam, l'homme qui t'a enlevée t'a choisie.

— Qu'est-ce que ça veut dire ?

— Que tu entrais dans un canon de désirabilité… En d'autres termes, nous savons tous ce qui nous plaît et ce qui est mieux pour nous. Tu es d'accord ?

— Oui.

— Pense à la glace. Quels sont tes parfums préférés ?

— Vanille et caramel, dit-elle sans savoir d'où venait ce souvenir.

— Bien : si tu aimes surtout vanille et caramel, tu ne penseras pas à demander un cornet au chocolat ou à la fraise.

Elle acquiesça, bien que tout ceci lui semblât idiot.

— Il est hautement improbable que nous choisissions quelque chose qui ne nous plaît pas, tu ne crois pas ? Aussi, nous avons tendance à répéter toujours les mêmes préférences, parce que nous nous connaissons nous-mêmes. Et le comportement de ton ravisseur suggère qu'il concentre son attention sur les femmes. Il enlève des jeunes filles, Sam. Des filles, pas des garçons.

— Qu'est-ce que vous essayez de me dire ?

Green inspira longuement.

— Que le seul homme présent dans le labyrinthe était ton ravisseur, Sam. Et il n'est pas logique que, s'il est le père de ta fille, tu ne l'aies jamais vu.

Pourquoi Green insistait-il avec cette histoire ? Pourquoi s'obstinait-il à vouloir lui faire du mal ?

— Ce n'est pas vrai. Ce n'est pas comme ça que ça s'est passé. Il y a forcément une autre explication.

Mais elle n'avait pas d'idée.

— Sam, je veux t'aider, dit Green en s'approchant et en lui prenant la main. Je le veux vraiment, répéta-t-il en la regardant dans les yeux. Mais si tu n'acceptes pas cette réalité, je ne pourrai jamais t'aider à te remémorer ce qu'est devenue ta fille.

Elle sentit ses yeux se remplir de larmes chaudes et lourdes.

— Ce n'est pas vrai, dit-elle à nouveau, la voix rauque.

— Pourquoi on ne réessaie pas l'exercice de tout à l'heure ? Tu pourrais à nouveau te concentrer sur un point précis et te détendre, insista le docteur. Peut-être que ta fille est encore là-bas, Sam. Et qu'elle t'attend… Elle attend que sa maman vienne la libérer.

Elle regarda donc la tache d'humidité sur le mur qui ressemblait à un cœur – un cœur pulsant, celui de sa fille. *L'ai-je abandonnée ?* se demanda-t-elle. *Ai-je pris la fuite, l'ai-je laissée là-bas pour me sauver ?*

— Courage, Sam, l'encouragea Green. Parle-moi de quand il venait te voir dans le labyrinthe.

— L'obscurité, dit-elle alors.

— C'est bien, Sam, continue…

— J'appelais ça le jeu de l'obscurité…

Les néons se mettent à trembler. Elle sait ce que cela signifie. C'est déjà arrivé. Et ça arrivera encore.

C'est un signal, le jeu de l'obscurité va commencer.

Si elle veut se sauver, il y a une procédure à respecter. Elle l'a perfectionnée, avec le temps. Ça ne fonctionne pas toujours, mais parfois oui. D'abord, il est inutile de chercher une cachette : le labyrinthe n'a pas de recoins où se réfugier. Le truc, c'est de se camoufler. Il faut ne faire plus qu'un avec le lieu. Mais pour ça, il faut attendre la dernière seconde.

Elle sort dans le couloir et court dans tous les sens. En même temps, elle surveille les néons. Les ampoules grésillent de plus en plus. Ça va arriver, très bientôt. Elle compte : « Trois, deux, un… »

Obscurité.

Elle entre dans une chambre et se plaque contre le mur. Elle a le souffle court, son cœur bat fort, mais en quelques secondes elle se calme. Elle régule sa respiration, son cœur ralentit. Elle ne bouge pas.

Elle attend.

Dans le labyrinthe, il règne une paix apparente. Ses oreilles ne perçoivent qu'un sifflement continu – le bruit du silence. Puis elle a l'impression d'entendre quelque chose. Comme un piétinement, associé à un bruit métallique. Cela ne pourrait être que le fruit de son imagination, mais elle sait bien que ce n'est pas le cas.

Il est là. Il est venu lui rendre visite.

Elle ne sait pas par où il est arrivé, par où il arrive à chaque fois. Mais maintenant il est là avec elle. Elle entend ses pas – lents, patients. Il la cherche.

Lui non plus ne peut pas voir. C'est ça le jeu. Donc il marche les bras tendus en tâtonnant – elle entend ses mains qui caressent les murs gris. Elle sait que le monstre espère capter un bruit, n'importe lequel, qui lui révèle où se trouve sa prisonnière.

Il n'est pas loin, il approche.

Elle l'entend : il passe à côté de la porte de la chambre. Ne t'arrête pas, ne t'arrête pas. *Voilà, il la dépasse. Mais ensuite, il s'arrête.*

Que fait-il ? Pourquoi ne continue-t-il pas ?

Il revient en arrière. Il est là, devant la porte ouverte, il s'interroge. Il hésite à entrer.

Va-t'en. Va-t'en.

Il franchit le seuil. Elle entend sa respiration – la respiration du monstre. Mais elle ne bouge pas, elle reste là où elle est. Elle n'essaiera pas de s'échapper, parce qu'il est déjà arrivé que, tout près de son objectif, pour une raison obscure, il laisse tomber ou change d'avis. Mais cette fois, elle a le pressentiment qu'elle aura moins de chance. Cette fois, le sort est du côté de son adversaire. Elle l'entend, il avance prudemment vers elle.

Il s'arrête, comme s'il la voyait dans le noir.

Elle sait qu'il va se passer quelque chose, mais elle reste immobile. Il approche son visage du sien – il est à quelques centimètres, elle sent sa chaleur et son haleine, douce et amère à la fois. L'haleine du monstre.

Puis une main se pose délicatement sur sa joue. Ce n'est pas de l'affection, *se dit-elle. Elle se raidit – elle ne veut pas s'avouer vaincue. La caresse descend dans son cou, parcourt son épaule, s'attarde sur un sein. Glisse sur son ventre, s'insinue dans l'élastique de sa culotte. Ses doigts explorent son duvet. Ils s'arrêtent quand ils trouvent la chair nue. Elle ne ferme pas les yeux – elle ne veut pas superposer de l'obscurité à l'obscurité. Elle veut le regarder dans les yeux, même dans le noir.* Je ne suis pas une victime, *se répète-t-elle.* Je ne suis pas à toi. *Elle cherche une idée pour qu'il la trouve prête. Parce que la dernière fois, en prenant ce qui lui appartient, il lui a fait mal…*

— Vous vouliez le savoir, docteur Green ? C'était comme ça que ça se passait, dit-elle fièrement. Salaud, vous êtes content, maintenant ?

— Non, bien sûr que non, dit Green.

Elle sentit qu'il était sincèrement désolé. Et pas uniquement parce qu'il avait obtenu l'information qu'il voulait. Il semblait affligé pour elle, pour ce qu'elle avait subi – les jeux pervers d'un monstre invisible. Elle se sentit coupable de l'avoir insulté.

— D'accord, Sam : on va chercher un autre moyen pour récupérer dans ton esprit les souvenirs de ton ravisseur, promit-il en éteignant l'enregistreur.

Il se tourna vers le miroir et effleura le mousqueton avec les clés accroché à sa ceinture. On aurait dit un geste codé, un signal pour ceux qui observaient.

29

Le dessin de Meg Forman – le bateau bercé par une mer tranquille, le soleil chaud. L'endroit où Genko voulait aller, au bout du compte.

Le paradis parfait dans l'esprit d'une fillette.

Ce lieu imaginaire était un refuge auquel il ne pouvait pas encore penser. *Parce que je dois rester ici et regarder ce qu'il y a sur ce film*, se dit-il.

Il plaça le projecteur sur le tabouret de Bunny le gardien, inséra la pellicule et le tourna vers le mur. Puis il éteignit la lampe. Il inspira dans l'obscurité.

Le spectacle commença.

Le film était amateur, l'opérateur n'arrivait pas à faire le point. À un moment, l'image devint plus nette.

Un intérieur : un élégant salon avec fauteuils en cuir, parquet et boiseries sombres. La lumière couleur sépia était concentrée au centre du cadre, le reste était dans l'ombre. Le résultat était que les personnes présentes n'étaient visibles que des genoux au menton.

Des hommes en costumes élégants, à rayures fines avec gilet, mouchoir dans la poche ou œillet à la boutonnière. Presque tous tenaient un verre à la main ou fumaient le cigare. Ils bavardaient aimablement tandis que des serveurs en livrée blanche passaient parmi eux avec des plateaux de boissons et de canapés.

On aurait dit une scène d'un autre temps. Un club fréquenté par des gens respectables, des notables. Bruno avait craint le contenu de la bobine, imaginant des pratiques infâmes. Il était sur le point de changer d'avis.

Puis soudain, le scénario changea.

Extérieur. Des buissons épais. L'objectif cherchait quelque chose dans la végétation. Il trouva une fillette blonde, pieds nus. Sa robe bleue était déchirée, ses bras et ses jambes griffés par les branches. On n'entendait que ses pas dans les feuilles sèches. Puis un bruit. La fillette se retourna, apeurée. Quelqu'un rit.

Genko se demanda qui était l'enfant, mais le film changea à nouveau.

Encore un bois, mais cette fois dans un dessin animé qui semblait dater des années quarante. Un grand lapin aux yeux en forme de cœur, au milieu d'un pré. Bunny était assis sur un tronc et expliquait quelque chose aux deux enfants lovés sur ses grandes pattes. Un papillon passa au-dessus de leurs têtes, le vent fit remuer les feuilles d'un arbre.

Un interlude soudain. Des gémissements.

Une femme nue en plein rapport sexuel avec deux hommes portant une capuche. Elle était allongée sur un grand autel en marbre entouré de bougies et de couteaux. La femme avait les cheveux lâchés sur les épaules, sa peau était recouverte d'un voile de transpiration. Elle gardait les yeux fermés tandis que les deux hommes la prenaient à tour de rôle, violemment. Dans ses cris de plaisir se cachaient des mots incompréhensibles. Une sorte d'invocation, ou de prière.

Nouvel interlude, nouvel environnement.

Une pièce éclairée par la lumière du jour, une chaise vide. Sur le mur, l'inscription « amour ». L'opérateur hésitait. D'un coup, la pièce fut plongée dans l'obscurité. Quand la lumière revint, un homme nu était attaché sur la chaise, la tête abandonnée vers l'avant. L'inscription derrière lui était à peine visible. L'opérateur zooma rapidement vers le prisonnier, il devait tenir quelque chose à la main, peut-être un couteau, car l'homme leva la tête et hurla.

Genko recula, comme si c'était à lui que cela arrivait. Après un instant d'obscurité, la lumière du jour revint. La chaise était à nouveau vide. Tout était calme.

Autre interlude.

Une cour d'école. Des enfants en culottes courtes qui jouaient à se courir après. L'opérateur les suivait de loin, caché derrière une grille. Il s'arrêta sur un des enfants, différent des autres. Il était albinos. L'enfant s'arrêta, un sixième sens l'avait averti du danger. Il regarda autour de lui, puis se remit à jouer comme si de rien n'était.

Un montage frénétique de séquences. Une vieille femme qui allaitait un nouveau-né. Un rideau de cirque planté au milieu d'une clairière déserte. Le mot « rouge ». Un homme sans jambes qui se traînait en chantant. Un téléviseur où passait une vieille publicité pour de la lessive. Le mot « orgasme ». Deux femmes portant des capuchons noirs se caressaient et se déshabillaient. Le mot « lumière ». Un enterrement sous la pluie. Encore de la pornographie. Du sang. Des symboles de mort. Genko était étourdi par la succession des scènes, mais aussi profondément angoissé par ces images. Il se demanda ce qu'il regardait exactement, et pourquoi le gardien d'une église possédait ce film.

Autre scène.

Un lieu indéfinissable, un noir profond perforé par le rayon poussiéreux d'une lampe torche. L'opérateur marchait sur un sol disloqué, on n'entendait que le bruit de ses pas lourds, qui se perdait dans l'écho d'une grande salle vide. Il cherchait quelque chose, mais autour de lui il n'y avait rien. Il s'arrêta, écouta. On entendit des voix lointaines. L'opérateur bondit vers la droite, la lampe bougea rapidement, éclairant la pièce. Quand elle passa sur un mur en briques, un instant Genko vit apparaître un fourmillement. La lampe revint en arrière : dans un coin, un petit groupe d'yeux effrayés. Des jeunes garçons torse nu qui se serraient les uns contre les autres pour échapper à leur prédateur. Ils étaient sept ou huit, âgés d'une dizaine d'années. L'opérateur avança calmement vers eux. Mais cette fois, il n'était pas seul.

Dans son dos arrivèrent des ombres noires. Des silhouettes humaines qui le dépassaient et allaient à la rencontre des enfants…

Le projecteur avala le dernier morceau de pellicule et les images disparurent du mur, laissant Genko avec beaucoup de questions et une sensation très désagréable.

Ce à quoi il avait assisté avait un aspect irréel. Et maléfique – oui, maléfique. Quel esprit malade avait pu concevoir un tel plan ?

Dans le sous-sol de l'église, dans le noir, Bruno se repentit d'avoir commencé cette enquête, de s'être entêté à honorer un pacte passé quinze ans auparavant avec les parents de Samantha Andretti, et aussi avec elle. Ce n'était pas ainsi qu'il aurait aimé conclure sa vie. Il aurait préféré ne pas connaître cette vérité absurde et douloureuse : la nature humaine était capable de génie et de beauté, mais aussi de générer des abîmes obscurs et nauséabonds, comme celui qui venait de se refermer devant ses yeux.

Heureusement, les hommes meurent, se dit-il. Et William le gardien était justement en train de mourir. Mais avant que la déesse noire les trouve tous les deux, Genko devait avoir une petite conversation avec Bunny.

30

L'endroit où il se rendait se trouvait dans le coin le plus reculé du quartier.

Les graffitis sur les murs indiquèrent à Genko que les gangs des rues se répartissaient chaque centimètre de cette espèce d'enclave. En effet, en dépassant une école abandonnée, il eut l'impression d'avoir franchi une frontière invisible. Une voiture, avec à bord trois jeunes portant bandanas et lunettes de soleil, prit la Saab en filature. *Les sentinelles ont signalé la présence d'un étranger*, pensa Genko. Les trois jeunes avaient pour mission de l'escorter et de le tenir à l'œil.

Rien d'étonnant. Un an auparavant, il y avait eu une guerre de gangs qui, en une semaine, avaient tué vingt personnes. Questions de drogue ou de territoire, allez savoir. Les victimes étaient toutes très jeunes, vingt ans au maximum. Dans ce quartier, la vie valait si peu que les mères savaient qu'elles survivraient à leurs fils, quand elles les mettaient au monde.

Bientôt, tout ceci ne te concernera plus, se dit-il. Le monde des vivants, avec ses contradictions maudites, pouvait aller se faire foutre.

Genko conduisait les mains bien en vue sur le volant, pour faire comprendre à ceux qui le surveillaient qu'il n'avait aucune intention hostile. Sur le siège passager était posée une bouteille de whisky, qu'il avait achetée dans une boutique de spiritueux. Il avait ouvert sur le tableau de bord la carte rudimentaire que le jeune prêtre de la Santissima Misericordia lui avait dessinée pour lui expliquer comment arriver à destination. Dans cette zone, les GPS se perdaient et les plans Internet n'indiquaient qu'une grande tache blanche.

Il arriva en vue de l'immeuble qu'il cherchait, se gara à côté d'un banc, récupéra son whisky et descendit de voiture. Le soleil de midi brûlait, Bruno sentit comme un poids sur son crâne. Il regarda autour de lui, laissant ainsi le temps à ses suiveurs de l'observer. Puis, d'un pas tranquille, il se dirigea vers l'entrée.

Il fut assailli par une odeur de cuisine et de désinfectant. Dans le hall, il y avait quelques chaises en plastique dépareillées et une petite table où étaient éparpillés des dépliants informatifs sur des sujets médico-sanitaires, de la prévention des maladies vénériennes à des conseils d'hygiène dentaire. Pour le moment, le seul occupant de cette sorte de salle d'attente était un sans-abri qui dormait sur le carrelage. Il avait probablement cherché à fuir la chaleur et personne ne l'avait chassé.

Le lieu ressemblait à un dispensaire, mais, selon le prêtre qui l'y avait envoyé, c'était en réalité beaucoup plus.

On l'appelait « le Port », parce que les gens y allaient surtout pour mourir. Des pauvres, des vagabonds, des gens qui n'avaient personne au monde pour s'occuper d'eux. Leurs familles ne voulaient pas, ou ne pouvaient pas, se permettre le coût d'une hospitalisation.

Genko ne trouva personne à qui s'adresser, aussi il cacha sa bouteille sous sa veste et monta vers les étages supérieurs. Les marches n'inspiraient aucune confiance et la rampe bougeait de façon inquiétante. En franchissant une porte vitrée, Bruno se rendit compte que, à bien y réfléchir, sa mort imminente n'était pas si malheureuse, comparé à ce qui attendait les loques humaines de ce lieu. Les ventilateurs du plafond n'arrivaient pas à rafraîchir l'air, ils ne servaient qu'à faire circuler les miasmes. Il n'y avait pas assez de lits pour tout le monde, alors on s'arrangeait avec les brancards, certains devaient même se contenter de fauteuils roulants.

Pour autant, personne ne se plaignait. Ceci étonna Genko.

Un silence quasi absolu régnait dans les couloirs. Comme s'ils avaient tous accepté leur fin depuis longtemps, avec une grande dignité. Ou une résignation patiente, se corrigea Bruno.

Enfin, il remarqua une présence : une femme entre deux âges aux cheveux gris coupés court, pas très grande, les hanches larges. Elle portait des vieilles Converse rouges, une jupe aux genoux et un tee-shirt au moins deux tailles trop grand affichant la bouche tirant la langue des Rolling Stones. Un rosaire en plastique rouge pendait à son cou.

Quand elle le vit, bien qu'ignorant qui il était, elle lui adressa un magnifique sourire et vint à sa rencontre.

— Bonjour !

Quand ses yeux bleus limpides se posèrent sur lui, Bruno sentit un bien-être inattendu l'envahir.

— Bonjour à vous, répondit-il sur un ton joyeux. Je cherche un homme hospitalisé ici : le gardien de l'église de la Santissima Misericordia. Son nom est William, mais il se fait appeler Bunny.

— Bien sûr, dit la femme. Vous êtes un ami ?

— Oui, confirma Bruno. J'ai appris qu'il était malade, alors je suis passé le saluer.

Il eut l'impression que la femme ne le croyait pas. Elle avait peut-être remarqué le whisky qu'il cachait sous sa veste, mais elle ne fit aucun commentaire.

— Cet homme n'a pas d'amis, répondit-elle avec un filet de voix, comme si elle ne voulait pas que les autres l'entendent.

— Sœur Nicla, pourriez-vous venir un moment ? l'appela de l'autre bout du service une très jolie jeune femme qui portait une bassine et des serviettes.

Bruno fut étonné de constater qu'elle était religieuse.

— J'arrive, prévint-elle avant de lui dire : Vous ne devriez pas être ici.

Puis, soudain, elle tendit le bras et caressa la joue drue du détective.

Il fut dérouté par tant de tendresse, et mystérieusement convaincu que la sœur avait compris qu'il était condamné et qu'elle voulait lui faire savoir que tout allait bien, l'inviter à ne pas avoir peur.

— Vous n'êtes pas croyant, affirma-t-elle. Dommage.

— J'ai appris que le monde est mauvais, dit Genko, persuadé qu'il était inutile de poursuivre sa mise en scène. Et si Dieu a créé le monde, alors il l'est, lui aussi. Il suffit d'observer ce qu'il fait à ses fidèles, déclara-t-il en regardant autour de lui.

Nicla considéra avec compassion les hommes allongés, qui attendaient.

— J'ai appelé cet endroit « le Port », mais pas parce que c'est un dernier point d'abordage. En réalité, leur voyage n'a pas encore commencé, et l'endroit où ils vont ressemble à un immense océan chaud.

Bruno pensa à Meg Forman et eut l'impression que la femme avait lu dans son cœur.

— Un océan dessiné de la main d'un enfant, dit-il sans savoir pourquoi.

Cette définition plut à Nicla.

— Dieu est un enfant, vous ne saviez pas ? C'est pour ça que, quand il nous fait du mal, il ne s'en rend pas compte.

Cette fois, ce fut Bruno qui sourit. Il envia sa foi si profonde.

La sœur reprit un air sérieux.

— L'homme que vous cherchez est dans la dernière chambre, au fond du couloir. Faites attention à vous.

31

La porte était entrebâillée. Genko la poussa de la main. Malgré la foule qui peuplait le Port, l'homme allongé sur le lit était seul dans sa chambre.

Une faible lueur filtrait par les volets clairs et se posait, irrespectueuse, sur le drap blanc qui enveloppait comme un suaire les membres décharnés du malade. On ne voyait dépasser que sa tête et ses bras maigres.

L'odeur donnait l'impression que William le gardien avait commencé à se décomposer vivant.

Le vieux avait les yeux fermés et du mal à respirer. Mais il se redressa tout de même pour voir qui était l'intrus qui avait troublé son repos.

— Bonjour, Bunny, dit Genko.

— Qui es-tu ? demanda l'autre en le regardant.

Bruno sortit sa bouteille de whisky.

— L'ange de la mort, répondit-il.

L'homme hésita un moment, puis sourit, dévoilant ses dents jaunes.

— Approche, l'invita-t-il d'un geste.

Bruno prit l'unique chaise, rangée contre un mur, et la tira près du lit.

— Ça te dirait de bavarder un peu ?

— Oui, avec plaisir, dit le malade d'une voix rauque.

Il toussa, des glaires lui remontèrent dans la gorge.

— Tu es flic ?

— Pas exactement, mais j'ai quand même des questions à te poser. Si je suis satisfait de tes réponses, je te laisserai seul avec elle, promit Genko en désignant la bouteille de whisky, que l'homme regardait comme un assoiffé devant une oasis dans le désert.

— Je sais ce que tu es venu me demander, répondit Bunny en riant.

— Si tu le sais, alors pourquoi tu ne m'en parles pas directement ? Plus vite on finira, mieux ça vaudra pour tout le monde.

Le vieux regarda le mur, comme s'il cherchait par où commencer.

— Ça t'étonne si je te dis qu'en fait je ne m'appelle pas William ?

— Non, pas du tout.

— Pendant quarante ans, j'ai été gardien à la Santissima Misericordia, uniquement pour ne pas qu'ils me trouvent.

— Qui ça ?

— La police. Ou les types comme toi, expliqua Bunny en toussant violemment. Et je vous ai tous bien eus.

— Pourquoi aurions-nous dû te chercher ?

— Parce que pour vous, je suis le diable.

Genko sentit une pointe d'orgueil dans ses paroles.

— Ce n'est pas le cas ?

— Je ne suis qu'un serviteur, mon ami.

— Au service de qui ?

Le vieux se perdit quelques instants dans ses pensées.

— Quelle était ta mission ? Attirer des gamins avec des albums illustrés ? Leur faire un lavage de cerveau ? À propos, j'ai vu le film.

— Tu ne peux pas comprendre, affirma le vieux, méprisant. Personne d'entre vous ne peut.

La lumière du soleil fut soudain obscurcie par des nuages sombres. Une pénombre grise envahit la chambre.

— Qu'est-ce qu'il y a à comprendre ? Pourquoi tu ne m'expliques pas ?

— Ce serait inutile.

— Essaie toujours.

— Laisse tomber. Continue à vivre ta misérable vie, ça vaut mieux, insista le vieux en riant et en toussant.

Genko était furieux, mais il ne voulait pas le montrer.

— Qui es-tu en train de couvrir ?

— Personne.

— Qu'est-ce que tu y as gagné, Bunny ? À part vivre dans une cave…

— Quand on m'a demandé de choisir, je l'ai fait, dit soudain le vieux.

Dehors, un coup de tonnerre annonça un orage.

— Qu'est-ce que ça veut dire ? Qu'est-ce que tu as choisi ? Explique-toi.

Le vieux le fixa de ses yeux liquides et impénétrables.

— Au lieu de te demander qui je suis, tu devrais te demander *ce que* je suis.

Bruno réfléchit, puis comprit.

— Toi aussi, tu es un enfant de l'obscurité.

L'homme acquiesça.

Genko sentit que, malgré ses airs réticents, Bunny avait envie de parler, de cracher une histoire qu'il gardait en lui depuis trop longtemps. Il suffisait d'attendre, les réponses arriveraient d'elles-mêmes. En effet, au bout d'un moment le vieux raconta :

— Un jour, je jouais dans la rue, un homme s'est approché. Il m'a appelé et m'a annoncé qu'il voulait me faire un cadeau. Puis il m'a montré un album illustré. Le protagoniste était un lapin, il m'a dit qu'il y avait un secret. Il m'a expliqué ce que je devais faire… « Prends un miroir… Si ce que tu vois te plaît, reviens me voir », a-t-il dit.

— Que s'est-il passé, ensuite ?

— Je suis revenu le voir, parce que j'étais curieux… Il m'a enfermé dans une sorte de trou noir. Et il m'a laissé là, dans le noir. J'étais mort de peur. J'ai crié, crié, je ne sais pas combien de temps a passé. Des jours, peut-être des mois. Mais ensuite la porte s'est ouverte et quelqu'un m'a tendu la main. C'était un policier. Il m'a dit que j'étais sauvé… Mais il ne savait pas que je ne pourrais jamais être sauvé – jamais plus. Personne n'imaginait que je portais une sorte de malédiction. Moi non plus je ne le savais pas, à ce moment-là. Mais l'obscurité m'a marqué.

— Comment s'appelait l'homme qui t'a enlevé ?

Le vieux détourna le regard.

— Bunny, bien sûr… Du moins, c'est ce qu'il m'a dit. Les autres le connaissaient sous un autre nom. Pendant vingt ans, il a été gardien de nuit dans un entrepôt d'engrais. Il dormait le jour, donc il n'avait aucun contact humain. Quand il a été arrêté, aucun voisin ne savait qu'il habitait sa maison. À son procès, il n'a pas dit un mot, pas même quand le juge l'a condamné à finir sa vie en prison.

Genko remarqua que le vieux nourrissait une sorte d'admiration pour son propre bourreau.

— Ça ne s'est pas achevé ainsi, pas vrai ?

— J'avais treize ans… Un matin, un gardien de prison s'est présenté chez nous et nous a expliqué que Bunny était mort mais que, longtemps avant, il avait rédigé un testament où il me léguait tout.

Il passa le dos de sa main sur ses lèvres sèches et bougea la langue pour se rafraîchir la bouche.

— Ma mère ne voulait pas un seul sou de cet homme, mais nous étions trop pauvres pour nous permettre de refuser. Nous n'avons pas reçu que de l'argent, il y avait aussi ses affaires. Quelques vêtements, un projecteur Super 8, une boîte avec des albums illustrés tous identiques et un film bizarre.

— Tu l'as regardé…

— Et j'ai compris. C'était comme un message… « Passe le relais », quelque chose dans le genre.

— Qui a initié tout ça ?

— Je ne sais pas, répondit l'autre. Mais moi, j'ai accompli ma mission. J'ai bien travaillé, se félicita-t-il.

Ils ne savent pas qu'ils sont des monstres, se répéta Genko. Le gardien se croyait normal. Il venait de s'en vanter : il avait « bien travaillé ».

— Tu veux me faire croire que tu ne sais pas qui il y a derrière ? Qui tu as servi avec tant de dévotion ?

— L'obscurité, répondit le vieux sans tergiverser.

Un autre coup de tonnerre résonna, mais on n'entendait toujours pas le bruit de la pluie.

Genko était écœuré.

— C'est ça que tu as fait à Robin Sullivan quand il était enfant ?

En entendant ce nom, le vieux sursauta.

— Tu l'as enlevé pendant trois jours et tu l'as emmené… dans l'obscurité ?

— J'ai passé le relais, se justifia l'autre avec un sourire.

— Combien y en a-t-il eu, avant et après ?

— Je ne sais pas, j'ai perdu le compte. Mais les autres ne sont pas importants… Plusieurs tentatives sont nécessaires pour trouver le bon enfant. Après Robin, j'ai continué, mais je savais qu'il ferait son choix. Exactement comme moi, quand j'avais plus ou moins le même âge.

Genko fouilla dans sa poche et sortit la photo du dossier des Limbes où Robin Sullivan posait avec son camarade aux boucles et à l'incisive manquante. Il la montra au vieux.

— Te voici, fiston, s'écria l'autre en le reconnaissant. Ça fait si longtemps…

Ses yeux brillaient.

— Qui est l'autre garçon sur la photo ? Le bouclé à qui il manque une dent ? Cette photo indique qu'il fréquentait la paroisse, donc je suis sûr que tu le connais.

Le vieux le regarda, perdu. En guise d'encouragement, Genko agita la bouteille devant ses yeux. Le gardien s'humidifia les lèvres.

— Paul, je crois… Il habitait la maison verte à deux pâtés de maison de l'église.

Après son hésitation initiale, le gardien s'était montré coopératif. Le détective n'arrivait pas à se l'expliquer. Il était possible que William lui ait menti pour se débarrasser de lui. La seule façon de le découvrir, c'était d'aller frapper à la porte de la maison verte. Mais d'abord, il tint sa promesse et tendit la bouteille au moribond.

— Adieu, Bunny.

— À bientôt.

En pensant qu'ils se dirigeaient vers le même endroit, Bruno frissonna. Mais le vieux avait raison : il devait encore mériter la paix représentée sur le dessin de Meg Forman, et il ne lui restait pas beaucoup de temps.

Un autre coup de tonnerre retentit. L'orage était proche.

32

La maison verte était protégée par un épais mur de pluie.

Genko descendit de la Saab et courut jusqu'au portail. Une fois sous la marquise, il baissa le col de sa veste. Il avait été surpris par l'orage en sortant du Port, ses cheveux et ses vêtements étaient trempés. Il posa une main sur son front : il avait de la fièvre. Mais son cœur battait toujours, défiant les prévisions des médecins. *Cela ne durera pas. Inutile de se faire des illusions.* Ce n'étaient pas des battements, mais le bruit des aiguilles d'une montre qui comptait à rebours.

Il essaya de se rendre présentable, puis il lut le nom sur la boîte aux lettres : *Paul Macinsky.* Paul. Cela coïncidait avec le tuyau du gardien.

Pourtant, quelque chose ne lui revenait pas.

Il appuya sur la sonnette, qui ne fonctionnait pas. Il imagina que le courant avait été coupé par l'orage. Il attendit quelques secondes, retenta sa chance. Peut-être que le bruit de la pluie empêchait les occupants de la maison d'entendre. Pas de réponse.

Alors, il se dirigea vers une fenêtre pour regarder à l'intérieur.

Un salon au canapé couvert de journaux et, devant un vieux téléviseur, un fauteuil déformé. À côté, une petite table où traînaient au moins dix bouteilles de bière vides et un cendrier rempli de mégots.

En voyant ce désordre typique des hommes célibataires, Genko conclut que Paul Macinsky habitait seul la maison. Et aussi qu'il était absent pour le moment.

Il voulait rencontrer le camarade de foot de Robin Sullivan pour une raison précise. Si le monstre avait cherché à se réfugier dans le quartier où il avait grandi, alors il aurait pu s'adresser à Macinsky pour le couvrir. Peut-être même que Paul savait où se cachait Bunny.

Il est ici – je le sais.

Le détective privé devait prendre une décision : attendre dans sa voiture ou devant la porte le retour du maître de maison, ou bien jeter un coup d'œil.

Il choisissait généralement la seconde option.

Quand il devait interroger une source ou un témoin, il essayait toujours d'arriver préparé. Parce que la seule façon d'amener quelqu'un à parler, c'est d'en savoir le plus possible sur sa vie.

Par exemple, un jour, il avait eu besoin qu'une femme entre deux âges lui révèle où se trouvait une personne de sa connaissance. Si Genko lui avait posé la question directement, elle aurait eu des soupçons et ne lui aurait rien dit. Les gens se méfient toujours des inconnus qui posent des questions : même quand il s'agit de protéger quelqu'un qu'ils connaissent à peine, cela déclenche chez eux un sentiment de solidarité. N'ayant pas le temps de construire une amitié, ce jour-là, Genko passa quelques heures à observer la femme. Il découvrit qu'elle passait une grande partie de ses journées devant des feuilletons télévisés romantiques. Alors il sonna à sa porte et lui demanda où était son amie, lui confiant qu'il en était fou amoureux. La femme, émue par son histoire, lui révéla sans hésiter tout ce qu'il voulait savoir.

Voilà pourquoi, à ce moment-là, Genko essaya de pousser la porte de la maison verte. Constatant qu'il n'aurait aucun mal à en venir à bout, il donna deux coups de coude et l'ouvrit.

Une fois à l'intérieur, au premier coup d'œil il comprit beaucoup de choses sur Paul Macinsky. La première fut que l'ex-petit garçon à la dent cassée était loin d'être riche. Les meubles provenaient visiblement de la décharge. Le sol était couvert d'une moquette qui avait dû être beige, dans le temps, mais qui était maintenant un archipel de taches d'humidité. Tout était sale et poussiéreux. Dans un coin, il aperçut une couverture, deux gamelles et une laisse, mais heureusement aucun chien.

Le détective referma la porte derrière lui. Le vacarme de la pluie s'atténua. L'habitation comptait deux étages. Genko commença par le premier.

En haut de l'escalier, un petit couloir desservait trois pièces. Il s'approcha de la porte en verre dépoli, imaginant que c'était celle de la salle de bains. Il l'entrouvrit et un chien noir lui aboya dessus, féroce. Il referma en vitesse, maudissant l'animal, lui-même et son cœur qui faisait des bonds dans sa poitrine. Une fois sa frayeur passée, il éclata de rire : il aurait été vraiment idiot d'avoir un infarctus.

Il poursuivit son exploration. La seconde pièce ne contenait que le sommier rouillé d'un lit à deux places. Par terre, une flaque d'eau était formée par les gouttes coulant du toit. Dans l'armoire, il découvrit des vêtements de femme qui sentaient la naphtaline. Bruno supposa qu'ils appartenaient à la mère de Paul, qui devait être morte depuis pas mal d'années.

La troisième pièce était utilisée. Le lit de Paul était un matelas jeté à même le sol. Des posters de groupes de heavy metal ornaient les murs, on aurait dit la chambre d'un adolescent des années quatre-vingt. Pourtant, l'homme qui y dormait avait presque cinquante ans. Un tourne-disque et une belle collection de vinyles traînaient par terre. Sur une étagère, un petit trophée dont la plaque en laiton indiquait : *Tournoi paroissial 1982-1983 – Troisième place*. Ceci constituait sans doute le seul moment de gloire de toute l'existence de Paul.

À côté du matelas, sous une pile de revues pornos, du matériel pour se rouler un joint était rangé dans un pot en argile. Bruno remarqua aussi qu'une partie de la plinthe se décollait du mur. Il la retira sans difficulté et découvrit une fissure où était cachée une barrette de haschich. Il la soupesa : Paul n'était qu'un petit dealer. Il la rangea là où il l'avait trouvée.

Bruno conclut alors que l'exploration sommaire de la maison ne lui avait fourni aucune information utile pour instaurer un dialogue amical avec Paul. Il lui était difficile de trouver un centre d'intérêt commun avec un type qui aimait se défoncer et ne lisait que des revues pornos. Il fallait chercher un autre moyen pour gagner sa confiance et l'amener à s'ouvrir. Paul Macinsky était la personne la plus proche de Robin Sullivan que Genko ait identifiée.

S'il sait où est Bunny, je peux le pousser à se trahir. Mais comment ?

Le chien dans la salle de bains aboyait toujours, cela l'empêchait de se concentrer. Il sentait la migraine arriver. Il frissonna, se mit à claquer des dents. La fièvre montait.

Il aurait dû quitter la maison et attendre dans sa Saab le retour de Paul Macinsky. Mais une fois au rez-de-chaussée, il se sentit épuisé. Il ne pouvait pas retourner sous la pluie. Il commença par retirer les journaux du canapé, mais opta finalement pour le fauteuil, sans doute l'endroit préféré de Paul, devant la télévision éteinte. Un plaid sale et troué était posé dessus, il s'en entoura les épaules. Il tremblait toujours et il avait peur, mais il comprit qu'il devait écarter l'idée de l'imminence de la mort. Il fallait qu'il se calme, se concentre sur quelque chose.

Il repensa au vieux gardien, et surtout à la facilité avec laquelle il lui avait révélé le prénom du garçon bouclé à la dent manquante qui posait à côté de Robin sur la photo des Limbes.

Quand Genko lui avait reproché d'avoir emmené dans l'obscurité un enfant innocent, William avait donné une justification absurde : « J'ai passé le relais. »

Il parlait de Robin comme s'il était son disciple : voilà ce qui dérangeait Bruno. Si le vieux Bunny considérait Robin comme son héritier, alors pourquoi avait-il aidé un étranger à le débusquer ? Il aurait dû dissimuler au mieux l'identité de l'ami d'enfance de son protégé, qui pouvait fournir des informations utiles pour le capturer.

Mais il avait prononcé le nom de Paul quasi sans hésiter.

Genko ne comprenait pas. Au moins, il avait cessé de trembler. En plus, le chien à l'étage s'était tu. Bercé par le silence et par le vieux fauteuil, il regarda son reflet dans le téléviseur éteint. Il s'en était sorti, une fois de plus. Il ressentit de la gratitude et du soulagement.

Sans s'en apercevoir, il glissa dans un sommeil profond.

33

La gorge nouée, la bouche grande ouverte en quête d'oxygène, désespérément. La pire façon de se réveiller d'un sommeil aussi profond que la mort : découvrir qu'on est vivant uniquement pour devoir mourir encore – dans la douleur.

L'énergumène derrière Genko ne lâchait pas sa prise. Le détective sentait son avant-bras serrer, implacable. Il essaya de se dégager, mais ses doigts glissaient sur la peau de son assaillant trempé par la pluie. Il aurait voulu avoir le temps d'expliquer à Paul Macinsky pourquoi il était entré chez lui comme un voleur. Lui dire qu'il comprenait sa réaction mais que, étant donné la situation, elle était exagérée. Il aurait voulu parler à l'homme qui était en train de le tuer. Mais à ce moment-là, il aperçut son reflet dans le téléviseur éteint.

Il avait une tache foncée sur le côté droit du visage.

Ce n'était pas Paul Macinsky. C'était Sullivan.

C'est pour ça que le vieux m'a aidé. Il m'a envoyé ici et il s'est arrangé pour prévenir son disciple. Il m'a piégé.

Bunny n'avait plus besoin de son masque de lapin, ils se retrouvaient enfin face à face. Lui aussi le regardait dans le téléviseur éteint. Il n'y avait ni haine ni rage dans ses yeux brillants. Juste une envie froide et lucide de tuer.

Le dessin de Meg Forman – *l'océan chaud, le bateau, le soleil.* Le paradis imaginé par une enfant. *Je l'ai mérité, j'y ai droit.* « Dieu est un enfant, vous ne saviez pas ? avait demandé la sœur du Port. C'est pour ça que, quand il nous fait du mal, il ne s'en rend pas compte. »

Genko accepta progressivement la douleur de la fin.

Des traînées brillantes, semblables à des petites fées gracieuses, se formèrent devant ses yeux. Ses poumons se vidèrent. Il haletait. *L'océan chaud, le bateau, le soleil.* Il avait presque l'impression de les voir. *J'arrive.* Il se sentit tiré vers le haut, il pencha la tête en arrière. Ce fut un réflexe. Malgré lui, il envoya un coup dans le nez de son adversaire.

Étourdi par cette réaction imprévue, Robin Sullivan lâcha un peu sa prise. Bruno en profita pour se dégager complètement, puis il donna un coup de reins pour se lever du fauteuil. Il tomba en avant et atterrit les mains sur la moquette crasseuse. Il essaya de respirer, n'y parvint qu'à la troisième tentative, puis se tourna pour regarder son agresseur : Bunny saignait du nez et les larmes lui brouillaient la vue. Ceci ne l'empêcha pas de se jeter à nouveau sur Genko. Il l'attrapa par la cheville, mais le détective retira sa jambe et sauta en avant, s'éloignant du monstre mais aussi de la porte d'entrée. En réalité, il ne savait pas où il allait, il se comportait comme une mouche qui ne voit pas la fenêtre ouverte et reste prisonnière de sa stupidité.

Ainsi, chancelant, il se retrouva dans la cuisine. La seule pièce de la maison qu'il n'avait pas inspectée.

Il se sentit soulagé en apercevant, à côté d'un vieux frigo couvert de magnets, une porte qui donnait sur une arrière-cour.

Entre-temps, Bunny s'était repris. Il arrivait.

Être hors de la maison ne voulait pas dire être sauvé, mais c'était déjà une bonne raison de ne pas s'avouer perdant. Avec les quelques forces qui lui restaient, Bruno se dirigea vers la porte, espérant qu'elle n'était pas fermée comme à la ferme Wilson où Bunny l'avait poursuivi. Exactement comme maintenant.

Il appuya sur la poignée : elle était ouverte. Sur le point de sortir, il hésita. Il avait l'impression que tout allait très lentement. Il sentit le projectile qui se planta dans son dos, juste entre les omoplates. Un morceau de métal brûlant qui lui creusa la chair.

Pourtant, il n'avait entendu aucun coup de feu. Comment était-ce possible ?

Il avait la sensation d'avoir été traversé par une balle. Mais quand il pencha la tête, il constata qu'il n'y avait pas de trou de sortie dans son thorax. Il sentit ses jambes céder et tomba à genoux. Dans ses oreilles, une percussion profonde, à contretemps – c'était son cœur qui perdait le rythme des battements.

Personne n'avait tiré.

C'était l'infarctus fatal qu'il attendait depuis des jours.

Bruno Genko lâcha la poignée, fit une sorte de pirouette, toujours à genoux, appuya le dos contre la porte du frigo et se laissa glisser sur le sol, emportant une cascade de magnets colorés.

Alors qu'il était suspendu entre la vie et la mort, ses yeux se posèrent sur un aimant en particulier : un palmier tropical. En dessous, un dessin.

Le style et les couleurs étaient sans équivoque : il était de la main d'un enfant.

Il représentait un gros lapin aux yeux en forme de cœur, qui tenait par la main une fillette aux cheveux blonds.

Mais le plus étonnant était la signature en bas de la feuille. Un diminutif.

Meg.

34

Genko pensa que le cerveau d'un homme en train de mourir est étonnamment rapide. Il fonctionnait au moins deux fois plus vite que d'habitude.

Comment la cadette des Forman connaît-elle Bunny le lapin ?

Bruno leva les yeux, imaginant découvrir son assaillant prêt à lui porter le coup de grâce. Mais non : l'homme le regardait, immobile. Peut-être attendait-il que le détective meure. En tout cas, cela laissait le temps à Bruno de découvrir la vérité. Il fit un gros effort pour mettre sa main dans sa poche. Il en sortit la photo prise aux Limbes et la tendit à l'homme à la tache sur le visage.

L'autre hésita un instant, puis la prit.

À son expression, Genko comprit qu'il avait vu juste.

— Tu es Paul Macinsky, n'est-ce pas ?

— Que signifie cette photo ? demanda l'homme nerveusement. Qui es-tu ? Que fais-tu chez moi ?

Bruno eut la confirmation qu'il ne se trouvait pas face à Robin Sullivan.

Le vieux gardien m'a bien eu. Voilà pourquoi il a eu l'air perdu quand je lui ai demandé le nom du bouclé.

Il a compris que je cherchais la mauvaise personne. Je croyais que Robin était le garçon à la tache, mais en fait non.

C'était l'autre – l'enfant joyeux.

Le vieux Bunny l'avait orienté sur une fausse piste, mais de toute façon, Bruno avait déjà confondu les deux enfants. L'erreur avait été générée par le témoignage du dentiste : Peter Forman avait reconnu la voix de l'homme au masque de lapin qui, *selon ses dires*, l'avait contraint à tuer Linda en menaçant sa famille. C'était le dentiste qui avait indiqué le jardinier.

Comment la cadette des Forman connaît-elle Bunny le lapin ?

— Parle-moi de Robin, dit Genko à Paul Macinsky avec un filet de voix.

— Mon ami, il faut peut-être que j'appelle une ambulance.

Il avait l'air sincèrement inquiet. Genko secoua la tête.

— Robin Sullivan, répéta-t-il.

— Il ne s'appelle plus comme ça, il a changé de nom. On était copains quand on était gosses, ensuite je n'ai plus eu de nouvelles… Il a peut-être pensé que je ne l'avais pas reconnu, quand il est venu me demander de m'occuper de son jardin, mais j'ai tout de suite compris que c'était lui.

— Qui ? demanda Bruno. Dis-le-moi, s'il te plaît.

Il avait besoin de l'entendre.

— Robin… Robin Sullivan… Il a une belle maison, une belle femme, deux petites filles. Maintenant il se fait appeler Peter Forman et il est dentiste.

Comment la cadette des Forman connaît-elle Bunny le lapin ?

— Parle-moi de ce dessin, supplia Genko en lui indiquant la feuille coincée sous l'aimant en forme de palmier.

— J'appelle les urgences, répondit l'autre en sortant un portable de sa poche.

— Je t'en supplie : le dessin.

L'homme avait composé le numéro, mais il s'arrêta pour répondre à la question.

— C'est la fille de Forman qui me l'a donné, la plus jeune. C'était il y a une semaine.

La fillette avait ressenti de la compassion pour cet homme solitaire, qui sur la photo de l'époque affichait déjà la tristesse qui allait l'accompagner toute sa vie. Bruno Genko l'avait pris pour un monstre. Il se sentait coupable.

— Meg t'a expliqué le sens de ce dessin ?

— Non.

Comment la cadette des Forman connaît-elle Bunny le lapin ? Parce qu'elle connaît l'homme sous le masque. Bunny est son papa.

Il revit la scène chez Linda, quand il avait trouvé Peter Forman gravement blessé dans la salle de bains. C'était là que le monstre lui avait joué sa petite comédie.

Mais pourquoi impliquer sa famille en mettant en scène une séquestration ? « Il s'est introduit chez nous », avait dit le dentiste entre ses larmes, alors que lui-même s'était montré à sa femme avec son masque de Bunny, avant de l'enfermer à la cave avec ses filles. « Il m'a dit que si je ne faisais pas ce qu'il disait, il les tuerait », avait-il affirmé en sanglotant. Mais pourquoi faire semblant devant elles ? Pourquoi ne s'était-il pas simplement rendu chez Linda pour la tuer ?

Parce que ça aussi, c'était un truc, pensa le détective. « Il portait un masque, mais moi je le connais... Je sais qui c'est. » Ce n'était pas le point de départ d'un plan ingénieux pour mettre tout le monde sur une fausse piste et orienter les soupçons vers le jardinier.

Non. Il avait un but précis.

Quand il avait retrouvé l'homme au masque de lapin recroquevillé sur le sol de la salle de bains, nu et sanguinolent, Bruno avait pensé que Linda s'était défendue, qu'elle avait gravement blessé son assassin. Il avait été fier d'elle.

Ce n'était pas Linda qui l'avait blessé avec le couteau. Bunny avait agi seul.

Bruno s'était étonné quand Bauer et Delacroix lui avaient raconté que Forman était hospitalisé à Sainte-Catherine. « C'est l'endroit le plus sûr, il est déjà très surveillé », avait répondu le flic blond avec son arrogance habituelle.

L'endroit le plus sûr pour Bunny était celui où se trouvait Samantha Andretti.

Il veut la reprendre. Ce salaud veut la ramener à l'obscurité.

Au moment où il eut une vision complète du tableau, le détective privé Bruno Genko mourut.

35

Le docteur Green entra dans la chambre et referma la porte. Il cachait quelque chose dans son dos.

— Et voilà, annonça-t-il en dévoilant un sachet en papier. J'ai pensé que tu avais faim.

Elle le suivit du regard tandis qu'il allait s'asseoir à sa place habituelle.

— La nourriture d'hôpital, c'est mauvais. Ça, c'est meilleur, dit-il en sortant deux sandwiches enveloppés dans de la cellophane. Poulet ou thon ?

— Poulet, répondit-elle.

Il lui tendit un des deux sandwiches.

— Excellent choix : la salade au poulet de ma femme est inégalable.

Elle le prit et l'observa.

— Tu ne manges pas ? demanda-t-il en mordant dans le sien.

— Si. Désolée. J'ai repensé à quelque chose… Comment faisait le ravisseur pour me donner des médicaments ?

— Tu veux dire les psychotropes ? Je pense qu'il te les administrait dans la nourriture.

Elle regarda à nouveau le sandwich, cela faisait longtemps qu'elle n'avait pas mangé quelque chose préparé avec amour.

— Votre femme doit beaucoup vous aimer.

— Nous avons eu des hauts et des bas, admit Green. Mais je crois que c'est le cas de tous les couples qui sont ensemble depuis longtemps.

Sam regarda la paroi vitrée.

— Mon père n'est pas encore arrivé ?

— Ça va prendre encore un moment, mais dans tous les cas, on le conduira directement ici.

— Je ne sais pas…

Elle ne se sentait pas encore prête à le rencontrer.

— Personne ne t'y oblige, Sam. Tu peux prendre tout le temps dont tu as besoin.

— Je ne me rappelle même pas à quoi il ressemble.

— Je peux t'apporter une photo, si tu veux. Ça t'aidera peut-être.

Les mots du docteur la soulagèrent. Elle sortit le sandwich de la cellophane et en prit une bouchée : Green avait raison, il était délicieux.

— Mardi, dit-elle sans réfléchir.

— Quoi donc ?

Elle se concentra encore une fois sur la tache d'humidité sur le mur – le cœur battant.

— Le mardi, c'est le jour de la pizza.

En réalité, elle ne sait pas si c'est le mardi. Ni si c'est le jour ou la nuit. D'ailleurs, il est probable que ce qu'elle appelle « le mardi de la pizza » arrive une fois par mois, voire moins. Mais elle en a décidé ainsi. C'est une des petites conventions qu'elle a imposées à la routine du labyrinthe.

Tout a commencé la première fois qu'elle a réussi à compléter la troisième face du Rubik's Cube. Elle était fière, tellement fière que ça l'a mise en colère. Parce qu'elle avait l'impression de mériter une récompense. Alors elle a déambulé dans le labyrinthe, le cube exhibé comme un trophée, en marchant et en criant : « Pizza ! Pizza ! Pizza ! »

En plus de revendiquer la juste récompense, elle avait envie de déranger le salaud, au cas où il l'écoutait. Elle savait qu'il pouvait l'entendre. Et d'une certaine façon, elle aimait faire preuve d'indiscipline.

Elle avait fini par obtenir ce qu'elle voulait.

Dans une des chambres, elle avait trouvé un carton contenant une Margherita ramollie, qui datait de quelques jours. Le salaud pensait la punir, mais elle l'avait mangée avec appétit. Depuis, le rituel se répétait.

Chaque troisième face du cube complétée, un nouveau mardi arrivait. Une vieille pizza.

Elle se demandait où il l'achetait. Le carton était simple, anonyme. Aucune indication sur la ville. C'était peut-être une chaîne de pizzerias, ou bien une petite échoppe qui ne vendait qu'à emporter. Elle imaginait un endroit sentant la friture, le carrelage blanc recouvert d'une patine de gras, qu'aucun savon ne pourrait jamais ôter.

Chaque fois, en mordant dans la pizza, elle se demandait quelle tête avait la personne qui l'avait préparée. Elle imaginait un garçon aux bras robustes, couverts de farine, avec un petit ventre de buveur de bière. Un type gai, aimant sortir avec ses amis, aller au cinéma voir des films d'action ou jouer au bowling. Il n'a pas vraiment de petite amie, mais il y a dans sa vie une petite brune très mignonne, caissière dans un supermarché.

Le jeune garçon ne se demande jamais à qui sont destinées ses pizzas – pourquoi le ferait-il ? Il ne soupçonne pas que celle qu'il est en train de préparer finira dans un labyrinthe pour nourrir une prisonnière. Il ne sait pas qu'il est le seul contact, même indirect, qu'elle a avec le monde extérieur. Mais lui, il représente la preuve qu'il y a quelque chose derrière ces murs. Que l'humanité ne s'est pas encore éteinte à cause d'une explosion nucléaire ou parce qu'un astéroïde est tombé du ciel.

— J'espérais toujours trouver un message pour moi, dans un des cartons qui arrivaient pour mes mardis imaginaires. Pas un petit mot, mais quelque chose écrit avec la sauce tomate. Un simple bonjour – « salut », par exemple. Une fois, sur la pizza, il y avait un petit artichaut. J'ai pris ça pour un signe. Mais ça ne s'est jamais répété.

— Qu'est-ce qui te dérangeait le plus, dans le labyrinthe ? demanda Green en finissant son sandwich au thon.

— La couleur des murs… Ce gris était insupportable.

— Une théorie soutient que les couleurs peuvent avoir une influence sur la psyché. Le vert inspire la sécurité, c'est pour ça que les tables de jeu sont presque toujours vertes : pour pousser les joueurs à prendre des risques… Les tons chauds, en revanche, stimulent la sérotonine et, par exemple, poussent les gens à être loquaces, ou à la promiscuité sexuelle.

— Et le gris ?

— Il inhibe l'action des endorphines, dit Green. Les chambres des asiles psychiatriques sont peintes en gris, de même que les cellules des prisons. Les cages des zoos… à la longue, le gris rend docile.

Le gris rend docile, se répéta-t-elle. Le ravisseur considérait Sam comme une sorte d'animal dont il fallait dompter l'instinct.

Le docteur Green s'aperçut que cette conversation l'avait assombrie. Pour la distraire, il roula en boule le mouchoir avec lequel il venait de s'essuyer la bouche, se tourna vers la corbeille à papiers posée dans un coin, visa et l'envoya dans le mille.

— J'ai été meneur de l'équipe de basket de mon université : en toute modestie, j'étais un phénomène.

Elle sourit.

Mais elle s'aperçut ensuite que Green, profitant de ce moment de distraction, touchait à nouveau le mousqueton à sa ceinture. *Encore ce signal pour communiquer avec les policiers de l'autre côté du miroir*, pensa-t-elle. Qu'est-ce que cela signifiait ? Ce n'était peut-être pas un code, mais simplement le fruit de sa paranoïa.

Le docteur remarqua qu'il avait fait tomber du thon sur sa chemise bleue.

— Ma femme va râler, grommela-t-il en frottant la tache. Je dois trouver un moyen de nettoyer. Je reviens tout de suite, ajouta-t-il en se levant.

Elle fut soulagée : elle avait envie d'uriner et, bien qu'équipée d'un cathéter, elle avait honte de le faire devant lui.

— Je te rapporte quelque chose à boire, promit-il. Mais toi, ne te déconcentre pas : on va se remettre au travail.

Une fois seule, elle obéit à Green et fixa à nouveau la tache sur le mur. C'est à ce moment-là que le téléphone jaune sur sa table de nuit sonna à nouveau.

Elle fut paralysée par la terreur.

Green a raison. C'est juste quelqu'un qui s'est trompé de numéro. C'est ridicule d'avoir peur. Mais il n'y avait qu'une façon de le découvrir.

Répondre.

Les sonneries résonnaient dans la pièce, sinistres, et aussi dans sa tête. Elle voulait qu'elles cessent.

Alors elle se décida. Elle tendit la main vers la table de nuit. Sa jambe plâtrée entravait ses mouvements, mais elle effleura le combiné de ses doigts. Elle le tira et l'attrapa pour le porter à son oreille. *Je ne vais entendre que du silence*, se dit-elle. Et dans le silence, une respiration se cachera.

— Oui ?

— Vous avez oublié l'adresse, affirma une voix masculine.

Elle ne comprenait pas. Il y avait beaucoup de bruits de fond. C'était comme avait dit Green : une erreur. Elle se tranquillisa.

— Allô ? s'impatienta l'homme à l'autre bout du fil. J'ai besoin de l'adresse, pour la commande.

Elle écarquilla les yeux, frissonna comme si elle avait reçu une décharge électrique.

— La pizza, répéta l'homme au téléphone. Où est-ce que je dois la livrer ?

Elle jeta le combiné, comme s'il brûlait. Puis, instinctivement, elle se tourna vers la paroi-miroir. Ce fut plus qu'un pressentiment. En regardant son propre reflet, elle eut la sensation nette que derrière se cachait une ombre maléfique qui avait écouté son récit.

Et qui, par cette petite blague, voulait lui faire savoir qu'il était proche.

36

Un bruit de fond unique, linéaire.

— On dégage !

Il n'avait plus le contrôle de son corps. Il était là, mais c'était comme s'il n'y était pas. Prisonnier dans un scaphandre de chair. Mais il ne ressentait aucune douleur. Au contraire, un étrange bien-être.

Il n'arrivait pas à baisser les paupières. Il avait les yeux ouverts et assistait à la scène, des secouristes qui s'affairaient autour de lui. Spectateur de sa propre mort – *quelle chance !*

— On dégage !

Il y avait un homme et une femme. Le type était robuste, la trentaine, les cheveux en brosse et les yeux noirs. Le bon copain avec qui aller boire une bière ou voir un match de foot. Il lui tenait un insufflateur sur la bouche et le nez. La femme était menue, mais tout aussi déterminée. Cheveux bleus relevés en queue-de-cheval, teint clair, taches de rousseur et yeux verts. En d'autres circonstances, il l'aurait volontiers invitée à dîner.

— On dégage ! répéta-t-elle d'une voix dure.

L'homme robuste fit un pas en arrière et la femme posa à nouveau les électrodes sur le thorax, puis envoya une autre décharge. Chaque fois, c'était comme si quelqu'un allumait un incendie à l'intérieur de lui. Les flammes montaient et s'éteignaient en un instant.

Soudain, le bruit de fond changea, il devint rythmé.

— Bien, annonça Cheveux-bleus, enthousiaste. Nous l'avons réanimé : il est transportable.

Personne ne vous a demandé de me réanimer. Vous auriez dû me laisser là où j'étais.

Ils le chargèrent sur un brancard. Puis, après avoir parcouru l'allée en le brinquebalant, ils le hissèrent dans l'ambulance. Les portes du véhicule se refermèrent, puis la sirène s'alluma.

— Hé, mon joli, tu restes avec nous, d'accord ? lui dit l'homme pour le maintenir éveillé. Tu as eu de la chance : ton ami t'a fait dix minutes de massage cardiaque. S'il n'avait pas été là… Pense à lui faire un beau cadeau.

Paul Macinsky lui avait sauvé – temporairement – la vie. Il avait du mal à y croire. Il aurait voulu dire aux deux infirmiers que l'homme était innocent, qu'il n'avait rien à voir avec l'enlèvement de Samantha Andretti, qu'en réalité Bunny était… Qui était Bunny ? Il avait oublié.

Obscurité.

Un éclair soudain, comme les flashes des appareils photo d'autrefois, lui montra une scène totalement différente. Il n'était plus dans l'ambulance. Il y avait des bruits frénétiques et un va-et-vient constant. Il était allongé, aveuglé par une lumière blanche. Mille mains bougeaient sur lui. Des voix indistinctes. Tout le monde était nu.

— Comment est l'oxymétrie ? demanda une fille assez petite avec des seins énormes.

— Elle baisse… Soixante-sept pour cent, répondit un barbu très poilu.

— Asystolie, annonça un autre dont il ne voyait que le ventre proéminent.

— Je prépare une seringue d'atropine, dit une voix féminine avant de se tourner et de montrer un joli cul.

Je suis nu à cause de la chaleur, pensa Genko qui n'arrivait pas à s'expliquer cette absurdité. Tout le monde était sérieux, mais il se mit à rire.

— On applique le CPAP, commanda une jeune docteure dont les cheveux bruns tombaient en cascade sur ses épaules. Elle était la seule à porter une blouse blanche. Mais sans rien en dessous. *Dieu qu'il aurait aimé la lui retirer !*

— Comment va la tension ?

— Huit six.

Tu pourrais retirer cette blouse, hein, qu'en dis-tu ? Je suis sûr que je te plairais, baby… Il ne contrôlait plus rien. Dans le fond, mourir n'était pas si mal. Il était euphorique.

En attendant, quelqu'un parlait au téléphone.

— Allô, ici le service cardiologique de Sainte-Catherine : nous avons besoin d'informations sur un patient… Oui, il s'appelle Bruno Genko.

Je suis à Sainte-Catherine, se dit-il. Le même hôpital que Samantha Andretti. Et Bunny, se rappela-t-il – *qui est Bunny ?* Son nom ne lui venait pas. Mais Samantha était en danger. *Hé, vous m'entendez ? Quelque chose de terrible va se passer, il faut prévenir la police tout de suite. Sinon, apportez-moi une tequila, qu'on fasse un peu la fête.*

— Qu'est-ce qu'il serre dans sa main droite ? demanda le barbu en essayant de lui ouvrir les doigts. On dirait une boule de papier, il ne lâche pas prise.

— Laissez tomber, l'important c'est que ce ne soit pas un objet avec lequel il peut se faire ou nous faire du mal, dit la jolie docteure. Préparez une seringue d'adrénaline.

Obscurité.

Un autre éclair, cette fois plus semblable à un feu d'artifice. Le vacarme s'était tu, il était à nouveau bercé par un bruit rythmique – la version électronique des battements de son cœur. Il était toujours allongé, il sentait la pression d'un masque en plastique qui lui couvrait tout le visage et lui envoyait de l'oxygène dans les poumons.

Devant le lit, la jeune docteure brune et un médecin plus âgé discutaient. Étrangement, ils étaient habillés.

— Qui vous a autorisés à le réanimer ? demandait le médecin, un papier à la main.

Le talisman, pensa Genko.

— L'équipe de l'ambulance ne pouvait pas le savoir et nous n'avons pas eu le temps de lui faire les poches, se justifia la docteure. Comment pouvions-nous imaginer qu'il était en phase terminale ?

Le fait qu'ils parlent de lui comme s'il n'était pas là l'énervait terriblement.

— Le service dispose de ressources limitées, et toi tu les gaspilles pour un type qui a l'espoir de vivre jusqu'à demain matin.

Moi non plus, je n'avais pas envie d'être réanimé – tu y as pensé, connard? Si j'avais crevé, au moins je me serais épargné ta gueule de con. En réalité, Bruno était désolé que sa mort n'intéresse personne. Même s'il ne faisait que récolter les fruits de sa vie solitaire. Il n'avait pas fondé de famille, il n'avait même jamais envisagé d'avoir des enfants. Au contraire. Il n'avait jamais pris en considération le projet « Je me marie et je me reproduis ».

Le vieux Bunny a passé le témoin au nouveau Bunny. Même le monstre hospitalisé au Port avait une descendance qui perpétuerait sa mémoire. Et le nouveau Bunny avait une femme et deux filles blondes. Mais comment diable s'appelait-il, déjà?

Forman. Peter Forman, il est dentiste!

Mais son enthousiasme retomba aussi net: il n'avait aucun moyen de communiquer avec l'extérieur.

Retirez-moi ce masque à oxygène, j'ai quelque chose à vous dire!

— Tu as réanimé un légume, déclara le médecin.

Je ne suis pas un légume, crétin. Enlève-moi ce putain de masque et je te le prouverai.

— Je suis désolée, docteur, poursuivit la brune. Ça n'arrivera plus.

L'autre la regarda sévèrement, lui remit le talisman et tourna les talons.

La docteure secoua la tête. Elle fit mine de replier le papier, mais s'arrêta pour l'observer plus attentivement. Elle ne lisait pas le rapport médical. Elle regardait le dessin au dos.

Le portrait de Bunny esquissé par le braconnier qui avait secouru Samantha Andretti.

À ce moment-là, Bruno entendit une petite voix dans sa tête. Linda – *sa* Linda – lui parlait. *Passe le relais.* Mais ce n'était pas facile. Il essaya de se concentrer. Contrairement à son esprit, son corps était presque mort. Mais il devait le faire. Il visualisa sa main droite, ses doigts serrés sur une boule de papier. *Passe le relais*, répéta Linda avec douceur. Il commença par l'index, qui bougea un tout petit peu. *Ne pars pas*, disait-il en pensée à la docteure. *Reste encore un peu.* Puis ce fut le tour du pouce – cela lui coûtait autant que de déplacer un rocher. *Passe le relais !* Puis il sentit Linda qui lui prenait la main et l'aidait. Le majeur, puis l'annulaire, enfin l'auriculaire. Il ne savait pas si cela se produisait dans sa tête ou dans la réalité. La voix de Linda s'évanouit. La docteure replia doucement le talisman et le glissa dans la poche de sa blouse. Elle partait. *Non, je t'en prie.*

Non !

Un tout petit bruit.

Elle se tourna vers le lit, baissa les yeux. *Courage, viens regarder*. En effet, elle se dirigea vers lui. Elle se pencha et ramassa le papier qui avait glissé de sa main. Elle l'ouvrit, une expression incertaine sur le visage. Son regard passa de lui à la feuille, deux ou trois fois. Puis elle récupéra le talisman dans sa poche, et compara les deux dessins.

Le portrait dessiné par le braconnier et celui de la cadette de Forman, qui était accroché avec un aimant sur le frigo de Paul Macinsky.

Le même sujet. Un lapin aux yeux en forme de cœur.

La docteure eut l'air troublé. Elle prit une sorte de stylo dans la poche de sa blouse. Non, c'était une petite lampe. Elle l'approcha de son visage, souleva sa paupière droite, lui envoya un rayon lumineux dans l'iris. Puis répéta l'opération sur l'œil gauche.

Bruno essaya de bouger les lèvres, espérant qu'elle s'en apercevrait, malgré l'énorme masque en plastique.

Elle s'en aperçut.

Elle hésita un instant puis souleva doucement les élastiques et découvrit une partie de son visage. Elle approcha son oreille de la bouche de Bruno.

Avec le peu de souffle qui lui restait, il prononça quelques syllabes.

La docteure attendit un instant, puis se redressa. Elle replaça le masque à oxygène et le fixa, interdite.

Il n'était pas certain d'avoir réussi à communiquer. Il n'avait probablement rien dit, son esprit lui jouait des tours – quoi qu'il en soit, l'hallucination où tout le monde était nu lui avait bien plu.

La femme se dirigea vers la porte de la chambre.

Non, malédiction, non…

Au lieu de sortir, elle souleva le combiné d'un téléphone mural et composa un numéro.

— C'est moi, dit-elle à son interlocuteur.

Courage, ma belle : passe le relais.

— Le patient de la 318 a peut-être un parent… Il faut le prévenir, il vient de me donner son nom.

37

En cette fin d'après-midi du mois de juin, on sentait déjà l'été dans l'air.

Paul et Robin rentraient chez eux après un match de foot sur le terrain de la paroisse, en nage, heureux comme on peut l'être à dix ans. Le soleil était une boule rouge au bout de la rue et, par les fenêtres ouvertes des maisons, on entendait des voix qui se mêlaient aux rires des télés allumées. Les gens s'apprêtaient à dîner.

Paul Macinsky était son meilleur ami. Du moins, c'était ce qu'avait décidé le père Edward. Il les avait pris à part et il leur avait dit : « À partir d'aujourd'hui, vous serez amis à la vie à la mort. » Paul n'était pas très vif, il s'était contenté d'acquiescer sans poser de questions. Robin, lui, savait pourquoi le prêtre les avait mis ensemble. Il y avait une catégorie précise pour les enfants comme lui et Paul, elle n'avait pas de nom, mais la différence entre ceux qui en faisaient partie et les autres était claire pour tout le monde. On leur adressait rarement la parole, ils n'étaient jamais invités à la moindre fête, ils étaient toujours les derniers choisis quand on composait les équipes de foot et, surtout, personne ne connaissait leur prénom. On les appelait toujours par leur nom de famille.

Sullivan et Macinsky.

Ils n'avaient même pas le droit d'être pris pour cible par les gros durs, comme les boutonneux ou les efféminés. Simplement, ils n'existaient pas.

Le père Edward, qui savait à quel point les enfants peuvent être cruels entre eux, les avait convoqués à la sacristie. En décrétant leur amitié, il voulait peut-être leur éviter la souffrance de la solitude qui, à leur âge, est la pire marque d'infamie.

Malgré sa tache, qui était la cause principale de sa timidité maladive, Paul n'était pas malheureux. Certes, il ouvrait rarement la bouche. Robin avait compris que son ami vivait avec sa mère et qu'il n'avait jamais connu son père. Pour ne pas le mettre dans l'embarras, il n'avait jamais essayé d'en savoir plus. Mais on racontait que la mère de Paul avait eu une histoire avec un homme marié et que, pour cette raison, sa famille l'avait abandonnée. Elle avait été mise à la porte, avec le bâtard dont elle était enceinte.

Bien que Paul portât le nom de famille de sa mère et qu'il fût considéré comme un enfant du péché, Robin l'enviait. Chez lui, pas un jour ne passait sans qu'une dispute éclate. Ses parents étaient tous deux portés sur la bouteille et se saoulaient quotidiennement. Une fois, sa mère avait donné un coup de couteau à son mari pendant qu'il dormait. Il s'en était sorti, mais en rentrant de l'hôpital il lui avait fracturé le crâne avec le fer à repasser. Parfois c'était Robin qui prenait des coups, mais Paul ne lui demandait jamais d'où venaient ses bleus.

Presque tous les gamins du quartier avaient des problèmes familiaux. Mais, à la différence d'eux deux, ils s'en sortaient bien dans le monde. Comme si Dieu le Père les avait dotés d'une sorte de cuirasse, oubliant Paul et Robin lors de la distribution.

C'était sans doute leur seul point commun. Cela suffisait-il pour construire une amitié ? Robin pensait que non, que le père Edward avait été optimiste d'espérer qu'ils s'entraideraient. Ils n'avaient rien en commun et passaient leur temps à envoyer des cailloux sur des boîtes de conserve ou à poursuivre des chats sauvages.

Mais un jour, cela avait changé.

Ils s'étaient retrouvés dans la même équipe de foot, bien qu'en tant que remplaçants. Sur le terrain, une sorte de miracle s'était produit : de façon inattendue, ils avaient formé un formidable duo de défenseurs. Depuis, leur situation s'était améliorée. Hors du terrain, les autres les appelaient toujours par leur nom de famille et leur adressaient à peine la parole. Mais sur le terrain, ils les traitaient avec respect.

Cet après-midi de juin 1983, alors qu'ils commentaient le match qui venait de s'achever, Robin Sullivan et Paul Macinsky étaient à nouveau des étrangers l'un pour l'autre : leur amitié ne se concrétisait que sur le terrain de foot. Ils venaient de tourner le coin de la rue de l'église quand ils se retrouvèrent nez à nez avec Bunny, le gardien, qui sortait la poubelle.

— Hé, les gars, ça va ?

Ils ne répondirent pas, mais ralentirent le pas. À l'époque, Robin trouvait ce type bizarre. Ses dents étaient jaunies par la cigarette et il avait toujours l'air trop gentil quand il s'adressait aux femmes qui venaient à la messe. Même le père Edward le traitait avec détachement, comme s'il se méfiait de lui. La plupart du temps, le gardien restait dans son coin. Quand quelqu'un l'évoquait, Robin pensait toujours à Bunny un balai à la main sur le parvis de l'église. Une fois, il était passé à vélo devant la Santissima Misericordia et, tournant la tête vers la façade, il avait aperçu l'homme, qui avait cessé de balayer pour le regarder fixement. Dans ce regard qui l'avait suivi jusqu'au bout du pâté de maisons, il y avait quelque chose qui donnait la chair de poule.

— Comment s'est passé le match ? demanda le gardien en posant sa poubelle.

— Comme d'habitude.

Bizarrement, c'était Paul qui avait répondu. Robin avait compris des années plus tard que le courage de son ami avait été motivé par le fait qu'il voulait se débarrasser de Bunny au plus vite, parce qu'il en avait peur.

— Je vous ai souvent observés : vous êtes inséparables.

Ils ne répondirent pas à ce qui semblait un constat innocent, mais Bunny n'avait pas terminé.

— Je vois bien comment les autres vous traitent. Mais vous me plaisez, tous les deux, ça me donne envie de vous raconter quelque chose que personne… Vous savez garder un secret, pas vrai ? ajouta-t-il après avoir toussé et craché une glaire sur le trottoir.

Ils ne répondirent pas, mais l'homme poursuivit tout de même :

— Il y a un album qui, à mon avis, vous plairait beaucoup. Il n'est pas comme ceux qu'achète le père Edward… L'album dont je vous parle est spécial, dit-il les yeux brillants.

— Qu'est-ce que tu veux dire par spécial ? demanda Robin, curieux.

Bunny regarda autour de lui et sortit quelque chose de la poche arrière de son pantalon.

— Un lapin ? Mais c'est un truc de bébé, le moucha Robin en voyant la couverture.

— Et si je te dis que tu te trompes ? Parce que si tu le lis dans un miroir, il se passera quelque chose que tu n'imagines même pas.

Paul le tira par la manche.

— On est en retard pour dîner.

— Je ne te crois pas, objecta Robin au gardien, ignorant son ami.

— Vous n'avez qu'à venir chez moi pour vérifier.

— Pourquoi chez toi ? demanda Paul, soupçonneux.

— En réalité, pas besoin : si vous avez un miroir, je vous montre tout de suite.

De toute évidence, l'homme les provoquait. Mais Robin se croyait plus malin que lui.

— Va chercher le miroir, on t'attend ici.

Bunny sourit.

— Désolé, les gars, je pensais que ça vous intéresserait. Je montrerai ça à quelqu'un de plus curieux que vous…

Puis il tourna les talons.

Paul se remit en marche, mais Robin regarda l'homme qui s'éloignait.

— Alors, tu viens ? lui demanda son ami.

Il le suivit, peu convaincu.

Arrivés au coin de la rue, ils devaient se séparer. Paul tournait à droite, vers la maison verte.

— Tout va bien ? demanda-t-il à Robin en le voyant soucieux.

— Oui.

— On est toujours amis, pas vrai ?

— Oui.

Ils se regardèrent quelques instants sans rien dire.

— Alors salut, dit Paul en s'éloignant.

Robin fit quelques pas, puis se retourna. Une petite voix méchante lui disait que Paul ne s'en sortirait jamais, dans le monde. Il connaissait cette voix : c'était celle de son père. Tant que Fred Sullivan buvait, il n'y avait pas de problème. Mais quand l'effet de la cuite s'atténuait, il devenait cruel. Quand il ne le frappait pas, il s'en prenait à lui verbalement, sans raison. Comme s'il se rappelait soudain qu'il était son père. Il lui balançait des « perles » éducatives, du genre : « Les femmes ne savent faire qu'une chose. » Ou bien : « Ne te laisse pas avoir par les nègres. » Sa préférée était : « Traîne avec des gens qui valent mieux que toi. » Robin avait du mal à décider avec qui il devait « traîner », étant donné que quasi tout le monde valait mieux que lui. Le plus compliqué, c'était de convaincre les autres de traîner avec lui. Et s'il continuait à se balader avec « Paul gueule de monstre », il n'aurait plus aucun espoir d'être accepté nulle part.

Ce jour de juin, alors que la nuit tombait doucement, il ne digérait pas que même Bunny le gardien se moque d'eux, les faisant passer pour des trouillards. Le moment était sans doute venu de prouver que Paul et lui étaient différents. Il attendit donc que son ami s'éloigne.

Puis il revint sur ses pas.

Arrivé à l'église, il frappa à la porte qui conduisait au sous-sol de la paroisse. Il avait l'intention de donner une leçon au gardien, il voulait lui voler quelque chose et prendre la fuite. Ensuite, il exhiberait son butin pour se vanter de son geste téméraire auprès des autres enfants. Comme disait son père, pour apprendre à affronter les plus forts, il faut commencer par s'attaquer à un plus faible.

— Je vois que tu as changé d'avis, dit Bunny en lui ouvrant.

— Oui, le défia Robin.

— Je t'en prie, entre…, l'invita l'homme en indiquant l'escalier derrière lui.

Robin le suivit, mais dès que la porte en bois se referma, il eut une sensation désagréable.

Ils descendirent au sous-sol, où se trouvait la chaudière. Le repère de Bunny était une petite pièce délimitée par un filet métallique. On aurait dit un poulailler.

Robin regarda autour de lui.

L'endroit où vivait le gardien le mettait mal à l'aise. La lumière du soleil n'entrait pas et cela sentait le kérosène. Le lit de camp, une collection de bibelots sans valeur sur une étagère, le bureau, une petite armoire métallique. Bunny alluma un transistor assemblé dans une boîte à chaussures. Un blues gai et léger partit, contrastant avec l'ambiance.

Le gardien s'assit sur le lit, ouvrit le tiroir de la table de nuit et prit un petit miroir pour lui montrer le secret de l'album.

— Viens t'asseoir à côté de moi, proposa-t-il en tapotant la couverture de la main.

Sa voix avait changé. Son ton était d'une douceur désagréable.

À ce moment-là, Robin eut peur. Il aurait dû écouter Paul. Il regretta d'être venu.

— Il faut que j'y aille, essaya-t-il de dire.

— Pourquoi, tu n'es pas bien ici ? demanda le gardien, faussement offusqué. Je suis sûr que nous pouvons devenir amis.

— Non, vraiment... Ma mère m'attend, balbutia-t-il. Le dîner doit être prêt.

Au mieux, sa mère avait acheté au supermarché un vieux poulet rôti, qu'elle allait poser sur la table sans le réchauffer. Mais, à ce moment-là, Robin aurait mangé n'importe quoi pour partir de cet endroit.

— Tu veux du lait et des biscuits ? demanda Bunny. Il sortit une brique de l'armoire et versa du lait dans un verre sale.

Robin ne répondit pas.

Bunny secoua la tête, contrarié.

— Vous êtes tous les mêmes ! Au début vous faites les fiers, et ensuite vous essayez de reculer.

— Je ne recule pas. Je reviendrai un autre jour.

Robin se leva. Alors Bunny le regarda d'un air sérieux.

— Je suis désolé, mon garçon, mais je ne crois pas que ce soit possible, affirma-t-il en lui tendant le verre. Et maintenant, bois ton lait.

38

Plus de trente ans après le jour où il avait suivi Bunny le gardien dans le sous-sol, Robin Sullivan *alias* Peter Forman n'avait pas oublié les détails de cette scène. Il sentait les odeurs, la fraîcheur de la cave, entendait les bruits ouatés et même l'écho du morceau de blues.

Le souvenir que sa mémoire avait projeté sur le plafond blanc de sa chambre d'hôpital s'éteignit, laissant la place à la douleur de sa blessure au torse. Les points de suture lui tiraient la peau, mais il avait fait preuve d'habileté en s'infligeant les coups de couteau. Il connaissait l'endroit exact où planter la lame, parce que c'était là que sa mère avait enfoncé un couteau de cuisine dans son père, une fois. À l'époque, les médecins avaient dit que, malgré tout le sang qu'il avait perdu, il avait eu de la chance, parce qu'elle n'avait touché aucun organe vital.

Ses parents lui avaient donné un très mauvais exemple durant toute son enfance, tandis que Bunny le gardien avait été un bon maître. Durant les trois jours où il l'avait séquestré, ce salaud avait abusé de lui, mais il lui avait aussi appris qu'on pouvait ressentir un mystérieux frisson devant la peur des autres.

Parce que c'était ça que le vieux Bunny cherchait. La peur des enfants était son carburant, sa passion.

Soixante-douze heures de sévices, abus et tortures psychologiques. Robin avait réussi à s'enfuir par pur hasard, uniquement parce que la troisième nuit son bourreau s'était endormi, ivre mort, en oubliant de l'attacher au sommier. Alors il s'était échappé et avait demandé à une femme, dans la rue, de l'accompagner au commissariat.

Mais pourquoi, dans sa fuite, avait-il emporté l'album du lapin ?

Cette décision avait influé sur son choix de ne pas raconter ce qu'il avait vécu. Au début, il croyait que c'était par honte, ou par peur que le monstre puisse se venger. Mais la vraie raison était que le vieux Bunny avait semé quelque chose dans son esprit, avec l'album et aussi en lui montrant un film très étrange.

Durant sa brève séquestration, la terreur avait creusé en lui un gouffre profond. Un lieu distant et inconnu où le Robin adulte avait accumulé des désirs inavouables, des pulsions obscures, des germes de violence. Mais à l'âge de dix ans, il ne pouvait pas encore savoir que ce vide couvait quelque chose.

Une présence.

Il y avait quelqu'un à l'intérieur de lui. Il l'avait découvert dans le regard de ses parents quand il était rentré chez lui. Un lapin méchant se reflétait dans les yeux de sa mère. Pour la première fois, elle et son père avaient eu peur de lui. Ils avaient fini par l'éloigner.

À la ferme des Wilson, il avait trouvé une nouvelle forme d'affection, à partager avec des enfants comme lui, des proies d'hommes et de femmes sans scrupules qui leur avaient dérobé, par la force et la ruse, l'innocence de l'enfance. Mais Robin se sentait tout de même différent des autres, parce qu'il n'acceptait pas sa condition de victime. C'était peut-être pour cette raison que Tamitria Wilson était si attachée à lui. Elle pensait que Robin voulait s'affranchir d'une terrible expérience, ou bien qu'il refusait qu'elle le marque pour le restant de ses jours. Elle l'avait donc aidé à prendre une nouvelle identité et à passer le bac, ce qui lui avait permis de fréquenter l'université.

Tamitria avait frappé à la tête et enfermé un détective privé qui s'était présenté de nuit en demandant des renseignements sur Robin Sullivan. Comme une mère anxieuse protégeant son fils, désormais nommé Peter Forman, qui avait laissé son passé effrayant derrière lui.

Il aimait bien Tamitria, mais il avait tout de même dû la tuer, parce qu'elle n'avait pas compris la plus élémentaire des vérités : l'enfant Robin Sullivan refusait de se sentir victime parce qu'il était déjà conscient qu'il faisait partie de la catégorie des bourreaux.

Tamitria trouvait étrange l'album illustré qu'il gardait toujours sur lui, mais elle n'en avait jamais compris la véritable signification. Quand il avait quitté la ferme, il avait demandé à la femme de le conserver pour lui. Il n'avait pas la force de s'en débarrasser et, surtout, il avait décidé que Bunny méritait de sortir de ces pages, désormais.

En secret, il pensait déjà à un masque pour l'incarner. Mais pas humain : Bunny devait être une sorte de divinité.

Il l'avait porté la nuit où Tamitria l'avait convoqué à la ferme, à cause de l'intrus. Il avait enterré le cadavre de la vieille à côté de la grange, mais il n'avait pas aimé la tuer. En réalité, il ne ressentait aucune satisfaction à ôter la vie des gens. Même s'il avait souvent dû le faire.

À la différence du vieux Bunny, il aimait les petites filles.

Il nourrissait ses fantasmes en partant à la chasse sur le *dark web*. Mais ensuite, celles qu'il enlevait pour les emmener dans sa tanière secrète ne duraient jamais longtemps. C'était comme avec les hamsters ou les canaris : au bout de quelques mois, au maximum un an, elles tombaient malades. Alors, plutôt que d'assister à une lente agonie, il faisait en sorte que les petites filles arrêtent de souffrir. En fait, il agissait par pitié.

Mais avec Samantha, cela avait été différent.

Il avait compris très vite qu'elle n'était pas comme les autres. Tout d'abord, le destin avait voulu qu'elle s'approche spontanément de sa fourgonnette aux vitres sans tain, par une banale matinée de février, sur le chemin du collège. Comme une mouche qui, sans le savoir, vole trop près d'une toile d'araignée. Attirée par son reflet, Samantha Andretti avait payé le prix de sa vanité.

Il était certain que cette jeune fille menue ne tiendrait pas un mois, en captivité. Mais ensuite, elle était devenue sa fierté. Non seulement Sam avait résisté pendant quinze ans, mais, dès le départ, elle avait représenté à ses yeux une motivation pour améliorer sa stratégie afin de cacher Bunny au reste du monde.

Si Peter Forman s'était marié et était devenu père de deux splendides fillettes, c'était à elle qu'il le devait.

Bien camouflé dans une famille normale, menant une existence en apparence tranquille, le gentil dentiste pouvait avoir deux vies parfaites. Sa femme ne soupçonnait pas qu'un autre être se tapissait en lui. Il devait avouer qu'il s'était bien amusé, la nuit précédente, en la surprenant avec le masque de Bunny avant de l'enfermer à la cave avec les petites. C'était justement au sous-sol que Meg l'avait découvert avec la tête de lapin. Il avait réussi à la convaincre de se taire : c'était un secret entre père et fille.

Chez lui, il arrivait à être gentil et à se dominer. Mais il était souvent trop dur avec Samantha, sans doute par amour. Il y avait eu l'histoire du bébé. Il faisait toujours attention quand il avait des rapports avec elle. Et puis, cela faisait des années que Sam n'avait plus ses menstruations, il croyait donc qu'elle était stérile. Pourtant, elle était tombée enceinte. Il aurait peut-être dû tuer la petite tout de suite, mais il n'avait pas réussi. Il craignait que Samantha meure en couches. Toutefois, le moment venu, il l'avait aidée à mettre sa bâtarde au monde. Grâce à ses compétences médicales, il lui avait pratiqué une césarienne rudimentaire – de quoi être radié de l'ordre des médecins. Puis il était parti et avait évité de se rendre à la prison pendant près d'une semaine. Il était convaincu qu'à son retour il trouverait deux cadavres. Mais cette extraordinaire petite pute avait réussi à ne pas mourir d'hémorragie.

Lui arracher la fillette avait été le plus difficile.

Elle avait trois ans, mais paraissait moins de la moitié. Elle ne grandissait pas et elle avait des problèmes de santé dus à sa captivité.

Sam ne le lui avait pas pardonné. Elle lui avait tenu tête. Et après qu'il lui eut enlevé sa seule raison de vivre, elle s'était rebellée contre lui de la pire façon.

Elle s'était mise à l'ignorer. Elle n'avait plus de colère, et sa peur permanente s'était évanouie.

Bunny ne l'effrayait plus.

Avant qu'elle se laisse mourir, il avait voulu lui offrir une chance de changer son propre destin.

Un jeu.

Il l'avait glissée dans le coffre de sa voiture et l'avait emmenée dans le marais. Il lui avait retiré ses vêtements pour l'admirer une dernière fois, dans toute sa beauté animale.

Puis il l'avait libérée.

Il avait attendu une heure avant de partir à sa recherche.

Il avait mis du temps à la trouver. Il l'avait aperçue au bord d'une route, blessée. En traversant le bois pour la rejoindre, sous les traits de Bunny, il avait vu un pick-up. Le jeune homme à bord, sans doute un braconnier, s'était précipité pour la secourir. Robin avait assisté à la scène, caché derrière un arbre.

Sam avait sauté au cou de cet étranger.

La regarder enlacer un autre lui avait lacéré l'âme de jalousie. C'était là qu'il avait compris : il était amoureux d'elle, depuis toujours. N'y tenant plus, il s'était montré.

En le voyant, le jeune homme qui était avec Samantha – sa Sam – avait hésité, puis s'était enfui.

Tant mieux pour toi, mon gars. Tant mieux pour toi.

Tandis que le pick-up s'éloignait, Samantha s'était mise à crier. Il avait accouru pour la consoler et lui dire qu'il l'aimait. Mais ce qu'elle lui avait dit avec un filet de voix lui avait fait mal, très mal :

— Tue-moi.

Ils avaient passé des années ensemble, ils avaient partagé l'expérience de devenir parents d'une petite fille, il lui avait confié ce qu'il ressentait pour elle, et cette lâche préférait mourir plutôt que d'admettre qu'ils étaient unis par un sentiment profond.

Il ne pouvait l'accepter. Aussi, étant donné qu'elle avait de toute évidence une fracture à la jambe droite, il l'avait abandonnée à son destin.

— Si c'est ce que tu veux, soit, avait-il dit en s'éloignant.

Il ne s'était pas retourné. Mais sous son masque de Bunny coulaient de chaudes larmes de douleur.

Quand il était rentré chez lui, les journaux télévisés annonçaient que la jeune femme avait été retrouvée. Les gens étaient incrédules. Ils étaient descendus fêter l'événement dans la rue. Il aurait dû avoir peur, parce que si tout le monde avait oublié Samantha Andretti, et donc son ravisseur, désormais on allait à nouveau lui donner la chasse. Pourtant, étrangement, cela lui importait peu.

Les heures suivantes, il avait eu du mal à jouer son rôle de gentil dentiste, surtout en famille. Il craignait que la tristesse franchisse la limite qu'il avait érigée avec tant de discipline et que sorte du gouffre le cri de souffrance de Bunny qui, quelque part au fond de lui, était désespéré.

Mais ensuite, avant le lever du soleil, il avait eu une révélation.

Elle aussi, elle m'aime. Comme tous les couples, il nous arrive de nous disputer. C'était juste une dispute entre amoureux. Oui, juste une querelle à cause de ma jalousie. Il avait péché par orgueil et il était parti, vexé, mais il pouvait encore rattraper la situation.

Voilà ce qu'il devait faire.

Il était certain qu'il lui suffisait d'aller la voir à l'hôpital. S'il trouvait un moyen de lui parler, tout s'arrangerait et redeviendrait comme avant. Voilà pourquoi même l'idée de se blesser avec un couteau ne l'effrayait pas. C'était une preuve d'amour : Sam apprécierait son geste.

Il avait même réussi à utiliser ce bon vieux Paul Macinsky pour réaliser son plan. Quelques semaines plus tôt, il était allé chercher un jardinier sur le parking du centre commercial où se rassemblaient les chômeurs. Il avait reconnu son ami d'enfance à sa tache sur le visage. Certes, il était dangereux de se montrer, mais il n'avait pas résisté à la curiosité de savoir si Paul le reconnaîtrait.

Mais non – crut-il.

Cette rencontre fortuite se révéla providentielle pour orienter la police et cet idiot de détective privé vers une fausse piste. Pendant qu'ils cherchaient Paul Macinsky, il pouvait agir en toute quiétude.

Depuis qu'il était hospitalisé en chirurgie à Sainte-Catherine, il faisait des projets pour lui et Samantha. Après s'être enfuis ensemble de l'hôpital, ils se cacheraient pendant un moment. Peut-être dans sa tanière. En espérant que d'ici là, la police ne la découvrirait pas, dans la cave de la maison où il avait grandi. Le seul héritage que lui avaient laissé ses parents, tous deux morts d'une cirrhose.

De toute façon, il ne pouvait pas rester là. Robin avait donc prévu de retirer une somme coquette à la banque, d'acheter une voiture d'occasion et de partir. Ils pouvaient errer un moment dans le pays pour faire disparaître leurs traces. Puis un jour, ils arriveraient dans un petit village tranquille, dans la montagne, où ils pourraient s'installer pour le restant de leurs jours. Sous des faux noms, ils pourraient acheter une vraie maison, trouver des emplois et peut-être réessayer d'avoir des enfants – un, voire deux.

Oui, ce serait magnifique. Une fugue d'amour.

Il devait juste en parler avec Samantha, lui raconter son rêve et lui demander de le réaliser avec lui. Bien sûr, d'abord il faudrait qu'il s'excuse. Mais Sam était intelligente : elle l'avait pardonné à maintes reprises, cette fois encore elle comprendrait.

Robin regarda à nouveau le plafond de la chambre d'hôpital. Sa douce Sam était tout près de lui, au service des grands brûlés. À peine deux étages les séparaient. Il n'arrivait pas à croire qu'il avait résisté si longtemps à la tentation d'aller la retrouver. Avec quelques efforts, ignorant la douleur des points de suture, il se redressa. Il était content.

Il allait enfin pouvoir serrer dans ses bras la femme qu'il aimait.

39

La porte coupe-feu qui donnait sur l'escalier de secours n'était pas verrouillée.

Robin Sullivan la surveillait depuis un moment. Il avait remarqué un va-et-vient discret de policiers. Il s'approcha et sentit une odeur de tabac. Il poussa la porte et se retrouva nez à nez avec deux flics qui bavardaient en fumant une cigarette. Ils le dévisagèrent : il ne portait que la blouse des patients de l'hôpital et une paire de pantoufles en éponge. Il les salua d'un signe de tête et les autres reprirent leur conversation comme si de rien n'était.

Il s'appuya à la balustrade. Une douce brise rendait la chaleur plus supportable et le ciel était magnifiquement étoilé. Oui, c'était vraiment une nuit parfaite. Il inspira et expira à pleins poumons, toujours attentif à ce qui se passait derrière lui. Un des deux policiers écrasa son mégot contre le mur et le jeta dans le vide, puis prit congé de son collègue et partit reprendre du service. Robin glissa une main dans sa poche.

Le second policier termina à son tour sa cigarette. Quand il se tourna vers le mur pour éteindre son mégot, Robin sortit une seringue qu'il avait préparée un peu plus tôt. D'un geste rapide, il la lui planta dans le cou, puis il recula. L'homme posa la main sur sa gorge en le regardant, les yeux écarquillés par la surprise. Il tendit l'autre bras pour l'attraper, mais le puissant barbiturique injecté dans sa jugulaire avait atteint son système nerveux central. Il vacilla et tomba à genoux.

Robin s'assura qu'il ait perdu connaissance.

Puis il lui retira son uniforme.

Le service des grands brûlés se trouvait au dernier étage. Les chambres étaient concentrées dans la partie interne et n'avaient pas de fenêtres, parce que la lumière du soleil et la chaleur pouvaient être dommageables pour la peau des patients. *Ils ont été malins d'y hospitaliser Samantha*, pensa-t-il. *Cela leur permet de mieux la surveiller*.

Il monta par l'ascenseur de service. Quand les portes s'ouvrirent, deux policiers vinrent à sa rencontre, mais il baissa la tête pour mieux se cacher sous la visière de sa casquette. Ils poursuivirent leur chemin sans prêter attention à lui.

Dans le couloir, il ne croisa que des médecins et des infirmières. Le gros des forces de l'ordre était concentré autour de l'hôpital. Dans les étages, il n'y avait aucun système de rondes, parce qu'il fallait préserver la stérilité de l'atmosphère pour les autres patients.

Il avança, à la recherche de la chambre de Sam. Il était désolé de se présenter à elle les mains vides. Il aurait voulu lui apporter des fleurs, mais il risquait de se faire remarquer. Il avait prévu de s'agenouiller devant elle et de lui demander pardon.

Il repéra sa porte parce qu'un agent était posté devant. Il se dirigea vers lui.

Le policier le dévisagea, se demandant probablement le pourquoi de sa visite.

— Que se passe-t-il ?

— Je ne sais pas, répondit Robin. J'ai reçu l'ordre de venir ici.

— Bizarre, reprit l'agent en regardant sa montre, j'étais censé être de garde jusqu'à 2 heures.

— Je ne sais pas quoi te dire.

Le policier prit la radio attachée à sa ceinture.

— On va demander au sergent.

— Il y a sans doute eu une erreur, l'arrêta Robin. Je vais descendre les prévenir.

— D'accord, accepta l'autre.

— Comment ça va, là-dedans ? interrogea Robin en indiquant la porte, comme s'il était simplement curieux.

— Le profileur fait une pause, je crois que la fille dort.

Robin acquiesça et tourna les talons, mais se retourna :

— Tant que je suis là, si tu veux aller fumer une cigarette ou boire un coup, je peux rester cinq minutes.

— Oh, ben ça, oui, s'enthousiasma le flic. Merci, c'est sympa.

Robin le regarda s'éloigner, tourner dans le couloir. Il attendit encore quelques secondes puis s'adossa à la porte et tendit le bras jusqu'à la poignée. Après s'être assuré que personne ne le voyait, il ouvrit et s'introduisit rapidement dans la pièce.

Il faisait noir. La seule lueur provenait des appareils médicaux disposés autour du lit. Il attendit que ses yeux s'habituent à la pénombre et, peu à peu, les objets affleurèrent dans son champ visuel. Il entendait une respiration dans le lit, régulière, tranquille.

Mon amour dort, pensa-t-il. *Elle va être heureuse de me voir. Après tout, quinze ans ensemble, c'est comme un mariage.*

Il s'approcha. Il voulait la réveiller avec un baiser.

Arrivé devant le lit, il sourit.

Il tendit une main pour la caresser mais ne la trouva pas.

Le lit était vide.

— Salut, Bunny.

La voix masculine venait de derrière lui. Instinctivement, il pivota sur lui-même.

— Ne bouge pas, ordonna l'autre.

Il entendit clairement le bruit lourd de bottes qui se déplaçaient dans la chambre tandis que des hommes entouraient leur cible. Il imagina les fusils pointés sur lui, leurs viseurs nocturnes. *Ils ont envoyé une équipe spéciale.* Il était flatté par tant d'attentions. Il secoua la tête, incrédule : *C'est la fin.* Puis il leva les bras pour se rendre.

— À genoux, dit la voix.

Elle n'était pas péremptoire mais calme, patiente. Cela le réconforta.

— Les mains derrière la nuque.

Il obéit. Il sentit son cœur se briser, une larme coula sur son visage. L'idée de la fin était moins douloureuse que celle de ne jamais revoir sa bien-aimée. On l'attrapa et on lui passa les menottes.

— Je peux au moins savoir qui m'arrête ? demanda-t-il.

— Agent spécial Berish, se présenta la voix.

40

En découvrant le lit de Sullivan vide, ils avaient compris que le monstre se baladait librement dans l'hôpital. Une chasse à l'homme aurait mis trop d'innocents en danger, aussi l'idée de Berish avait-elle immédiatement reçu un accueil favorable.

Il n'avait pas été nécessaire de déplacer Samantha Andretti. Il avait suffi de placer un agent devant la porte d'une autre chambre et d'attendre à l'intérieur.

Ils avaient arrêté Sullivan. Quand ils l'emmenèrent, il pleurait comme un enfant. Sa première requête fut pour le moins singulière : du lait et des biscuits.

Berish se dirigeait vers le van de l'unité opérationnelle. Il avait dû laisser Hitchcock à l'extérieur. Heureusement, quelqu'un lui avait apporté une gamelle d'eau. Il était 3 heures du matin, mais il faisait aussi chaud qu'à midi et, de toute évidence, son chien pâtissait de ce climat absurde.

— On va bientôt rentrer se coucher, d'accord ? dit le policier en caressant le museau de l'hovawart.

Entre-temps, il essaya d'appeler Mila, en vain. Le portable de la responsable des Limbes était toujours éteint.

Vasquez, où diable es-tu ?

Il ne savait pas de quelle affaire elle s'occupait, ni pourquoi elle avait disparu depuis des semaines. Lors de leur dernière conversation, elle avait fait allusion à une piste prometteuse. Quand il lui avait demandé de quoi il s'agissait, elle n'avait pas répondu.

— Laisse-moi tranquille, Berish.

Ce n'était pas nouveau pour Mila, mais cette fois, il s'était juré de ne pas lui pardonner. Son amie oubliait trop souvent ses devoirs de mère : Alice était encore petite, elle avait besoin d'elle. Quand elle rentrerait de sa maudite mission, il lui dirait ses quatre vérités.

— Votre appel a été transféré sur le répondeur téléphonique, annonça une voix enregistrée.

Berish allait lui laisser un message, mais il s'arrêta net : Bauer et Delacroix se dirigeaient vers lui.

— Alors, tu peux nous expliquer ? demanda le blond. Qu'est-ce que t'as à voir avec Bruno Genko ?

— Il est venu aux Limbes hier soir, c'est comme ça qu'on s'est rencontrés. Il cherchait des informations sur la disparition de Robin Sullivan.

— Et toi, tu lui en as fourni ? demanda Bauer en écartant les bras, incrédule. Tu n'es même pas en service et tu offres ta collaboration au premier venu ?

Berish ne le supportait pas.

— Écoutez, les gars, on va tout de suite clarifier une chose : seriez-vous par hasard en train de chercher quelqu'un à qui faire porter le chapeau de votre désastre ?

Le blond allait répondre, mais Delacroix s'interposa :

— Personne n'a l'intention de faire de procès, ici, on veut seulement comprendre comment ça s'est passé.

Berish réfléchit.

— Genko m'a raconté ce qu'il avait découvert : l'album illustré, Bunny et l'homme à la tache sur le visage... Je crois qu'il avait terriblement besoin de partager son angoisse, dit-il en repensant au visage blême du détective privé, qui prenait visiblement cette histoire à cœur. C'est ainsi que, sans le vouloir, je me suis retrouvé en possession de tous les éléments de l'enquête.

— Et qu'est-ce que tu lui as donné, en échange ? demanda Bauer, de plus en plus nerveux.

— Une photo. Genko voulait savoir à quoi ressemblait Robin Sullivan enfant... Sur la photo conservée dans le dossier des Limbes, il posait à côté d'un copain.

— Très émouvant, se moqua Bauer.

Berish l'ignora et poursuivit à l'attention de Delacroix :

— Il y a deux heures, j'ai reçu un appel d'une médecin de Sainte-Catherine : elle m'a expliqué qu'un de leurs patients, dans un état critique, avait cité mon nom – elle pensait qu'il était un parent ou un ami. Quand je suis arrivé, on m'a expliqué que c'était un certain Paul Macinsky qui lui avait administré les premiers soins et qui l'avait accompagné jusqu'à l'hôpital avec l'ambulance. Quand on me l'a montré, j'ai compris qu'il y avait eu erreur sur la personne : l'enfant avec la tache au visage sur la photo des Limbes n'était pas Robin Sullivan. J'en ai déduit que le dentiste avait menti.

Delacroix l'observa attentivement, se demandant s'il avait dit toute la vérité.

Berish était conscient qu'il n'avait pas bonne réputation auprès de ses collègues : depuis des années, il était mis à l'écart. C'était peut-être pour cela qu'il se sentait à l'aise avec Bruno Genko.

— Vous devriez remercier le détective privé, dit-il. Sans lui, Samantha Andretti aurait couru un grave danger.

— Il est mort il y a vingt minutes, dit Bauer brusquement.

Puis il tourna les talons et s'en alla.

Berish n'était pas préparé à cette nouvelle. Il connaissait à peine cet homme, mais il se sentit peiné.

— Il m'a dit qu'il aurait voulu rencontrer Samantha, à la fin de cette affaire. Je crois qu'il voulait s'excuser pour quelque chose…

Delacroix posa une main sur son épaule.

— De toute façon, ça n'aurait servi à rien.

— Pourquoi ? demanda Berish, étonné.

— Dans une demi-heure, le chef va donner une conférence de presse.

De quoi parlait Delacroix ?

— Il y a une nouvelle qu'on n'a pas encore divulguée. Et qui concerne justement Samantha Andretti…

41

Elle avait tiré le drap sur sa tête, elle ne voulait plus être observée par le miroir. Et elle ne voulait plus écouter la sonnerie du téléphone jaune sur la table de nuit.

Il sait que je suis ici, il vient me chercher pour me ramener dans le labyrinthe. Elle repensa à la prison aux murs gris, qui n'avait pas de sortie.

« Les chambres des asiles psychiatriques sont peintes en gris, de même que les cellules des prisons, les cages des zoos…, avait dit Green. À la longue, le gris rend docile. »

Où était passé le docteur ? Cela faisait au moins une heure qu'il avait quitté la chambre pour aller nettoyer sa chemise tachée par le sandwich. Il avait dit qu'il revenait tout de suite, mais il l'avait laissée seule.

Le drap était un cocon, la seule défense qu'il lui restait.

Au début, cela l'avait calmée. Mais ensuite, quelque chose s'était insinué dans son refuge. Le battement du cœur sur le mur avait réapparu entre les bruits familiers de l'hôpital.

Le cœur de la fillette née en captivité, dont elle ne se rappelait rien. Le cœur de sa fille. Qui était aussi la fille du monstre.

Arrête de battre. Je t'en supplie, arrête. Mais il n'arrêtait pas.

Ce battement obsessionnel risquait de la rendre folle. Elle comprit qu'elle devait faire quelque chose, sinon il ne la laisserait jamais en paix. Alors elle prit son courage à deux mains et, lentement, sortit la tête de sous le drap.

On lui avait expliqué qu'il pourrait observer la femme derrière une vitre sans tain. Simon Berish et Samantha Andretti n'étaient donc séparés que par une fine paroi de verre.

Hormis le braconnier qui l'avait sauvée, les policiers, le profileur qui la suivait et, naturellement, le monstre qui l'avait emprisonnée, personne ne connaissait son apparence d'adulte. La plupart des gens se souvenaient d'elle à treize ans. Pour le reste du monde, Sam était encore une jeune fille.

Berish faisait partie de ceux qui avaient été mis au courant de la vérité.

Ce que l'agent spécial voyait était une créature fragile et sans défense. Delacroix lui avait dit que Samantha s'était fracturé une jambe en s'échappant, parce que la captivité avait affaibli ses os. Son système immunitaire était également compromis, c'était pour cela qu'elle était hospitalisée dans un environnement stérile.

Existait-il réellement un homme capable de briser une innocente de la sorte ?

Le cœur du mur était devenu énorme, il n'arrêtait plus de grandir.

C'est juste une tache d'humidité sur un mur blanc, se répétait-elle. *C'est une hallucination. Ce sont les psychotropes que m'administrait ce salaud. Ça disparaîtra quand l'antidote de la perfusion m'aura nettoyé le sang et le cerveau.*

Les battements étaient des coups de tambour. Ils l'appelaient.

C'est ma petite fille, elle veut une caresse de sa maman. La maman qui l'a abandonnée. Elle sentit les larmes monter. *Méfie-toi, c'est la fille du monstre, elle veut te ramener dans le labyrinthe. Si tu ne veux pas y retourner, il faut l'ignorer.*

Non, je ne peux pas. Je suis sa mère, je ne peux pas.

Elle tira le drap d'un geste décidé. Puis elle s'assit sur le lit. Elle arracha son cathéter, qu'elle jeta au loin ; sur le sol, une mare d'urine se forma. Elle regarda sa perfusion et retira doucement l'aiguille de sa veine, elle la remettrait après. Elle n'était pas certaine d'avoir assez de force pour se mettre debout, la première fois qu'elle avait essayé, elle s'était retrouvée par terre – le docteur Green l'avait secourue, il sentait l'eau de Cologne. Alors elle bougea d'abord la jambe droite et posa le pied par terre, puis attrapa sa jambe plâtrée des deux mains, la souleva et la déplaça vers le bord du lit, petit à petit. Enfin, elle poussa sur son bassin jusqu'à ce que sa jambe touche le sol. Elle prit appui sur son matelas, inspira profondément et se leva.

Au début, la chambre tourna autour d'elle, mais elle parvint à ne pas perdre l'équilibre. *Bien.* Elle regarda le cœur sur le mur blanc.

Elle devait prouver à son cerveau qu'il n'existait pas vraiment, qu'il s'agissait d'une ruse, d'une fausse perception. Elle bougea d'abord le pied droit, avança le buste puis traîna derrière elle sa jambe gauche. Elle calcula que deux mètres la séparaient de son but. Elle pouvait y arriver.

Elle avança pas à pas, du mieux qu'elle put. Au quatrième, elle s'arrêta pour reprendre son souffle. Le battement sur le mur avait accéléré. Elle devait arriver jusqu'à lui. L'arrêter.

Quand elle fut à moins d'un mètre, elle sourit. Elle était proche du but. *Un dernier effort : courage.*

Une fois devant le mur, elle ne résista pas et tendit un bras. Elle posa délicatement la main sur le cœur : il cessa de battre.

Il s'était enfin arrêté.

Au toucher, elle eut une sensation de mouillé. *Voilà, j'avais raison : c'est juste une maudite tache d'humidité.*

Mais quand elle retira sa main du mur blanc, son cœur à elle s'arrêta.

Berish observait la jeune femme allongée dans son lit d'hôpital. Il ressentait pour elle une peine infinie.

« Il y a une nouvelle qu'on n'a pas encore divulguée. Et qui concerne justement Samantha Andretti… », avait affirmé Delacroix.

Berish comprenait les résistances du département, parce que, dès que les gens connaîtraient la vérité, ils s'en prendraient à la police, lui reprochant de ne pas avoir sauvé Samantha Andretti durant ces quinze longues années.

— Je sais ce que vous pensez, dit une voix féminine derrière lui.

Berish se retourna et découvrit une splendide femme noire, la quarantaine, très élégante.

— C'est vrai, ce qu'on dit ? Qu'elle est dans une sorte de coma ? demanda-t-il.

— Pas exactement. En réalité, elle est dans un état catatonique. Elle alterne les moments où elle est partiellement alerte et d'autres où elle est totalement absente.

— À dire vrai, l'agent spécial Delacroix a employé une autre expression pour me décrire l'état de Samantha…

— Laquelle ?

— Il a dit qu'elle était emprisonnée pour toujours dans un cauchemar, sans pouvoir se réveiller.

La femme soupira.

— Nous espérions qu'elle puisse nous fournir des informations pour capturer son ravisseur ou localiser la prison où elle a été enfermée pendant quinze ans, mais toutes les tentatives ont été inutiles. La vraie prison est dans sa tête. Désormais, il n'est plus possible de la libérer.

En lisant la déception sur le visage de la femme, il se demanda quel avait été son rôle dans l'affaire Samantha Andretti.

— Je suis l'agent spécial Simon Berish, dit-il en lui tendant la main.

— Je suis la profileuse en charge de l'affaire, répondit-elle en la lui serrant. Mon nom est Clara Green.

Sous la tache d'humidité, le mur était gris.

Sa main était couverte de peinture blanche. *C'est impossible.* Une vague de terreur la traversa. *Ce n'est pas possible. Ce n'est pas en train de m'arriver.*

Il fallait qu'elle prévienne quelqu'un. *Le téléphone jaune.* Il n'était plus hostile : il était son ami.

Elle se dirigea le plus vite qu'elle put vers la table de nuit, traînant derrière elle sa jambe plâtrée. Elle saisit le combiné et le porta à son oreille. Elle composa le 9, comme lui avait expliqué le docteur Green… Mais il n'y avait pas de tonalité.

Elle aurait voulu hurler, mais se retint.

Elle se tourna vers la porte pour appeler à l'aide. Mais si tout ce qui se passait était réel, alors il était irrationnel d'espérer que quelqu'un vienne à son secours.

Malgré tout, elle se dirigea vers la sortie, à la fois frénétique et terrorisée par ce qu'elle pouvait découvrir. Elle appuya sur la poignée : la porte n'était pas fermée à clé. *C'était bon signe.*

Elle l'ouvrit et aperçut le dos du policier qui montait la garde. Elle faillit lui sauter au cou, de joie. Mais son euphorie fut brève : elle comprit très vite que ce qui se trouvait devant elle n'était qu'un objet sans vie.

Un mannequin souriant, comme ceux des grands magasins, vêtu d'un uniforme.

Sur une petite table, entre des seringues et des médicaments, elle aperçut une vieille chaîne hi-fi : des enceintes provenaient des bruits de fond hospitaliers. Il y avait aussi le téléviseur où Green lui avait montré les images du direct filmé devant l'hôpital, mais elle découvrit qu'il était relié à un magnétoscope.

Au sommet d'une pile de journaux jaunis, un article sur sa réapparition inespérée. Sur une chaise, une perruque fauve et une blouse d'infirmière. « Repose-toi, ma chérie, repose-toi… », avait dit une voix maternelle en lui changeant sa perfusion.

Elle regarda autour d'elle. Elle reconnut les murs gris et les portes métalliques des chambres qui donnaient sur le couloir. L'espoir de s'être trompée fut balayé par la réalité. Elle savait exactement de quoi il s'agissait.

Un jeu.

Elle n'avait jamais quitté le labyrinthe.

— On m'a dit pour votre ami le détective privé, je suis désolée, affirma la docteure Green.

— Nous n'étions pas amis, précisa Berish qui aurait voulu ajouter qu'il aurait aimé mieux connaître Genko. Mais merci quand même.

— Vous voulez une tasse de café ?

— Avec plaisir.

Simon jeta un dernier coup d'œil de l'autre côté du miroir. Il se demanda combien de Samantha Andretti étaient enfermées quelque part sans que personne le sache, sans que personne puisse les sauver.

Puis Berish repensa à l'album du lapin aux yeux en forme de cœur. Il se demanda combien d'enfants avaient été infectés par l'obscurité et, adultes, étaient devenus des monstres.

Il se demanda combien de Bunny il y avait, dehors.

42

Je ne suis pas Samantha Andretti.

Cette prise de conscience l'assaillit. Il fallait qu'elle quitte cet endroit. Elle savait que c'était impossible, mais son cerveau refusait d'accepter l'idée qu'il ne s'était agi que d'une illusion.

Le jeu sadique d'un monstre.

Elle avançait dans le couloir, tirant sa jambe plâtrée comme un poids mort. *La fracture est probablement une autre tromperie*, pensa-t-elle. *Une façon de me garder au lit, de m'empêcher de découvrir la vérité.* Derrière le miroir dont elle avait si peur, il n'y avait aucun regard menaçant : juste un autre maudit mur.

Après avoir parcouru une vingtaine de mètres, elle s'arrêta net. Son attention avait été attirée par un bruit faible qui provenait de la troisième pièce sur la droite.

On aurait dit une transmission radio.

Elle marcha dans cette direction et s'arrêta juste avant le seuil. Elle tendit l'oreille : c'était une conversation.

Elle regarda à l'intérieur.

Le docteur Green était debout, de dos. Devant lui, l'appareil où il avait enregistré leurs conversations. Il avait des écouteurs dans les oreilles. Le volume était assez élevé pour que les sons soient audibles.

«*Je ne sais pas si j'en suis capable.*»

Elle reconnut sa propre voix, puis celle du docteur.

«*Écoute, Sam : tu veux que cet homme paie pour ce qu'il t'a fait, n'est-ce pas ? Et, surtout, tu ne voudrais pas qu'il fasse la même chose à quelqu'un d'autre…*» C'était ce qu'il lui avait dit quand elle s'était réveillée sans aucun souvenir, après lui avoir montré le papier avec la photo de Samantha Andretti à treize ans. «*Comme tu l'auras compris, je ne suis pas un policier. Je n'ai pas de pistolet, je ne poursuis pas les criminels, je ne me fais pas tirer dessus. En vérité, je ne suis même pas très courageux*, avait-il avoué en riant à sa propre blague. *Mais je peux t'assurer une chose : nous l'attraperons ensemble, toi et moi. Il ne le sait pas, mais il existe un endroit d'où il ne peut pas s'échapper. Et c'est là qu'aura lieu la chasse : pas dehors, mais dans ton esprit.*»

Les derniers mots du docteur Green la firent frissonner, comme la première fois :

«*Qu'est-ce que tu en dis ? Tu me fais confiance ?*»

Elle se rappela avoir tendu la main pour qu'il lui rende le tract avec la photo. Sans le savoir, elle avait marqué le début du jeu.

«*Bravo, ma petite fille.*»

Tu n'es pas docteur. Et tu ne veux pas m'aider.

Tu es lui.

Maintenant qu'elle savait à quoi il ressemblait, le monstre lui paraissait encore plus monstrueux. Parce que l'idée qu'un homme aussi normal cache en lui une telle méchanceté était pire que n'importe quel cauchemar.

Les monstres, comme dans les contes, étaient tellement horribles qu'ils généraient chez leurs victimes l'utopie de pouvoir les combattre. Là, avec un être aussi banal, il n'y avait aucun espoir de salut.

Peut-être que c'était vraiment sa femme qui avait préparé le sandwich à la salade de poulet. Et que, quand il sortait de là, il allait la rejoindre dans un lit bien chaud, sous le toit d'une maison comme tant d'autres. Peut-être qu'il avait des enfants ou des petits-enfants, et sans doute des amis ou d'anciens camarades d'école qui pensaient le connaître vraiment, mais qui en fait ne savaient rien de lui.

Moi seule sais qui il est.

C'est alors qu'elle remarqua à nouveau le mousqueton avec les clés accroché à la ceinture de l'homme.

Elle regarda ensuite son propre ventre et, avec ses doigts, chercha la cicatrice qui le sillonnait. *Si j'ai survécu jusqu'ici, ça veut dire que je suis plus forte que ce dont je me souviens.* Alors elle décida que le moment était venu de se poser la question qu'elle avait évitée jusque-là.

Qui suis-je ?

43

— J'ai une grande nouvelle, annonça Green en rentrant dans la pièce. Nous avons réussi à l'attraper : ton ravisseur a été arrêté !

Elle fit semblant de tomber des nues. En réalité, la peur l'empêchait de réagir. Elle pria pour qu'il ne le remarque pas.

— Comment avez-vous fait ?

— Malheureusement, je ne peux pas encore partager les détails avec toi, mais sache que nous n'aurions jamais réussi sans ton aide, reprit Green, euphorique. Tu peux être fière de toi.

— Donc on a terminé ?

— Oui, très chère, dit l'autre en prenant sa veste sur le dossier de la chaise. Ton père est arrivé à l'hôpital. Nous avons parlé : je lui ai expliqué que ce n'est pas simple pour toi de le rencontrer tout de suite, mais il a dit qu'il attendrait que tu sois prête à lui parler.

— Et vous, docteur Green, où allez-vous, maintenant ?

— Je rentre chez moi, mais je promets de revenir te voir bientôt.

— Vous avez une belle maison ?

— Oui, et aussi un beau crédit, si tu veux savoir.

— Comment s'appelle votre femme ?

Elle remarqua que cette question le prenait au dépourvu.

— Adriana, répondit-il après une brève hésitation.

Elle se demanda si c'était vrai.

— Vous avez des enfants ?

— Oui.

— Comment ils s'appellent ?

— Pourquoi cette curiosité à propos de ma vie ? demanda-t-il en riant, gêné. Je ne suis pas si intéressant, tu sais ?

— Je veux savoir, affirma-t-elle.

Alors l'homme reposa sa veste sur le dossier de la chaise et se rassit à sa place. Soudain, il n'était plus pressé de partir.

— Johanna est l'aînée, elle a trente-sept ans. Puis il y a George, qui a trente-quatre ans. Et enfin Marco, qui en a vingt-trois.

Elle acquiesça, comme si elle prenait acte. Mais cela ne lui suffisait pas.

— Que font-ils ?

— Marco est à l'université, il lui manque trois partiels pour obtenir sa licence de droit. George a fondé une petite société de services informatiques, avec deux amis. Johanna s'est mariée l'an dernier, elle est agent immobilier.

Elle scrutait le visage de l'homme pour comprendre s'il mentait. *Non : tout est vrai.*

— Comment avez-vous rencontré votre femme ?

— Au lycée. Nous sommes ensemble depuis plus de quarante ans.

— Vous vous êtes donné du mal pour la séduire ?

— Je faisais la cour à sa meilleure amie, c'est elle qui nous a présentés. Après l'avoir rencontrée, je l'ai harcelée jusqu'à ce qu'elle accepte de sortir avec moi.

Green la fixait, elle ne détournait pas le regard.

— Vous lui avez tout de suite demandé de vous épouser ?

— Au bout d'un mois.

— Avec une bague ?

— Non, je ne pouvais pas me le permettre. Je lui ai demandé, c'est tout.

— Il y a un antidote dans ma perfusion ?

— Non.

— Alors quoi ?

— Un médicament psychotrope.

— Mes souvenirs sont réels ?

— En partie, oui. Les autres sont des hallucinations induites.

— Depuis combien de temps je suis ici ?

— Presque un an.

— Pourquoi vous m'avez fait croire que j'étais Samantha Andretti ?

— C'est un jeu.

— Qui êtes-vous ?

L'autre ne répondit pas. Elle lui lança un regard de défi.

— Qui suis-je ?

L'homme sourit, mais il y avait maintenant dans son expression quelque chose de différent. La douceur du docteur Green s'était évanouie.

— Je suis désolée, dit-elle. Cette fois, c'est moi qui ai gagné.

Le monstre prit une grande inspiration.

— Félicitations, tu es très forte, dit-il. En réalité, le docteur Green est une femme. Et Sam n'a jamais séjourné dans le labyrinthe.

— Qu'est-ce qu'il va se passer, maintenant ?

— Ce qu'il se passe toujours, affirma l'autre en sortant de sa poche une petite seringue prête à l'emploi. Je vais t'injecter ça et tu vas dormir tranquillement. Au réveil, tu auras tout oublié.

— Combien de fois avons-nous joué à ce jeu ?

— Je ne les compte plus, dit-il en souriant. C'est notre jeu préféré.

L'homme s'approcha du lit. Elle tendit le bras droit pour lui faire comprendre qu'elle était prête.

— Finissons-en.

C'est un misérable. Rien qu'un misérable, se rappela-t-elle.

Quand il s'approcha pour lui faire l'injection, elle tendit la main droite et, soudain, attrapa le flacon de la perfusion. Elle le tira avec force et il tomba sur la nuque du faux profileur, se brisant en mille morceaux.

L'homme lâcha son bras et s'écroula sur le carrelage. Il était étourdi mais n'avait pas perdu connaissance. Elle comprit qu'elle avait très peu de temps : bientôt, le monstre retrouverait sa lucidité et reviendrait à la charge.

Elle se laissa tomber sur lui et retira de sa ceinture le mousqueton avec les clés. Puis elle l'enjamba et se dirigea vers la porte. Le souffle court, la gorge en feu, elle s'élança. Sa jambe plâtrée la ralentissait. Mais il fallait qu'elle réussisse – *il le fallait.* Un pas après l'autre, mais avec ce poids, la distance qui la séparait du seuil semblait rallonger. À chaque pas, elle se retournait pour contrôler la situation.

Le salaud retrouvait ses esprits. Au début, il porta une main à sa tête. Puis il s'aperçut de l'absence des clés, et tout fut clair. Le monstre bondit vers elle et la gifla, mais ne parvint pas à attraper sa chemise de nuit. Elle risquait de ne pas avoir autant de chance au second essai.

Elle atteignit la porte métallique qu'il avait peinte en blanc pour la faire ressembler à une chambre d'hôpital et l'ouvrit le plus vite possible.

Elle franchit le seuil et tira la poignée.

Le temps infiniment bref durant lequel le battant se refermait se dilata, ralentissant chaque geste. Elle eut une sensation de déjà-vu, comme avec la fillette qu'il avait envoyée pour la tuer – elle se demanda si c'était la réalité ou un autre délire chimique. Tandis que l'action s'accomplissait, inexorable, elle catalogua sur le visage du monstre une série d'expressions qui allaient de la colère au dédain, jusqu'à l'émerveillement.

Les mains tremblantes, elle essaya une clé, puis deux. Mais il y en avait une bonne vingtaine. *Je n'y arriverai jamais.* Elle faillit même lâcher le mousqueton. À la quatrième tentative, elle sentit le verrou tourner.

Un, deux, trois tours.

À l'intérieur, quelque chose s'abattit violemment contre la porte. Elle l'entendit hurler et marteler le métal, eut peur qu'il sorte, mais elle l'ignora pour poursuivre sa recherche, parce qu'elle était certaine que le salut avait toujours été proche.

Elle essaya toutes les portes. Après une série de pièces vides, elle en trouva une où un escalier rouillé montait jusqu'à une trappe.

Mais pour monter, il fallait qu'elle se débarrasse de son plâtre. Elle envoya des coups de pied contre le battant métallique jusqu'à ce que des fissures se forment. Elle les écarta avec les doigts, l'arracha morceau par morceau.

Puis elle grimpa, ignorant ce qu'elle trouverait de l'autre côté. Peut-être un autre labyrinthe – après ce qu'elle avait vécu, elle n'était plus sûre de rien.

Arrivée en haut des marches, elle tourna à deux mains une sorte de vanne de sécurité qui fermait la trappe. Il lui fallut une énergie démesurée pour l'entrouvrir. Mais elle fut récompensée par un courant d'air frais et par la pâle lueur du jour. Elle poussa le plus fort qu'elle put et le couvercle tomba à l'extérieur avec un bruit métallique.

Elle se hissa et essaya de comprendre où elle se trouvait.

Au-dessus d'elle, un moulin abandonné, en ruine, et les décombres d'un incendie. Autour, un paysage de bois enneigés, à perte de vue.

Pas un bruit, pas une présence humaine ou animale. Aucun point de repère. Ce lieu pouvait être n'importe où. Comment faisait le monstre pour venir ici à chaque fois ? Elle avait imaginé trouver une voiture. *Il doit la garer loin d'ici, il est prudent.* Elle ne portait qu'une blouse légère et elle était pieds nus. *Je ne survivrai pas longtemps, à cette température. Si je ne trouve pas d'aide, quand la nuit tombera, je mourrai de froid.* L'alternative était de redescendre et de se préparer à l'expédition, ou même de la reporter à un moment où elle aurait plus de force.

Mais elle voulait quitter cet endroit au plus vite. Coûte que coûte.

Avant de partir, elle referma la trappe. Dans le trou, les cris de l'homme du labyrinthe résonnaient encore. Elle laissa lourdement retomber le couvercle. Le bruit cessa. Le monstre avait le destin qu'il méritait.

Enterré vivant.

Alors, elle avança dans la neige, qui lui arrivait aux mollets. Elle avait froid, mais elle se sentait libre. Elle comprit que la sensation désagréable sur son corps avait un effet bénéfique pour son esprit, parce que soudain, des fragments de souvenirs lui revinrent.

La cicatrice sur mon ventre : je suis la mère d'une petite fille, mais je n'ai pas accouché dans le labyrinthe. Elle est à la maison, en sécurité.

Le monstre ne m'a pas enlevée : c'est moi qui suis venue le chercher.

Je suis policière, je travaille aux Limbes. Mon nom est Maria Elena Vasquez.

Mais depuis toujours, on m'appelle Mila.

REMERCIEMENTS

Stefano Mauri, éditeur – ami. Et, avec lui, tous les éditeurs qui me publient dans le monde.

Fabrizio Cocco, Giuseppe Strazzeri, Raffaella Roncato, Elena Pavanetto, Giuseppe Somenzi, Graziella Cerutti, Alessia Ugolotti, Tommaso Gobbi, Diana Volonté et l'immanquable Cristina Foschini.

Vous êtes mon équipe.

Andrew Nurnberg, Sarah Nundy, Barbara Barbieri et les extraordinaires collaboratrices de l'agence de Londres.

Tiffany Gassouk, Anaïs Bouteille-Bokobza, Ailah Ahmed.

Vito, Ottavio, Michele, Achille.

Gianni Antonangeli.

Alessandro Usai et Maurizio Totti.

Antonio et Fiettina, mes parents. Chiara, ma sœur.

Sara, mon « éternelle présente ».

Du même auteur
aux éditions Calmann-Lévy :

Le Chuchoteur, 2010
Le Tribunal des âmes, 2012
L'Écorchée, 2013
La Femme aux fleurs de papier, 2014
Malefico, 2015
La Fille dans le brouillard, 2016
Tenebra Roma, 2017

PAPIER À BASE DE FIBRES CERTIFIÉES

Le Livre de Poche s'engage pour l'environnement en réduisant l'empreinte carbone de ses livres. Celle de cet exemplaire est de :
250 g éq. CO_2
Rendez-vous sur www.livredepoche-durable.fr

Composition réalisée par Belle Page

Achevé d'imprimer en France par
CPI BRODARD & TAUPIN (72200 La Flèche)
en septembre 2019
N° d'impression : 3035444
Dépôt légal 1re publication : octobre 2019
LIBRAIRIE GÉNÉRALE FRANÇAISE
21, rue du Montparnasse – 75298 Paris Cedex 06

38/5116/2